講談社文庫

刑事の約束

薬丸 岳

講談社

目次

刑事の約束

無縁

1

福地啓子《ふくちひろこ》は首をかしげた。

先ほど安斉《あんざい》係長から、近くのＤＶＤ販売店で強盗傷害事件が発生したと連絡を受けて駆けつけてきたが、店の前に停まっているのは一台の警察車両だけだった。店前には立ち入り禁止のテープも張られていないし、制服警官の姿もない。ただ、自動ドアに『本日は都合により営業を終了します』と書かれた紙が貼られている。

鑑識よりも先に到着してしまったのだろうか。

とりあえず自動ドアを手で開けて、「すみません」と声をかけると、レジの奥から男性の従業員が現れた。

「あのー、今日はもう閉店なんですが」従業員が戸惑ったように言った。

「東池袋《ひがしいけぶくろ》署の福地と申します」

「ああ……みなさん、中の事務所にいらっしゃいます」

啓子は店内に入って、従業員が指さしているドアのほうに向かった。

「失礼します――」

ドアをノックして開けた瞬間、かすかに異臭がした。十畳ほどの事務所に背広姿のふたりの男と、店のエプロンをした男がいる。

「東池袋署少年係の福地です」

啓子が言うのと同時に、背広姿の男たちがこちらを振り返った。名前は知らないが、ふたりとも強行犯係の刑事だ。

「待ってました。わたしは仙田《せんだ》で、こっちは長戸《ながと》です」年配の男が挨拶《あいさつ》した。

「強盗傷害事件とのことですけど、鑑識はもう……」

「店長、ちょっといいですか？」

外から従業員に呼ばれて、店長と呼ばれた男が事務所から出ていった。

「そんなオーバーなもんじゃないです」

ドアが閉じられると、仙田が大仰《おおぎょう》に手を振りながら苦笑を漏らした。

「どういうことでしょうか」

「いやあ、強盗傷害事件だと聞いて駆けつけてみたら、ただの万引き事件でしてね。店員が万引き犯を捕まえてここで事情を聴いてたらしいんだけど、相手はだんまりを決め込んだみたいで、しかたなく警察に通報しようとしたら催涙《さいるい》スプレーを吹きかけられて逃げられたって」

この刺激臭は催涙スプレーによるものだったのか。どうりで、事務所内にあるふたつの窓はすべて開け放たれていた。

「こいつが万引き犯なんだけどね」

仙田が棚にある機材を操作すると、モニターに映像が映し出された。

店内に設置されている防犯カメラの映像だ。帽子をかぶった少年がワゴンにあるDVDを手に取って鞄《かばん》に入れている。

「小学生……おそらく五、六年ってところかな。そんなガキが催涙スプレーを持ってるなんて空恐ろしい話だけどね。そちらもご存じのように、今うちは本部に多くの人員を割かれている状態でね、こういう事件にまで手が回らないんでそちらの係長さんに連絡したってわけです」

一週間前に東池袋署管内で殺人事件が発生した。ファミリーレストランで食事をしていた会社経営者が、突然現れた男に刃物で殺害されたのだ。

白昼の、しかも多くの客で賑《にぎ》わう店内で起きた凶行に、新聞もテレビのニュースも連日この事件のことを報じている。東池袋署に特別捜査本部が設置され捜査に当たっているが、多数の目撃者がいるにもかかわらずいまだに犯人検挙には至っていない。

刑事課だけでは足りないのか、あらゆる部署から捜査員が本部に駆り出されている。もちろん、啓子が所属する少年係からも五人が引き抜かれていた。

「人員が足りないのはうちも同じです。それに万引きとはいってもこれは立派に強盗傷害事件でしょう。強行犯係と少年係の合同で捜査をするというならまだしも……」

「だから、うちらには子供を追いかけている暇なんかないって言ってるでしょう」仙田が苛立《いらだ》たしそうに言った。

その言葉を聞いて、無性に腹が立った。

「普通なら子供は学校にいる時間だ。付近の学校に照会をかければおたくだけでもすぐに解決する事件でしょう。どうせこの年齢なら逮捕はできない。優しく諭《さと》してやって、児童相談所に報《しら》せれば済む話だ。そんなことのためにいちいちこっちが出張《でば》ってたらここの治安はどうなるんだ」

不快さが思いきり顔に出てしまったのか、仙田がまくし立てた。

「別にここの治安を守っているのは刑事課だけではないでしょう」啓子は言い返した。

「そちらの係長さんからも了承を得ている話だ。何か文句があるならそちらに言ってくださいな。じゃあ、よろしく」

仙田は有無を言わさぬ様子で、長戸に目配せして事務所のドアを開けた。

目の前に店長が立っていて、少し決まりが悪そうな顔で仙田たちが出ていった。入れ違いに店長が事務所に入ってきた。

「被害に遭《あ》われた店員のかたからお話を伺いたいのですが」

啓子は胸にくすぶったむかつきを堪《こら》えながら店長に話しかけた。

「さっき病院から連絡があってもうすぐここに来ると言ってました」

「そうですか。この映像を何枚かプリントアウトしていただけますか」モニターに目を向けて言うと、店長が頷《うなず》いて機材を操作した。

一時間ほど待っていると、被害に遭った店員が戻ってきた。小林《こばやし》という背の高い痩《や》せ型の若い男性で、店長と一緒に事情を聴かせてもらうことにした。

向かい合わせに座った小林の目は真っ赤に充血していて、まだ痛みが残っているのかしきりにまばたきをしている。

「万引きした少年について訊《き》かせてもらいたいのですが、以前にも見かけたことがある少年でしたか？」

「いや、ぼくは今日初めて見ました」小林が答えた。

「わたしも記憶にないですね」プリントアウトした写真を見ていた店長も首を横に振

った。

　この店は入ってすぐの場所に雑誌やアイドルなどのＤＶＤが置いてある。その奥がカーテンで仕切られていて、いわゆるアダルトＤＶＤのコーナーになっていた。

　少年は正午過ぎぐらいにやってきてしばらく雑誌を立ち読みしていたという。そしてワゴンセールで売られていたＤＶＤを万引きして小林に捕まった。

「店長が不在でぼくひとりだったので、やむを得ず店を閉めて話を聞くことにしました。だけどいくら訊いても名前も学校も答えない。一時間ぐらい問い質《ただ》したんですけどここに座ったたままずっと押し黙っていて……しかたがないので警察に通報するぞと言って電話機に向かったらいきなり……」

「催涙スプレーを吹きかけられたんですね」

「ええ……まったく冗談じゃない」小林が憎々しそうに言った。

「とんだ災難でしたね」

「あんな物騒《ぶっそう》なものを持っていると思うと、へたに万引き犯も捕まえられない。ねえ、店長？」

　小林が同意を求めるように言うと、店長が大きく頷いた。

「多くの人はたかが万引きなどと思うかもしれませんが、我々からしたら本当に深刻な問題なんですよ。実際にそれが原因でつぶれた店だってこの周辺でもたくさんあります」

そのことは啓子自身もよくわかっている。

特にここ最近東池袋署管内では、あきらかに小・中学生と思われる子供たちによる悪質な窃盗《せっとう》事件が多発している。ひとりが店員の気を引いているうちに、他の五、六人がゲームや漫画などを大量に持ち出していくのだ。もはや万引きなどという生やさしい言葉では済まされない。

ここに来るまで窃盗の被害に遭った書店やゲームショップの聞き込みをしていたが、警察の捜査が手ぬるいからこんな事件が後を絶たないのだと店の人からさんざん嫌味を言われた。

「こちらもほとほとまいっているんですよ。万引きした子供を追いかけるほど警察も暇じゃないんでしょうけどね」

事務所の外にも仙田の話が聞こえていたのかもしれない。

店長の皮肉に返す言葉もなく、啓子はうつむいた。

生活安全課の部屋に入ると、少年係のブースには安斉の姿しかなかった。

　八人いる少年係の中から五人が本部に取られ、残ったのはふたりの他に坂井《さかい》という二十代の男の捜査員だけだ。坂井は今、出会い系喫茶の捜査で手一杯だという。

「どうだった？」

　啓子と視線が合うと、安斉が他人事のように訊いてきた。

「どうもこうも……わたしひとりで捜査をするのは無理がありますよ」啓子は苛立ちを隠さずに言った。

「大変なのはわかるけどしょうがないよねえ。ファミレス殺人事件が解決するまでは。あっちはあっちでマスコミから叩かれている状況ですから」

「だからといって、他の捜査をおろそかにするのは問題でしょう。刑事課に掛け合って何人か戻してもらってくださいよ」

「そう言ってもなあ……」安斉が煮え切らない態度で視線をそらした。

「わかりました」

　これ以上言っても無駄だとわかり、啓子は踵《きびす》を返した。生活安全課の部屋を出ると刑事課の部屋に向かった。直談判するつもりだ。

　部屋に足を踏み入れるとこちらも空席が目立った。半分以上の捜査員は上の講堂に設置された本部にいるのだろう。慌《あわ》ただしく動き回る捜査員の間を遠慮がちにすり抜けながら強行犯係の係長である菊池《きくち》の席を探した。本部にいるのかと思ったが、菊池は自分の席にいた。

苛々《いらいら》した表情で次々とやってくる捜査員に指示を出している。

なかなか話しかけられるタイミングがない。

ようやく啓子の存在に気づいたようで、菊池がこちらに視線を向けた。

「何か？」

殺気立った表情に怯《ひる》みそうになった。

「少年係の福地です。少しお話があるのですが……」

「何でしょうか」

早く用事を済ませろと言わんばかりの冷ややかな口調だった。

「少年係ではファミレス殺人事件の本部に半分以上の捜査員を割かれている状況です。今の人員ではとても現在抱えている捜査に手が回りません」

「現在抱えている捜査というのは」菊池が訊いた。

「窃盗で捕まった少年が店員に催涙スプレーをかけて逃げた傷害事件です」

「万引き事件ですね」

「そうともいいます」

「そちらの捜査も非常に重要だとは理解しているつもりです。ただ、うちはファミレス殺人事件の他にも、三件の傷害事件と二件の強盗事件と一件の強制わいせつ事件を抱えています」

「ええ、もちろんとても手が回らない状況だとは察しています」啓子は慌ただしく立ち働く捜査員を見回した。

その中で、窓際の席に座っている男に目が留まった。何をするでもなく、ただ窓の外をぼうっと見つめている。

「ただ、こちらの事件にしても緊急性がないとは言えません。今回は催涙スプレーでしたので重大な被害はありませんでしたが、他にナイフなどの凶器を所持していないとはかぎりません」

その男が気になりながらも、啓子は話を続けた。

「それに催涙スプレーをかけて逃げた少年が仲間であるかはわかりませんが、この界《かい》隈《わい》では非常に悪質な集団窃盗事件が多発しています」

視界の隅で男が立ち上がったのが見えた。ようやく仕事をする気になったのかと思ったが、男は鞄を持つと「おつかれさまです」とぼそっと言って出口に向かった。

思わず壁掛け時計に目を向けた。

五時十五分——日勤の退勤時間を十秒ほど過ぎたところだ。

「わかりました」

菊池の声に、啓子は視線を戻した。

「そちらの捜査も重要だということを理解しました。明日からひとり応援を出しましょう」

「ありがとうございます」啓子は菊池に頭を下げた。

西八王子《にしはちおうじ》駅に着いたときには九時を過ぎていた。啓子は重い足を引きずりながらマンションに向かった。

今朝家を出るときには、今夜こそ手作りの夕食を用意するつもりでいたが、けっきょく立ち寄ったのは近くのコンビニだった。コンビニ弁当ばかり食べさせて俊《しゅん》には申し訳ないと思っているが、家に帰って料理を作る気力がどうしても湧いてこない。三ヵ月前まで勤めていた警察署は隣駅にあるから通勤は楽だったが、東池袋署に異動になって往復で二時間以上通勤時間が増えた。

夫の安彦《やすひこ》はフリーで中国語の通訳と翻訳をしていた。それまでは西八王子にある自宅で仕事をしていたが、一年ほど前に中野《なかの》のマンションの一室を借りて仕事場にしている。家族揃ってもう少し都心寄りに引っ越してもいいのだが、小学校に入ったばかりの俊を転校させるのは気が引けた。

通勤時間が増えただけでなく、慣れない職場と人間関係がさらに啓子を疲弊《ひへい》させた。

今日だけでも、少年係の仕事などお遊びだと言わんばかりの仙田の言動や、上の顔色を窺《うかが》ってばかりいる安斉の顔を思い返すだけで腹立たしさがこみ上げてくる。

だが、一番むかついたのは刑事課の窓際に座っていたあの男だ。

人手が足りない状況だというのに、退勤時間きっかりにしれっとした顔で帰っていった。あんなのが強行犯係の刑事だなんてとても信じられない。

弁当売り場にやってくると、俊が好きそうなオムライスと自分が食べるミートソースのパスタと、他にサラダをかごに入れた。レジに向かおうとして立ち止まった。

安彦のぶんも買っておいたほうがいいだろうか。

署を出たときに安彦の携帯にメールをしたが、まだ返信がない。だいたい外で食べてくることが多いが、たまに何も食べないで帰ってきたときに自分の分がないと嫌味を言われる。それならば何時ごろに帰ってくるのか、家で食事をするかどうか連絡ぐらいしてほしい。

明日も遅くなってしまうかもしれない。安彦が食べないのなら、俊の明日の夕食にしてもらおうと、奥のほうにある賞味期限の長い唐揚げ弁当を手に取った。

コンビニを出て急ぎ足でマンションに向かう。

七月に入って日が暮れても蒸し暑い。コンビニからマンションまで早歩きしただけで、じっとりと汗ばんでブラウスが肌に貼りついていた。

早くシャワーを浴びたいと思いながらドアのチャイムを鳴らしたが、応答はなかった。

俊はもう寝てしまったのだろうか。啓子は鞄から鍵を取り出してドアを開けた。リビングに行くと、俊がソファに座って携帯用のゲームで遊んでいる。

「起きてるんなら開けてくれればいいのに」

そう言っても俊はゲーム機から目を離さずにしきりにボタンを押している。よく見るとゲーム機のイヤホンをつけていた。

ソファに近づいていくとようやく啓子に気づいたようで、俊がこちらを見た。すぐにゲーム機に視線を戻す。

「あちゃー」

声を発するとイヤホンを外してゲーム機を投げ出した。

「遅くなってごめんね。すぐに夕飯の支度をするから」啓子は袋から弁当を取り出しながら言った。

「いいよ。食べたから」

その言葉に流しに目を向けると、カップラーメンの空き容器があった。

「カップラーメンだけじゃ栄養が偏《かたよ》るからサラダだけでも食べたら？」

「いい。もう寝る」俊がゲーム機を持って立ち上がった。

「お風呂はまだでしょう？」

「めんどうくさい」

「だめ。今日は暑かったからいっぱい汗をかいたでしょう」

啓子はすぐに浴室に行って風呂の準備をした。面倒くさがる俊を風呂に入れ、歯磨きをさせた。

「おやすみなさい」

俊が自室に入ってドアを閉めると、啓子は崩れるようにソファにもたれた。食欲は失せていた。

鞄の中で振動があった。携帯を取り出すと安彦からメールが届いている。

今日も泊まってくる——

いつも通り、簡素なメールだ。

安彦と結婚して十年になる。ずっとよきパートナーだと思っていたが、ここしばらくはふたりの間に隙間風が吹いているように感じてならない。

理由は簡単だ。ここ数年で中国語の通訳と翻訳の需要が増え、安彦の仕事が急激に忙しくなったのだ。それまでは啓子に対しても、そして警察官という仕事に対しても、とても理解のある夫だった。

七年前に俊を妊娠したときには正直なところ産むべきかどうか迷った。子供がほしくなかったわけではない。ただ、当時は念願だった捜査一課との仕事を経験したばかりで強い使命感に駆られていた。

安彦から、ふたりで協力し合えばうまくやっていけると説得されて、啓子は子供を産む決心をした。安彦は言葉通りに家事にも育児にも協力的だった。産休と育休を経て職場に復帰してからも安彦の啓子への理解は揺るがなかった。だがこの数ヵ月であきらかに安彦の態度が変わってきた。

自宅で仕事をしていたときは、俊の世話や家事などもよくやってくれた。安彦の十八番は手作りの餃子《ギョーザ》だが、俊と一緒に楽しそうに作り、それを振る舞ってくれたときには仕事の疲れも吹き飛ぶようだった。だが、今ではそんな気遣いもまったくない。

仕事が忙しいのは結構なことだと思うが、せめて啓子が宿直でいないときには電車で一本なのだから家に帰ってきてほしい。

ここしばらくの安彦の行動を見ていると、俊や自分よりも優先する存在ができたのではないかと勘繰《かんぐ》らずにはいられなかった。

啓子は携帯画面を見つめながら溜《た》め息をつくと、『わかりました』と一言だけ返信した。

2

金曜日の夜とあってか、この時間になっても車内は混み合っている。

乗客たちに押されながら、栗原裕久《くりはらひろひさ》は少しばかり反省していた。

両手には大きな袋を提げている。おまけに両手がふさがっているのでデイパックも背負ったままだ。あきらかにまわりの乗客が迷惑そうにしているのはわかっているが、網棚の上もすべて埋まっているのでどうすることもできない。まわりの視線を気にしないようにしながら鷺ノ宮《さぎのみや》駅までやり過ごすしかなさそうだ。

明日は珠美《たまみ》と会うことになっているので、仕事を終えるとすぐに新宿に出かけた。

デパートのおもちゃ売り場と書店に行ったのだが、裕希《ゆうき》に渡してもらうプレゼントを選んでいるうちについ買いすぎてしまった。

たくさん物を与えると不審に思われるかもしれないと珠美から注意されていたが、裕希のことを思うとどうにも見境《みさかい》がつかなくなる。一緒にいることは叶わないが、その年頃の子供が好きそうなテレビ番組や流行《はや》っているものなどは栗原もまめにチェックしている。

片方の袋にはラジコンカーと、今テレビでやっている戦隊ものの人形と、発売されたばかりのゲームソフトが三本入っている。もう片方の袋には子供たちの間で人気の漫画が十冊と、小学校四年生用の学習教材と料理の本だ。

半年ほど前から、裕希は料理を作ることに凝《こ》っているという。テレビの料理番組を観ているうちに自分で作るようになったというが、味もなかなかのものらしい。裕希が作ったものを実際に食べることはできないが、珠美からメールで送られてきた夕食の写真を見ながらひとり晩酌《ばんしゃく》をすることが最近の自分の楽しみのひとつになっていた。

裕希に趣味ができたのは嬉しい報告だが、それ以上に栗原を喜ばせたのは自分が作った竹とんぼをとても気に入っていると聞いたことだ。

裕希にとっては初めて手にするものだったのだろう。ゲームや市販されているおもちゃだけでなく、裕希に自然の温《ぬく》もりを少しでも感じてもらいたかった。

鷺ノ宮駅で電車を降りてホームを歩いているときに、ポケットの中の携帯が震えた。紙袋を置いて携帯を取り出すと、画面に『峰武志』と表示されている。

珠美からの電話だ。

「もしもし」栗原は電話に出た。

「わたしだけど……」

うわずったような珠美の声が聞こえた。

「どうした」

「あの子がいないの」

「いない？」

どういうことだ。

「仕事から帰ってきたらいなかったの」

「ちょっと、仕事って……」

「先月から近くのカラオケボックスでアルバイトを始めたの」

初めて聞く話だった。

「最近は体調もかなり安定しているし、いつまでも仕送りにばかり頼っていたら申し訳ないでしょう。それにあの子の将来を考えたら少しずつでも貯金したほうがいいかなって」

初めて出会ったときには少し危うさを感じさせる女性だったが、七年という月日で裕希のことをそこまで考えてくれるようになっていたのかと意外に思った。

「こんな時間まで戻ってこないというのは今までに……」

腕時計を見ると十時半を過ぎている。

珠美にはできるかぎり裕希を外に出さないように言ってある。さすがに二十四時間三百六十五日部屋に閉じ込めておくのはあまりにもかわいそうだということで、二年前から少しであれば外に出ることを許している。

催涙スプレーも珠美に渡し、裕希に持たせて変な人間に声をかけられたらそれを吹きかけるように言い聞かせてもらっていた。

「ないと思う。ただ、わたしもたまに遅番とかやって夜中に帰ることもあったから」

「携帯とかは」

「ほとんど部屋にいるんだから持たせてないよ」

それはそうだ。

裕希のことが心配でたまらなかったが、珠美の部屋に駆けつけるわけにはいかない。

「どうしよう……」

今にも泣きそうな呟《つぶや》きが聞こえた。

「部屋で裕希の帰りを待っているしかない。帰ってきたらすぐに連絡してくれ。あと、くれぐれも警察には……」

「わかってるよ」

「じゃあ、よろしく頼む」

栗原は電話を切った。

どこにいるのだろうと不安に胸を締めつけられながら、栗原は改札に向かった。

3

「福地さんはいらっしゃいますか——」

男の声に振り返った啓子は思わず眉根《まゆね》を寄せた。

昨日、刑事課で見かけた長身の男が立っている。いったい何の用だろう。

「わたしが福地ですが、何か？」啓子は突き放すように言った。

「係長からこちらに行けと言われまして……」

どういうことだろうと考えて、まさかと思い至った。

菊池係長が言っていた応援とは、この男のことか？

「どうしましょう」男が困り顔で頭をかいている。

困っているのはこちらのほうだ。よりによってこんなやる気のなさそうな刑事を応援に寄こすなんて。

のしをつけて菊池に突き返してやりたいところだが、こちらもどうしようもない人手不足だ。

昨日、署に戻ってから付近の小・中学校に連絡をして、事件のあった時間帯に学校にいなかった男子生徒を調べてもらっているところだ。電話番ぐらいならできるだろう。

「とりあえずお座りください。お名前は？」

啓子は気を取り直して、空いている隣の席に促しながら訊いた。

「夏目《なつめ》です」

「刑事課は長いんでしょうか」

「二年ぐらいでしょうか……それが何か？」

「いえ」

啓子がかつての職場で刑事課に在籍していたのも二年だ。産休と育休を取って復帰したときにはお払い箱にされたが。

防犯カメラの映像の写真を夏目の前に置くと、昨日の事件の説明をした。

「催涙スプレーとは穏やかではありませんねえ」夏目がのんびりとした口調で言った。

「ええ。もしかしたらそれ以外の凶器も持っているかもしれません。次の事件を起こす前に早くこの少年を保護しなければ。現在、付近の学校に連絡をしてその時間帯にいなかった男子生徒を調べてもらっています。夏目さんには……」

「そのお店に行ってみたいですね」

遮《さえぎ》るように夏目に言われ、啓子は言葉に詰まった。

「ずっと刑事課の部屋にいていいかげん退屈していたんです。今日は天気もいいですしね」夏目が窓のほうに目を向けてほっこりとした表情を浮かべた。

お散歩気分か――

おもしろい。強行犯係の窓際族に少年係の大変さを思い知らせてやろう。

「わかりました。行きましょうか」啓子は笑みを浮かべて椅子《いす》から立ち上がった。

DVD店に入ったが、レジに人はいなかった。店内を見回すと雑誌コーナーで何やら作業している小林を見つけた。

「こんにちは」

啓子が近づいて声をかけると、小林が「ああ、昨日の刑事さん」と軽く会釈《えしやく》した。

「おからだの具合はどうですか？」啓子は訊いた。

「ええ、もう大丈夫ですよ。それよりもあのガキは捕まったんですか」

「いえ。今日は他の捜査員も同行していますので、あらためてお話を聞かせていただきたいと」

「おそらくこの近くに住んでるガキだから早く捕まえてください」

「この近くに住んでいるといいますと」

「ぼくは初めて見かけたって言いましたけど、実は前日もここに来てたらしいんです」

「そうなんですか？」

「ええ。昨日はいなかったバイト……北村《きたむら》って言うんですけど、さっき出勤してきたので事件のことを話して防犯カメラの映像を見せたら、一昨日《おととい》の木曜日も来てたって」

「その北村さんとお話がしたいんですけど」

「店長と事務所にいますよ」

啓子は事務所のドアをノックして「東池袋署の福地です」と告げてからドアを開けた。

店長と若い男性がモニターの前に座っている。どうやら防犯カメラの映像を観ていたようだ。

「今日はおふたりですか」

店長が啓子の隣に目を向けて言うと、夏目が軽く会釈した。

「ええ。この事件を担当することになった夏目です。あらためてお話を聞かせていただきたいと思いまして」啓子は言った。

「きちんと捜査をしてくれるならいくらでも協力しますよ」

丁重に椅子を勧めながらも、言いかたに皮肉が混じっている。

「もちろんです。先ほど、小林さんからお聞きしたんですけど、あの少年は一昨日もこちらに来ていたそうですね」

「そうみたいです。さっき北村くんに言われて防犯カメラをチェックしていたところなんですよ。なあ？」店長が隣に目を向けた。

「そのときの様子を聞かせていただけますか」

啓子は眼鏡《めがね》をかけてずんぐりとした北村に問いかけた。

「店に来たのは十一時半頃ですね。あきらかに小学生だろうと思っていたので、学校が休みなのかなあなんて思いながらしばらく様子を窺ってたんです」

少年は時間をつぶすように店内をうろつきながら雑誌を立ち読みしたり、DVDを眺めたりしていたという。しばらくワゴンセールで売られていたDVDを見ていた少年はその中の一枚と漫画雑誌を手にしてレジに来た。

「そのときは買っていったんですよね」啓子は訊いた。

「雑誌は売りましたけど」

「どういうことですか」

「DVDのほうは……アダルトではなかったんですけど、一応ヌードの……R－15のものだったんで」

十五歳未満の者への販売や映示は禁止されているものだ。

「どう見ても小学生だったからDVDは売れないって言ったら、どうしてお金を出すのに売れないんだと食ってかかられて。十五歳未満には売れないんだと説明したら、自分は十六歳だって。じゃあ、学生証を持ってきて年齢が確認できたら売りますと言ったら雑誌だけ買って帰っていきました。どうせ来ないだろうと思ってワゴンに戻したんだけど……」

「昨日、少年が万引きしたDVDというのは」

「同じDVDです」店長が答えた。

「どうしてそんなものを……」

「女性の裸に興味を持ち始める年頃でしょう。奥のAVコーナーには十八歳未満の立ち入りを禁止しています。ですが表の中古のワゴンセールの中にたまたまR指定のものが混ざっていたので、それを見つけてどうしても欲しくなったんじゃないですかね」

「そのDVDはまだありますか？」

啓子は夏目に目を向けた。店に来てから初めて口を開いた。

「ええ、ありますよ」

店長は立ち上がってDVDを持ってくるとテーブルの上に置いた。

パッケージにはシースルーの布を身にまとった若い女性が写っている。布の下は全裸で乳首が透けて見えている。星《ほし》のぞみというタレントだ。

「マセた子供ですね」

夏目がそう言ってＤＶＤを手に取った。鼻の下を伸ばしながらパッケージの裏と表をしげしげと見つめている。

「五百円なんてずいぶん安いんですね」夏目がＤＶＤから店長に視線を向けた。

「十年以上前に発売された無名のグラビアアイドルのものですからね」

「これをください」

その言葉に、啓子は思わず夏目を睨《にら》みつけた。

捜査中にヌードＤＶＤを買うとはいったいどういう神経をしているのだろう。

夏目は啓子の視線などいっさい意に介しないというように、財布から五百円玉を取り出して店長に渡した。

「いい買い物ができた」夏目がにんまりと笑いながらＤＶＤを鞄にしまった。

「他にその少年をどこかで見かけたことはなかったでしょうか」

夏目への怒りをとりあえず脇に置いて、啓子は北村に問いかけた。

「ないです」

「そうですか。ご協力いただきありがとうございます」啓子は店長と北村に礼を言って立ち上がった。

店から出ると、「これからどうしますか？」と夏目に呼び止められた。

少年の手がかりは何もない。

「とりあえずこの周辺で聞き込みをしましょう」

「ひさしぶりに出歩いたからちょっと疲れました。署に戻りませんか」

「刑事は足で捜査するのが基本でしょう」啓子は夏目に言い放つと歩きだした。

4

高田馬場《たかだのばば》駅前の喫茶店に入ると、奥の席にいる珠美を見つけた。近づいていく栗原に気づいたのか珠美が顔を上げた。不安そうな眼差しで栗原を見つめている。

「西木《にしき》さん……」

『西木』というのは珠美に言わせている自分の別名だ。裕希の前で栗原という名前を迂闊《うかつ》に出さないようにという警戒心からだ。

「まだ帰ってないのか？」

珠美の表情からわかっていたが、訊かずにはいられなかった。

「うん。西木さんに電話をしてからわたしなりに捜してはいるんだけど、あの子が行きそうなところの見当がなかなかつかなくて」

今朝、また珠美から電話があった。夜が明けても裕希が帰ってこないという。今日は長距離ではないが都内で運送の仕事が入っていた。休むことができないので、仕事が終わってから珠美と会うことにした。

「もしかしたら事故にでも遭ったんじゃないかって……」珠美が肩を小刻みに震わせながら言った。

考えたくはないが、その可能性はあるかもしれない。事故に遭ってどこかの病院に運ばれたとしても、裕希の身元を知らせるものは何ひとつない。

「新聞やニュースをチェックしてみたけど、子供が事故に遭ったという報道は今のところなかった。重大な事故でなければいちいち取り上げないかもしれない。たとえば、事故に遭って骨折とかをして入院しているのかも」

「ああ、それはあるかもしれない」

そういうことでなければ、裕希が帰ってこないことの説明がつかない。ただひとつの可能性を除いては――

だが、その可能性は考えたくないので、必死に頭から振り払った。

「これからどうすればいい？」

「あの子にはちゃんと話しているんだよな」栗原は珠美を見つめて確認した。

「うん。他の人には絶対に自分のことを話しちゃいけないって言い聞かせてる。もちろんわたしのことも、住んでいる家も。だけど、もしあの子がどこかに入院しているとしたら、保護者が行かないかぎり退院させてもらえないでしょう。でも、そんなことをしたら……」

「そうだな。おれは明日から一週間ほど休みを取る。ふたりで手分けして周辺の病院を回ってあの子が入院していないか調べてみよう。それであの子を見つけたら、何とか連れ出せないか方法を考える」

明日から一週間仕事を休むのは簡単ではないし経済的にも厳しいが、一日でも早く裕希を捜し出す必要がある。

「わかった」珠美が小さく頷いて、そのまま顔を伏せた。

「なあ……」

栗原が声をかけると、珠美が顔を上げた。

「こんなことに巻き込んでしまってすまないと思ってる」栗原は頭を下げた。

「別に巻き込まれたなんて思ってないよ。むしろ西木さんには感謝してる。どん底にいて、どうやっても這い上がれなかったわたしを救ってくれた。それに裕希と一緒にいることも楽しいし。最近は自分の子供みたいに思ってる」

「ありがとう」

「きっと大丈夫だよね。すぐに見つかるよね」

すがるような珠美の眼差しに、栗原は頷きかけた。

5

十時まで待ったが夏目は現れない。

苛立ちが頂点に達し、啓子は立ち上がって生活安全課の部屋を出た。

大勢の捜査員がぞろぞろと階段を下りてくる。ファミレス殺人事件の捜査会議が終了し、これから聞き込みに出て行くようだ。

「福地さん、おつかれさまです」

その声に顔を上げると、少年係の杉浦《すぎうら》が下りてきた。

「おつかれさま。捜査のほうはどう?」

啓子が訊くと、杉浦の表情が曇った。

「かなり難航してますね。しばらく少年係に戻れないかも。正直、本部はきついっすよ」

「そう。がんばってね」

啓子が捜査本部に入ったのは一度だけだったが、そのときの大変さと、犯人を逮捕したときの充実感は今でも忘れられない。

「ところで夏目さんとコンビを組んでいるそうですね」杉浦が訊いた。

「夏目さんのことを知ってるの？」

「本部でたびたび夏目さんの話題になりますよ。一課から一目置かれているみたいですね」

「え!?」

杉浦の言葉が信じられない。

「それなのにどうして夏目さんが本部に入っていないのかって、一課の人たちが不思議がっていました。どうやら菊池係長の判断らしいですけど。じゃあ、福地さんもがんばってください」杉浦が手を振りながら階段を下りていった。

啓子は腑《ふ》に落ちないまま刑事課に向かった。部屋に入ると、自分の席に座っている夏目の背中が見えた。

　ドアの近くから大声で呼んだが、夏目は動かない。

「夏目さん——」

　寝ているのか、啓子のことを無視しているのか。

　啓子は夏目に近づいていき後ろから肩を叩いた。同時に、机の上のパソコン画面が目に飛び込んできて身を引いた。

　画面いっぱいに女性の乳房が映し出されている。

　夏目がこちらに顔を向け、パソコンにつないでいたイヤホンを耳から外した。

「ああ……福地さん。おはようございます」

「いったい何を観てるんですか！」啓子はどぎまぎしながら叫んだ。

「昨日買ったDVDですよ。星のぞみさん。十八歳でグラビアアイドルとしてデビューしたんですが二十一歳のときに結婚して引退されたそうです。それほど売れていたわけではないですが、一部では熱狂的なファンがいたみたいですね。右の乳首の近くにあるほくろがチャームポイントだったらしくて」夏目が画面に映し出されている女性の乳首のあたりを指でなぞった。

「は、早く消してください！」

「先日、たまたま観ていたテレビ番組で、お笑い芸人のパラダイス吉田《よしだ》さんもファンだったと言っていたのを思い出して観てみたくなったんです。ただ、残念なことに七年前に交通事故に遭われて亡くなられたそうですが。ネットで検索したらいくつか情報が出てきました」

「だから何なんですか。仕事中にこんなものを観て、何を考えているんですか」

「家でこんなものを観たら妻からひんしゅくを買ってしまうので」夏目が悪びれる様子もなく言った。

「だからって職場で観るんですか。何て……」

不謹慎な男なのだ——

そう吐き出そうとしたときに着信音が鳴った。携帯を取り出すと席にいる安斉からだ。

「もしもし……」啓子は夏目に対する怒りをとりあえず飲み込んで電話に出た。

「今、蒲田《かまた》署から連絡があってね、例の少年を保護しているらしいよ」

安斉の声が聞こえた。

蒲田署に行くと、山本《やまもと》という少年係の刑事が少年を保護するまでのいきさつを話してくれた。

昨日の夕方の六時過ぎ、少年は池袋からタクシーに乗り、運転手に『六郷土手』というメモを渡したそうだ。タクシーだと金額がかかるので電車で行ったほうがいいと運転手が言うと、少年は「行きかたがわからない」と答えたという。

お金はあると言うので運転手は少年を乗せて六郷土手《ろくごうどて》まで行った。だが、いざ六郷土手に着くと、少年が持っていたのは三千円ほどでとても足りない。

警察に突き出すつもりはなかったそうだが、せめて少年の名前や住所や家の電話番号だけでも聞こうとしたが少年は何も答えない。そのうちポケットから何かを取り出して運転手に向けようとしたので手をつかむと、催涙スプレーを持っていた。

さすがに見過ごすわけにはいかないと、運転手はその場で警察に通報したそうだ。

「署で話を聞いたんですが自分の名前もどこに住んでいるのかも何も話さないんです。昨夜はとりあえず児童相談所に預けて今日も朝から話を聞いているんですが、ずっとあんな感じでしてね」

山本がお手上げといったしぐさをして、窓に目を向けた。

マジックミラーになっていて、隣の取調室で少年と女性捜査員が向き合っている。

机の上には少年のものらしい帽子が置いてあった。防犯カメラに写っていた少年がかぶっていたのと同じ帽子だ。

女性捜査員が必死に語りかけているようだが、少年はうつむいたままでいる。

啓子と夏目がこの部屋に入ってから三十分以上経つがずっとこんな調子だ。

「どうして東池袋署にご連絡いただけたんですか？」啓子は訊いた。

そのことが不思議だった。

「少年の所持品には身元を特定できるようなものは何もありませんでした。ただ、財布の中に何枚かレシートが入っていたんです。すべてそちらの管轄にあるお店でしたので、こういう少年に心当たりがないかと東池袋署の少年係にご連絡したら、安斉係長がもしかしたらと……」

「そういうわけだったんですか」

「そちらのほうでも取り調べをしなければならないでしょう。うちの車で東池袋署までお送りしますよ」山本がドアのほうへ促した。

外の廊下で待っていると、取調室のドアが開いて女性捜査員と少年が出てきた。

「よろしくお願いします」

女性捜査員に言われ、少年に近づいていくと、異臭が鼻をついた。

もしかしたら、万引き事件を起こした金曜日から二日間家に帰っていないのかもしれない。そうだとしたら、いったいどこで夜を明かしたのだろう。

「こんにちは。東池袋署の福地です。疲れていると思うけどこれから池袋に行ってお話を聞かせてね」

少年はうつむいたまま反応を示さなかった。

「それではよろしくお願いします」啓子は児童相談所の職員に頭を下げた。

「少年の身元がわかりましたらご連絡します」

職員は会釈を返し、少年と一緒に後部座席に乗り込んでドアを閉めた。

署の前から走り去る車を見送りながら、啓子は激しい徒労感と敗北感に苛《さいな》まれた。けっきょく少年はひと言も口を利いてくれなかった。

東池袋署に着いてから五時間近く話を聞こうとしていたが、啓子がどんな言葉を投げかけても少年は地蔵様のように身をこわばらせたまま口を固く閉ざしていた。安斉と話し合った結果、いずれにしても児童相談所に委《ゆだ》ねるしかないだろうという結論になった。

生活安全課の部屋に入ると、啓子の席の隣に座っている夏目の姿があった。机の上に置いた数枚の写真と印刷物をぼんやりと見つめているようだ。

写真は少年の顔と、着ていた衣類や帽子などを撮ったもので、印刷物は少年の財布に入っていたレシートをコピーしたものだ。基本的にはこれから少年に関する調査は児童相談所、もしくは家庭裁判所や少年鑑別所が行うが、念のために少年に関する資料として残しておいた。

「行きましたか？」夏目が資料からこちらに目を向けて訊いた。

「ええ。あとは時間が解決してくれるように思います」

「そのうち話をするだろうと？」

「先ほども少年に言いましたが、自分のことについて何か話さないかぎり家に帰れないんですから」

「それでも話さないとしたら？」

「それはないでしょうけど……もしそうなったら、あとは保護者からの連絡を待つしかないですね。どんな家庭かはわかりませんが、あの年頃の子供が何日も帰ってこないとなったらどんな親でも警察に通報してくるでしょう」

「もし、親がいなかったとしたら？」

「必ずしも親がいるとは言い切れませんが、一緒に暮らしている人はいるはずです。財布に入っていたレシートを見て思いました」

少年が持っていた七枚のレシートのうち、万引き事件を起こしたゲンキ書房以外はコンビニのものだった。すべてが同じコンビニではないが、いずれも南池袋と雑司《ぞうし》が谷《や》にあるコンビニだ。

　少年はコンビニで弁当を買うときいつも同じものをふたつ買っていた。あの少年の体格からいっぺんにふたつの弁当を食べるとも考えられないし、仮に弁当をふたつ食べるとしたらひとつは別のものを選ぶだろう。

　啓子が説明すると、夏目が「鋭い洞察ですね」と言った。

　相手がどんな人物であろうと褒められると悪い気はしない。

「宿直のとき、息子の夕食に前日と同じ弁当を買っておいて文句を言われたことがあるんです。同じ弁当を二晩続けて食べさせられたら飽きるって」

「息子さんはおいくつですか？」夏目が訊いた。

「六歳……小学校に入ったばかりです。夏目さんは、お子さんは？」

「十四歳の娘がおります」

「それじゃなおさらあんなDVDを家で観るわけにはいきませんね」

　皮肉を込めて言うと、夏目がかすかに口もとを緩《ゆる》めた。

　笑ったようだが感情がこもっていないと感じた。家庭不和でも抱えているのだろうか。

「ひとつわからないのは……どうしてタクシーで六郷土手に行ったのかということです。三千円あれば電車で行けたでしょう」

あまりプライベートに踏み込まないほうがいいだろうと、少年の話に戻した。

「タクシーの運転手に言ったままじゃないですかね」

行きかたがわからない――

「それはないでしょう。六郷土手という名前は知っているんですから、路線図を見るなりすればいいじゃないですか」

夏目は何も言わず、ちらっと部屋の時計に目を向けるとおもむろに立ち上がった。

「それでは、お先に失礼します」夏目は軽く頭を下げると部屋から出ていった。

時計の針は五時十五分と十秒を少し回っていた。

6

重い足取りで改札を抜けると、まっすぐアパートに向かった。

裕希がいなくなって五日間が経つ。珠美と手分けして池袋周辺にある病院を捜し回っているが見つからない。毎日、新聞やニュースをチェックしているが、子供が遭遇した事故や事件で身元が不明なものはなかった。

いったい、裕希の身に何があったのか。

まさか、あの男に連れ去られたのではないか。

その可能性を考えると、全身がこわばった。

あの男に会って、裕希を連れ去ったのかどうかを確かめたいが、そんなことをすれば墓穴《ぼけつ》を掘るようなものだと思い直した。それ以前に、あの忌《い》まわしい男の顔を二度と目にしたくはない。

病院を捜し回る他に今の自分にできることはないだろう。

無力さを噛み締めながら重い足を引きずって何とかアパートにたどり着いた。階段を上ろうとしたときに背後から「栗原さん――」と低く抑えた声で呼びかけられ、びくっと振り返った。

薄闇の中でも、大柄な人影とどすの利いた声で誰だかわかった。

「おひさしぶりですね。元気にしてらっしゃいますか」

大宮《おおみや》が口もとを歪《ゆが》めながら近づいてくる。

「ええ、まあ、何とかね」栗原は軽く笑いながら答えた。

「長距離トラックの運転手でずいぶんと稼いでいるみたいなのに質素なアパートにお

住まいなんですね。いったい何に金を使ってるんですか」

「あいかわらず女遊びがやめられなくてね。いくら稼いでも足りませんよ」

「遊びというのは派手なネイルをしている女ですかね」

栗原はぎょっとしたが、顔に出さないよう努めた。

珠美のことを知っている――

彼女と会うときには尾行がついていないかどうか気をつけていたつもりなのに。

やはり、先ほどまで考えていた嫌な予感は当たってしまったのか。

「彼は今どこにいるんですか」大宮が訊いた。

「彼？」

「裕希くんですよ」

その言葉を聞いて、かすかに安堵《あんど》した。

裕希はあの男のもとに連れ去られたのではない。

「裕希？　馬鹿な冗談はやめてください。昔世話になった人でもさすがにその冗談は笑えない」栗原は憤慨《ふんがい》したように言った。

「そうですか……シラを切りとおすつもりですか」

「シラを切りとおすも何も……言っていることの意味がまったくわかりません。明日も早いので失礼します」栗原は大宮に背を向けて階段を上った。

「栗原さん――」

部屋の前まで来たところで呼び止められた。

「あのおかたはけっして諦めませんよ。今なら、あなたを犯罪者にせずにうまく事を収めることができる。よくお考えください」大宮はそう言い残すと歩き去っていった。

鍵を開けて部屋に入るとすぐにドアを閉じた。次の瞬間、今まで必死に抑えつけてきた恐怖心が一気にあふれだして、からだが震えた。

あのおかたはけっして諦めませんよ――

欲しいものはどんなことをしてでも手に入れる非情なやつであることは栗原もよく知っている。

栗原はポケットから携帯を取り出した。暗闇の中でじっと待ち受け画面を見つめる。

自分と、望《のぞみ》と、三歳だった裕希の、家族揃って撮った最後の写真だ。

三歳のときに珠美に預けてから七年間、一度も裕希と会っていない。定期的に裕希の写真を添付したメールが珠美から送られてくるが、記憶に焼きつけるとすぐに携帯から消去している。

会いたい……ほんのわずかな時間であったとしても裕希に会いたい……。

だが、それを望むことはできない。裕希を守るという妻との約束を果たすために。

7

「そうですか……また何かわかりましたらご連絡ください」

受話器を置いた瞬間、啓子は深い溜め息を漏らした。

「どうしましたか？」夏目がこちらに目を向けて訊いてきた。

「あいかわらずひと言も口を利かないそうです」

少年が万引き事件を起こしてからちょうど一週間が経っていた。少年は現在、児童相談所から家庭裁判所に送致され、少年鑑別所で事情を聴かれているという。

「それに豊《と》島《しま》区内だけでなく都内全域の小・中学校に問い合わせているそうですが、いまだに該当する生徒はいないとのことです」

「彼の保護者からは」

「それらしい届け出や通報は今のところないようです」

「そうですか」

素っ気ない口調だ。

啓子は机の引き出しから少年の写真と、財布に入っていたレシートのコピーを取り出した。

「これを手がかりにわたしたちも少年のことを調べてみましょう」

「集団窃盗事件のほうは」夏目が訊いた。

少年を児童相談所に送った翌日から夏目とふたりで集団窃盗事件の捜査をしていた。もっとも、その間、夏目はまったくやる気を見せないでいるが。

「夏目さんは彼のことが気にならないんですか？」

「まったく気にならないわけではありませんが……彼のことを調べるのは簡単ではないと思いますよ」

「少年が行っていたコンビニの近くをくまなく聞き込みすれば、彼の家族や彼のことを知っている人に行き着くはずです」

「そうですかね」夏目が首をかしげた。

「どうして……」

「居所不明児童生徒の可能性があるからです」

居所不明児童生徒——

聞いたことがある。住民票を移さないまま所在不明になり、その後の就学が確認されない学齢期の子供のことだ。

「それならば学校に照会をかけても該当する生徒がいないことも納得がいきます。いや、それでもさすがに一週間子供が家に帰ってこなければ、普通の保護者であれば警察に連絡してくるでしょう。もしかしたら戸籍自体がないのかもしれません」夏目が腕を組んで小さく唸った。

「戸籍がない？」

「それなら保護者が名乗り出てこない、いや、それができない理由がわかります。子供に戸籍を与えてなかったとなれば罪に問われますからね。もし彼がそうであれば、外の世界で他人と接触を持たないようにと保護者から言い含められているでしょう。一日のほとんどを隠れるように部屋の中で過ごし、電車の乗りかたさえわからない」

啓子は夏目の言葉にはっとした。

行きかたがわからない——

少年がタクシーの運転手に言ったのはそういうことだったのか？

「そうであれば、なおさら彼の保護者を捜す必要があるでしょう」啓子は食い下がった。

「子供を無戸籍にするような親なら、いっそ離れたほうがいいという考えもあります。彼がこのまま何も話さず、保護者が名乗り出てこなければ、彼には戸籍が与えられるでしょう。その後、施設に預けられることになるでしょうが……」夏目が寂しげな表情を浮かべた。

「無責任な親だとはかぎらないじゃないですか。不法就労の外国人の子供だという可能性もあります。それに子供に戸籍を与えていなかったとしたら、その保護者の罪を問わなければならないでしょう。いずれにしても少年のために、真実を明らかにするべきです」

「わかりました……」

夏目がしかたがないというように、少年の写真を手に取って立ち上がった。

「ただ、ひとつお願いがあります。別行動にしましょう。ひとりでいることに慣れてしまったせいか、人といると疲れてしょうがないんです」

どうせサボろうというのだろう。

「どうぞご自由に」啓子は夏目に言い捨てると先に部屋を出た。

夏目が言っていたように、少年の関係者を捜し出すのは簡単ではなかった。

少年が行っていたコンビニの周辺や、子供が立ち寄りそうな公園やゲームセンターを回っていろんな人から話を聞いているが、彼の保護者はおろか、彼のことを知っているという人物にまったく行き当たらない。

夕闇が迫り、そろそろ署に戻ろうかと思っていたときに夏目から電話があった。

「豊島区の中央図書館に来てください――」

それだけ言うと電話が切れた。

図書館に行くと、総合カウンターの前に夏目が立っていた。

「いったい何ですか？」

「こちらのかたが少年を見かけたことがあるそうです」夏目が総合カウンターに立っている女性職員を手で示した。

「本当ですか？」

啓子が身を乗り出して訊くと、女性職員が「ええ、まあ……」と頷いた。

「それはいつですか」

「子供がたくさんいたので土曜日か日曜日……いや、土曜日でしたね」女性職員が思い出したように言った。

少年が万引き事件を起こした翌日だ。

「その少年は何か借りていきましたか？」

本を借りたとすれば少年の身元がわかるだろう。

「いえ、何も借りていないと思います。初めて見かけた少年で、開館直後にやってきて、夕方までずっとそこの席で熱心に何か読んでいましたね」女性職員が閲覧席のひとつを指さした。

「何を読んでいたのでしょう」

「さあ……もうよろしいでしょうか？」

啓子が頷くと、女性職員はカウンターの奥に戻っていった。

「一応、一日中捜し回っていたんですね」

少し見直して言うと、夏目が「そうでもありませんよ」と素っ気なく返した。

「彼がタクシーに乗った場所の近くから捜したほうが何かわかるかと思って蒲田署に連絡しました。タクシー会社と運転手の名前を教えてもらいましたが、あいにく運転手が休みで確認するのに時間がかかっただけです」

夏目がこちらから視線をそらした。視線の先を追うと時計があった。五時半を過ぎている。

「時間なのでこのまま直帰します」夏目が出口に向かって歩きだした。

翌日、啓子も少年を見かけたことがあるという人物を捜し出すことができた。雑司が谷にある団地に住む二十歳の大学生だ。

電話で夏目を呼び出し、団地の敷地内にあるベンチで大学生とともに待った。

「何かスポーツをやっているんですか？」

「ええ。フットサルをやってます」大学生がはきはきした口調で答えた。

どうりで。短パンから伸びた足は筋肉で締まっていた。

しばらく世間話をしていると、夏目がやってくるのが見えた。

「お待たせしてすみませんでしたが、この人にも少年を見かけたときの話をしていただけますか」啓子は大学生に頼んだ。

「ええ……その少年ならこの前見かけました。フットサルの練習から帰ってきたときにそこで男の人と一緒にいましたね」

大学生が指さしたほうを夏目とともに見た。植木がある。

「どんな男の人ですか」夏目が訊いた。

「スーツを着てがっちりとした体格でした。ちょっと強面《こわもて》でしたね。少年の手をつかんでいろいろ言ってましたよ」

「どんなことを？」

「こっちに来ればもっといい暮らしをさせてやる……みたいなことを言いながら強引に少年を団地の外のほうに引っ張っていったんです。何かやばそうだな、警察に通報したほうがいいかなって携帯を取り出したときに、少年が男の人に向けて何か吹きかけたんですよ。そしたら男の人は苦しそうにバタバタしだして……」

「催涙スプレーですかね」

「たぶんそうじゃないですか。けっこう離れていたんだけどこっちにまで変な臭いがしてたし。男の人は目を押さえながらもう片方の手で少年がかぶっていた帽子を必死につかんでいましたね。だけど、少年は男の人を振り切ってどこかに逃げていきました」

「それはいつの話ですか？」夏目が顎《あご》に手をやり訊いた。

「先週の金曜日の夜です」

「その少年はこの団地に住んでいるんですかね」

「そうでしょうね。ここで何度か見かけたことがありましたから。女性と一緒に竹とんぼで遊んでいるのを見かけて、珍しいものを持ってますねって声をかけたことがあります。女性は愛想笑いを浮かべると少年を連れてそそくさとあそこに戻っていきましたよ」大学生が少し先にある団地の一棟を指さした。

「名前とかはわかりませんか？」

「さあ……」

「どんな感じの女性でしょうか」今度は啓子が訊いた。

「三十歳ぐらいのきれいな女性ですよ。けっこう派手なネイルをしてて……もういいですかね？　そろそろ行かないとバイトに間に合わなくなっちゃう」

「ありがとうございます」

啓子が礼を言うと、大学生は自転車に乗って去っていった。

「戸籍がないということはないでしょうね」啓子は少し安心しながら言った。

「どうしてですか？」

「おそらく少年を捕まえようとしていたのは彼の父親じゃないでしょうか。ＤＶか何か理由はわかりませんが、夫から逃げるために住民票を移さないままにしていたんでしょう」

「そうだといいですが……」

「どうしましょう？　これからあそこを一軒一軒訪ねてみますか」

「その女性について少し調べてからのほうがいいんじゃないでしょうか」

「そうですね」

啓子は頷いて、夏目とともに団地から出た。

チャイムを鳴らしてしばらくすると、ドアが少し開いて女性が顔を出した。血色のよくない痩せた女性だ。

「東池袋署生活安全課の福地といいます。少しよろしいでしょうか」啓子は女性に見えるように警察手帳を示した。

「い、いったい……警察のかたが何でしょう……」

女性はあきらかにうろたえているようだ。落ちくぼんだ目が泳いでいる。

「この少年のことをご存知ですね」

啓子が少年の写真を見せると、女性が食い入るように見つめた。

「現在、少年鑑別所で保護しています」

「少年鑑別所？」

「先週の金曜日に万引きをして警察に捕まったんです。ただ、自分のことについて何も話してくれないので彼の保護者を捜していました。開けていただけませんか？」

啓子が告げると、女性が観念したようにドアチェーンを外した。

「中に入ってもよろしいですか」

弱々しく頷いた女性を見て、啓子は靴を脱いで部屋に上がった。

華奢《きゃしゃ》な女性は触れただけで倒れてしまいそうな様子で座卓の前に座った。啓子は「失礼します」と言って女性の前に座った。

室内を見回すと子供のおもちゃであふれている。啓子も知っている戦隊ものの人形やゲームやラジコンカー。それに大学生が言っていた竹とんぼもあった。おもちゃだけでなく本もたくさんあった。漫画や、小学生用の学習ドリルなどが本棚に整然と並べられている。

夏目は座ることをせず、室内をゆっくり移動しながらそれらのものを眺めている。

「まず、あなたのお名前を聞かせてください」啓子は目の前でうなだれている女性に言った。

昨日一日かけて女性のことを調べていた。女性のことについて調べてからのほうがいいと言った当の夏目は非番で、ほとんど啓子が調べたのだが。

調べてみるとこの部屋の住民票はなかった。部屋の契約者は栗原裕久という人物だ。だが、郵便ポストにも表札にも名前は出ていなかった。

「岡崎《おかざき》珠美です……」

「栗原さんではなく？」

啓子が訊くと、女性がはっとしたように顔を上げた。

「ええ……栗原さんはわたしに代わって部屋の契約をしてくれただけです」

「ここ数日、あちこちの病院を回られていましたよね。彼を捜していたんですか？」

座卓の上に少年の写真を置くと、珠美がこくんと頷いた。

「どうして警察に通報しなかったんですか。ずっと息子さんが帰らなくて心配されてたんでしょう」

「息子ではありません」珠美が呟いた。

「では……」

「人から預かったんです」

「預かった？　どなたからですか？」

「鈴木《すずき》さんという女性です」

「今、どちらにいらっしゃるんですか」

「わかりません」

「わからない？」

「ええ……」

「どちらで知り合ったんですか」

「恥ずかしい話なんですけど……わたし、ちょっと病気を抱えていてあまり働けなくて……それで日々の糧《かて》を得るためにたまに街中に立ってからだを売ってたんです。そこで知り合ったかたです」

「どれぐらい前の話ですか？」

「ずいぶん昔……六、七年前ぐらいでしょうか……」

「それからずっと彼を預かっているんですか？」

「ええ。何か変な男に追われていたみたいで……一緒にいると子供に危害が及ぶかもしれないということで、問題が解決したら必ず迎えに行くから、それまでジュンを預かっていてくれと」

「ジュンくんというんですか？」

「それが本名かどうかはわかりません。鈴木さんという苗字も含めて」

「それにしても六、七年ほどの間他人の子供を預かっているなんて」

にわかには信じられない話だった。

「定期的にお金を送ってくださっていたので、わたしとしても生活が助かりますし」

珠美がタンスの引き出しから通帳を取り出して見せた。スズキユキコという人から二週間に一回、十万円の振り込みがされている。

「おもちゃなんかはその女性から送られてくるんですか？」

ふいに問いかけた夏目に目を向けると、おもちゃのピストルを手に持っている。壁際に置いてあった的に弾を当てて無邪気に笑っている。

「ちょっと、夏目さん！」啓子はたしなめた。

「いえ、だいたいわたしが選んで買い与えています」

「ジュンくんと一緒にではなく？」夏目が訊いた。

「あまり外に出すわけにはいきませんから、わたしがジュンの喜びそうなものを適当に選んで与えています」

夏目はおもちゃのピストルを置くと、今度は近くにあった料理の本を手にしてぺらぺらとめくった。

「料理がお好きなんですね。でも、その爪じゃ作るのは大変じゃないですか？」

「そうですね。十代の頃からこういう感じでしたので包丁なんかはほとんど握ったことはありません。料理はジュンが作っているんです」

「そうなんですか？」

「料理に凝っていて……幼い頃からコンビニの弁当ばかりだったので飽き飽きしたんじゃないでしょうか。だから、最近では漫画や参考書の他に料理の本も買ってやってるんです」

「それだけ大切に思われているのに、どうして警察に知らせなかったんですか」啓子は夏目によって脱線させられた話を軌道修正した。

「怖かったんです。ジュンを学校に行かせていないことがわかったら、何かしらの罪に問われてしまうんじゃないかと思って……」

「そうですね。その可能性はあります。もう少し詳しい事情を聴きたいので、署までお越しいただけますか」

「わかりました。ちょっと着替えをしてもいいですか」

「どうぞ」

啓子は立ち上がった。竹とんぼで遊んでいる夏目に「行きましょう」と言って外に出た。

「六、七年の間、ほとんどあの狭い部屋の中だけで生活していたと思うと、ジュンくんが不憫《ふびん》でなりませんね」

「そうですか？」

「夏目さんはそう思いませんか？」

「部屋の様子を見れば、珠美さんは本当の子供のようにジュンくんに愛情を注いでいたように感じます」

たしかに彼への教育はそれなりに施《ほどこ》されているように思えるが。

「それにジュンくんも珠美さんに信頼を寄せていたんじゃないですかね」

「警察でも少年鑑別所でも彼女のことを話さなかったからですか？」

自分のことがわかれば珠美に迷惑をかけることになると思ったのだろうか。

「いえ。同じものを食べようとするからです」夏目がそう言って階段を下りていった。

8

「栗原さん——事務所にお客さんがおみえですよ」

駐車場で洗車をしていると、事務員が呼びに来た。栗原は緊張して事務所に目を向けた。

もしかしたら警察だろうか——

昨日、珠美から連絡があった。これから警察に行くことになったから、その前にどうしても事情を知らせておきたかったのだと。

裕希は万引きで警察に捕まったという。だが、警察でも少年鑑別所でも自分のことについてはいっさい話をしていないそうだ。

もし、裕希の存在が世間に知られたら、珠美とも離れてひとりぼっちで生きていかなければならなくなるのだと強く言い聞かせていた。

自分のことは何も話してはいけない――

裕希はその言いつけを頑《かたく》なに守っているようだが、これで珠美は何らかの罪に問われることになるだろう。

すまない――と電話口で詫《わ》びると、珠美は「そんなことかまわない。シラを切りとおしてあの子のことは絶対に守る」と言ってくれた。

珠美は栗原の元にも警察がやって来るかもしれないと注意を促した。栗原はあの部屋の契約をしていて、珠美が最後に連絡を入れている人物だからだ。夏目という刑事には特に用心してと釘を刺して珠美は電話を切った。

珠美が連絡してくれたおかげでそれなりの心づもりができた。

事務所に入り、応接室のドアを開けると、ソファに並ぶように男女が座っていた。

見たところ、自分と同年代らしい四十歳前後に思えた。

「あの……わたしに御用ということですけど……」栗原は戸惑ったように口を開いた。

「職場まで押しかけて申し訳ありません。何度かご自宅に伺ったんですがいらっしゃらなくて、こちらに伺ったらちょうど戻られたとのことでしたので」

男性のほうは頼りなさそうにぼうっとしているが、女性の視線は自分のことを見定めているような鋭さを感じさせる。

珠美が言っていた夏目という刑事は彼女だろう。

「わたしは東池袋署の福地と申します」

この女性は夏目ではない。

「警察って？」栗原はわざと驚いて訊き返した。

「まあ、お座りください」

福地に促され、ふたりを見つめながら向かいに座った。

この女性が夏目ではないのであれば、隣にいる頼りなさそうな男がそうなのだろうか。だが、珠美が用心してと釘を刺すような鋭さは微塵《みじん》も窺えない。その刑事は来ていないのだろうと少し安堵した。

「警察が、いったい……」

「岡崎珠美さんという女性をご存知ですよね」福地が言った。

「ええ、彼女が何か？」

「岡崎さんから何も聞いていませんか？　彼女は児童福祉法違反の容疑で警察に勾《こう》留《りゅう》されているんです。昨日、警察に行く前に栗原さんの携帯に連絡をしていますが、そのときにそういう話はされませんでしたか？」

「そういう話はしてませんでしたけど。ただ、昨日会う約束をしていたので行けなくなったとだけ……」

「ぶしつけな質問で恐縮ですが、岡崎さんとはどういうご関係なのでしょう」

「あまり大きな声では言えませんが、大人の遊び相手です」

「岡崎さんの部屋の契約をしてあげてますよね」

「まあ、昔どうしてもと頼まれまして」

「部屋に行ったことはありますか？」

「契約するときには行きましたね。それ以降は一度も行ったことはありません。それにしても何なんですか、児童福祉法違反って……」

「この少年をご存じありませんか？」福地がテーブルの上に写真を置いた。

栗原は裕希の写真をしばらく見つめ、「知りません」と首を横に振った。

「ジュンくんと言うんですが、珠美さんからその名前を聞いたことは？」

「ちょっと待ってください。まさか、珠美の子供ですか？」栗原は素《す》っ頓狂《とんきよう》な声を上げた。

「いえ……彼女が言うには本当のお子さんではないそうです。ただ、あの部屋で一緒に生活していました」

「まいったなあ。聞いてないよお。それでおれが部屋に行こうと言ったら嫌がったのか」栗原は頭をかいた。

「お忙しいところご協力いただきありがとうございました」

これ以上訊くことがないというように、福地が隣の男に目配せして立ち上がった。

「珠美は刑務所に行くことになるんですか？」栗原は訊いた。

「彼女の話が本当であれば情状《じようじよう》酌量《しやくりよう》の余地があると思います。ただ、可能性がないとは言い切れません」

「そっかあ。そうなったら部屋を解約しなきゃだな」

栗原は最後の演技をしながら、出ていくふたりを見送った。

9

少年鑑別所の受付で待っていると、北芝《きたしば》という法務技官が現れた。

「おつかれさまです。こちらが手を焼いている間に少年の保護者を捜し出してくださったそうですね」

北芝は福地に言って、少し離れたところにいた夏目に目を向けた。

「おい、夏目——ひさしぶりだな」

北芝が声をかけると、夏目が軽く頷いた。

「夏目さん、少年係の経験があるんですか？」

啓子は訊いたが、夏目は何も答えない。

「元同僚ですよ」

北芝の言葉をすぐには理解できなかった。

「同僚って……」

「彼が警察官になるまで。なあ？」

「夏目さんは法務技官をされていたんですか？」

こちらから目をそらしながら夏目が小さく頷いた。

「優秀な法務技官でしたよ。まあ、どうぞこちらに」

北芝が歩きだしたので、啓子は後に続いた。夏目もついてくる。

「少年はどんな様子ですか?」啓子は北芝に訊いた。

「ここに来てからずっと面接を続けていますが、何も話しませんね」

北芝が『面接室』と札の掛った部屋の前で立ち止まった。ノックしてドアを開けると、机に向かって座っている少年の背中が見えた。

「どうぞ」

北芝に促されて啓子は部屋に入った。少年と向かい合うように座っていた職員が立ち上がり、面接室から出ていく。ドアが閉じられ、啓子は少年の向かいに座った。

面接室にはもうひとつ椅子が用意されているが、夏目はドアのそばの壁にからだを預けるようにしてぼんやりと立ったままだ。

啓子は夏目から少年に視線を戻した。あいかわらずうつむいたままでいる。

「岡崎珠美さんと会ったわ」

啓子が言うと、何かに弾《はじ》かれたように少年が顔を上げた。

じっと少年の目を見つめた。かすかではあるが、出会ってから初めて感情を窺わせる眼差しだ。

「珠美さんはあなたのことをすべて話してくれた。だからもうあなたが黙っていなきゃいけない理由はないの。いくつか訊かせてちょうだい」

少年は何の反応も返さなかった。

「お母さんやお父さんのことを覚えているかな？」

穏やかに問いかけたが、少年は答えない。

「あなたが万引きした日の夜、男の人に連れて行かれそうになったわよね。その人は誰なの？　どうしてあなたを連れて行こうとしたの？　もしかしたら、その人はあなたのお父さんじゃない？　その人はあなたにどんな話をしたの？」

少年は口もとを引き結んでこちらを見つめるだけだ。

「あの日、どうして六郷土手に行こうと思ったの？　そこに何かがあるの？」

それからどんなことを問いかけても、少年の眼差しからいっさいの感情が窺えなくなった。

啓子は溜め息をついて夏目に目を向けた。

「行きましょう」夏目が諦めたようにドアを開けた。

「どうして法務技官を辞めて警察官になられたんですか？」

地下鉄の改札に向かいながら言うと、夏目がこちらに顔を向けた。

「どうしてですかね……今となってはどうでもいい理由だったのかも」

「どうでもいい理由でなったから、そんなにやる気がないんですか？　一課の人たちも一目置く刑事だと聞いて少しは期待していたんですけど」

「買い被《かぶ》りですね」夏目が自嘲するように言った。

「わたしもそう思います。あなたからは仕事に対する熱意がまったく感じられない。まわりの者たちにとってはいい迷惑です」

「そうかもしれませんね。大学の友人から転職を勧められています。何もかも忘れて新しい世界に踏み出したほうがいいのかもしれない」

「わかりました。もう明日から少年係に来てもらわなくてけっこうです。あなたを見ているとと彼のことをいつまで経っても忘れられなそうだから。あなたと同じように、何を考えて、何を求めているのかわからない」

「彼は何かを求めていますよ」夏目がそう言いながら改札を抜けた。

「何を求めているというんです」

啓子が訊くと、夏目が立ち止まりこちらに目を向けた。

「彼の足跡をたどればおのずと彼の求めていたことがわかりますよ」

言っている意味がよくわからない。

「どういうことですか？」

「これから大学時代の友人と飲む約束をしているので、ここで失礼します。新聞社の政治部の記者をやっていて、いつもおもしろい裏話を聞かせてくれる」

夏目がそう言って歩きだした。池袋方面とは反対のホームに向かっていく。

「ちょっと待ってください。まだお話が……」

啓子は呼び止めたが、夏目は立ち止まることなく歩いていく。


彼の足跡をたどればおのずと彼の求めていたことがわかりますよ——

車窓に映る自分の顔を見つめながら、啓子はずっと考えていた。

自分が気づいていないことに夏目は気づいているということなのか。それともただの強がりだったのか。

電車が池袋に着いてドアが開いた。署に戻るには次の東池袋駅のほうが近いが、何かが引っかかってドアが閉まる直前に電車を降りた。

池袋駅を出ると繁華街のネオンをすり抜けながらゲンキ書房に向かった。店に入ると見知った店員に挨拶をしてしばらく店内をうろついた。ワゴンに置かれたDVDを眺める。

少年はここにあったDVDを万引きした——

前日に同じものを買おうとしたのだから、いたずら気分やちょっと魔が差したというものではないだろう。どうしてもあのDVDが欲しかったから。

だけど、どうして……。

啓子は答えを見つけられないまま店を出ると、少年が住んでいた雑司が谷の団地に向かった。

薄闇に包まれた団地に入り、ベンチに座って植木のあるほうを見つめた。

万引き事件を起こして帰ってきた少年はここで男に連れて行かれそうになった。事件を起こしてから五時間近く経っているが、もしかしたら自分についた催涙スプレーの臭いを気にして、どこかに隠れていたのかもしれない。

少年を連れ去ろうとした男はいったい誰なのだろう。少年の父親なのか、それともスズキユキコという少年の母親を追っているという男なのか。

しばらく考えていたがやはりわからず、啓子はベンチから立ち上がった。

中央図書館に入ると少年が座っていたという閲覧席に向かった。そのときの少年と同じように啓子も椅子に座った。机の上にじっと視線を据えた。

少年は朝から夕方までこの席に座って熱心に何かを読んでいた。その後、少年はこの近くからタクシーに乗って――

「こんばんは――」

声をかけられ、啓子は我に返って顔を上げた。

先日話を聞いた女性職員が立っている。

「先日はどうも」啓子は軽く会釈した。

「警察のかたはみなさん熱心なんですね」

「みなさん？」啓子は訊き返した。

「ええ。この前ご一緒だった男性の刑事さんも翌々日にいらっしゃって一日中そこに座ってましたよ」

「一日中？」

その日、夏目は非番だったはずだ。

「熱心に新聞の縮刷版《しゅくさつばん》を読んでいらっしゃいましたね」

女性がそう言いながらすぐそばの棚を指さした。新聞の縮刷版が並べられている。

どうして夏目は――
啓子は立ち上がると新聞の縮刷版を一冊手に取って戻った。考えの当てもないまま
とりあえず表紙をめくってみた。

ドアが開く音が聞こえて、啓子は目を向けた。
喫茶店に入ってきた長峰《ながみね》の姿を見て、すぐに立ち上がった。
「おひさしぶりです。突然、無理なことをお願いして申し訳ありません」啓子は頭を
下げた。
「いえいえ、事件番だったんでそれなりに時間はありますから。それよりも八王子署
から東池袋署に移られていたとは知らなかった」
「三ヵ月前に異動になったばかりです」
長峰は啓子よりも二歳年下だが、二十八歳で捜査一課に入るだけあって優秀な刑事
だった。
七年前に捜査本部の仕事をしたときにコンビを組んだ。若い女性ばかりを狙った連
続強姦殺人事件だった。ふたりの女性が殺され、ひとりの女性は一生消えないであろ
う心の傷を負うことになった。

啓子と長峰が被害者の女性から話を聞くことになったが、被害者は事件の際に受けたあまりの恐怖から犯人の特徴を呼び起こすことができないでいた。

啓子は同性の立場から、長峰は異性の立場から被害者を励まし、勇気づけ、何とか女性の心の傷を癒《いや》そうと努めた。その甲斐があってか、女性は少しずつ犯人の手がかりを思い出していき、逮捕に結びついた。

長峰とは今でもあの事件を担当した捜査員を交えてたまに飲みに行ったりして親交を続けている。

捜査一課が関わっていない事件だとは思うが、長峰なら何か情報を探してもらえるのではないかと昨夜連絡してみたのだ。

「あの事故について、何かわかりましたか？」

世間話もそこそこに、啓子は本題に入った。

「ええ。捜査一課が関わった事件ではありませんが、蒲田署に同期がいるのでいろいろと教えてもらいました」

昨日は一日中図書館にこもって新聞の縮刷版を読み漁《あさ》っていた。特に珠美が少年を預かったという六、七年前のものを中心に、『六郷土手』につながる事件や事故などがなかったのかを調べていった。

そしてひとつの記事に行き着いた。

七年前の六月六日、六郷土手駅の近くにある多摩《たま》川の河川敷で三歳の男児が溺《おぼ》れて行方不明になってしまったという。

父親が釣りに夢中になっている間に、男児が川に落ちてしまった。父親は男児がいないことに気づきすぐに警察に通報した。付近を捜索しているが男児の姿は見つかっていないと記事には書いてあった。その事故に関する続報は見当たらなかった。

父親の名前は栗原裕久――珠美の部屋を契約した男だ。

川で溺れたという栗原の息子は裕希という。

「蒲田署はあの事故に関してしばらく栗原さんのことを内偵していたとのことです。いくつか怪しい点があったらしくて」

「怪しい点というのは?」啓子は訊いた。

「栗原さんはもともと政治家の運転手をしていたそうです。神谷陽一《かみやよういち》さんはご存知ですか。神谷一族の」

「もちろん」

神谷一族といえば三代続く政治家の家系だ。祖父はすでに亡くなっているが総理大臣経験者の神谷一郎《いちろう》で、父親の茂《しげる》は元警察官僚の政治家でいくつもの大臣を歴任している大物だ。

「そういえば、神谷陽一さんはある時期からあまり表舞台に立ってらっしゃらないですね。父親の茂さんはあいかわらず政界でお盛んみたいだけど」

「ずいぶん前の話ですが、陽一さんはひとり息子を亡くされたみたいですね。それが原因なのかどうかはわかりませんが……それはともかく、栗原さんは十年ほど前に神谷陽一さんの運転手を辞めて、グラビアアイドルをしていた女性と結婚しました」

「グラビアアイドル？」

「ホシノゾミさんというかたです。わたしは聞いたことがありませんが」

長峰がメモ帳に書いた文字を指さした。「星望」と書いてある。

その名前に聞き覚えがあった。

しばらく考えて、少年が万引きしようとしたＤＶＤの女性だと思い出した。

パッケージには「星のぞみ」とあったが、芸名で漢字をひらがなに変えたのかもしれない。

「それで……」

思いがけないつながりに、啓子は先を促した。

「ただ、その望さんは裕希ちゃんの事故が起きる半年ほど前に亡くなっているんです」

「半年前？」

「ええ。ひき逃げに遭い、犯人は捕まっていません。栗原さんはそれによって保険金を得ています。栗原夫婦は結婚してから蒲田で飲み屋を営んでいました。最初の頃は元グラビアアイドルがいるお店ということでそれなりに繁盛していたみたいですが、その頃には経営はかなり悪化していたそうです。さらに、望さんが亡くなった後には裕希ちゃんにも保険をかけています。そういうわけで栗原さんの内偵をしていたのですが、調べれば調べるほど怪しい行動が浮かんできたんです。栗原さんは望さんが亡くなってから、毎日のように風俗店や路上で売春をしている女性と、かなり派手に遊んでいたそうです。そして、望さんの保険金が尽きそうになった頃に、今度は川での事故だ。蒲田署はふたつの事故について捜査をして、何度か任意で栗原さんから事情を聴いたそうですが、立件するだけの証拠を見つけられなかった。その事故から七年経っているので裕希ちゃんの失踪宣告がなされ、栗原さんはふたたび保険金を手にすることができるでしょう」

長峰の話を聞きながら、ひとつの想像に行き着いた。

保険金目的で子供が死んだように見せかけていたのではないか——

栗原は風俗遊びをしていたときに知り合った珠美に子供を預け、川で溺れたと証言して保険金をだまし取った。

珠美は子供を預かる見返りに、栗原に部屋を借りてもらい、定期的に金を送ってもらう。

警察でも、少年鑑別所でも、少年が何も話さなかったのは、自分の本当の正体を知られたら父親が逮捕されてしまうという思いからだったのかもしれない。

面接室で向き合った少年の眼差しを思い出してやりきれなくなった。

「ありがとうございます。短い時間でそれだけお調べくださるのは大変だったでしょう」

「いいえ。実は二日前に同じことを訊いてきた男がいたものですから材料はすでに用意していました」

長峰の言葉に、啓子は首をかしげた。

「夏目さんとコンビを組まれているんですね」長峰が笑みを浮かべた。

「ご存じなんですか？」

「ええ。福地さんと同じく、わたしが尊敬する所轄署の刑事のひとりです」

「あの人がですか？」啓子は訝《いぶか》しい思いで言った。

「鋭い洞察力と、どんなに苦しくとも真実を見つめようとする強さがある。表面的にはどこか頼りなさそうに見えますけど、刑事という仕事に対して誰よりも熱い思いをたぎらせている」

「買い被りすぎじゃないでしょうか。たしかに洞察力が鋭いところは認めますが……仕事に対する熱意はまったく感じられません」

「最近、そういう噂を耳にしています。信じたくはないですが、もしかしたらあの事件を解決したことで燃え尽きてしまったのかもしれない」

「どういうことでしょうか」

「夏目さんはもともと少年鑑別所の法務技官をしていたんですが、三十歳のときに警察官に転職したんです」

「ええ、そうみたいですね。だけど、どうして転職なんか……」

「お嬢さんの事件を解決したい一心だったのでしょう。夏目さんのお嬢さんは十年前に通り魔に襲われ、今でも植物状態なんです」

その話を聞いて、啓子は絶句した。

「半年ほど前に、夏目さんは自らの手でお嬢さんを襲った犯人を捕まえました」

「それで……燃え尽きてしまったと？」啓子は言葉を絞り出した。

「そうは思いたくありません。少々風変わりではありますが、夏目さんのような刑事は絶対に必要です。彼の情熱がふたたび呼び覚まされることをわたしは誰よりも願っています」

長峰がそう言いながら熱のこもった眼差しをこちらに向けてくる。

栗原が保険金目的に息子を死んだことに見せかけた――

夏目は今回の事件の裏に潜むものにいち早く気づいていながら、啓子に何も言わなかったということなのか。

子供をあんな環境に陥れた親の犯罪を黙殺しようとしたのか。

仕事に熱意を持てなくなった理由を知って多少の同情を抱いているが、だからといって許されることではない。

刑事課の部屋に入るとまっすぐ夏目のもとに向かった。

「ちょっと話があります」夏目の前に立つと、啓子は鋭く言った。

「何でしょうか？」

「ここじゃなんですので……」

まわりの同僚に聞かせられる話ではない。

夏目を連れて屋上に向かった。屋上には誰もいなかった。夏目は一点を見つめながらゆっくりと端に向かって歩いていった。

「いったいどういうことなんですか」啓子は夏目の背中に向けて言った。

夏目はこちらに目を向けることもなく池袋の街に視線を据えている。

「あなたはとっくに気づいていたんでしょう。あの少年が栗原裕久の息子である裕希くんで、保険金目的で死んだことにされたのではないかと」

「一昨日、捜査一課の長峰さんから話を聞いたときにその可能性は考えました」

「じゃあ、どうしてそのときすぐにわたしに言わないんです。いや、わたしだけじゃない。警察として捜査しなければならないことでしょう」

「そうする意味がないように思えたんです」

「意味がない？」

啓子はその言葉に憤然として夏目に近づいた。

「お嬢さんを襲った犯人を捕まえたらそれでいいんですか？」

啓子が言い放つと、ようやく夏目がこちらに目を向けた。

「あなたはお嬢さんを襲った犯人を捕まえるためだけに刑事になったんですか？　そうであるならばさっさと辞めてもらいたい。苦しんでいる人たちのために尽力することがわたしたちの使命じゃないんですか」

夏目は何も言わず、ただ寂しげな眼差しを啓子に向けていたが、ふたたび街のほうに顔をそらした。

「戸籍もなく、学校にも通えず、親も友達もいない。あの狭い部屋の中だけで生きていかなければならないあの少年がかわいそうだと思わないんですか！」

啓子は詰め寄ったが、夏目は視線を合わせようとしない。

「戸籍があって、親と一緒に暮らして、贅沢《ぜいたく》をして生きていくことだけが幸せだとはかぎりません」

「じゃあ、あの少年は幸せだとでもいうんですか」

啓子が言うと、夏目がゆっくりとこちらを向いた。啓子をしばらく見つめ、やがて口を開いた。

「それを確かめましょうか」

10

いったい何を取り調べようというのだろう。

警察署の廊下を歩きながら、栗原は嫌な予感を嚙み締めた。

夕方、アパートに福地がひとりでやってきた。珠美に関することで任意の取り調べがしたいという。

都合が悪ければ日を改めてもいいと言ったが、明日から福岡《ふくおか》に行かなければならないので五日ほど帰ってこられない。落ち着かない気持ちのまま何日も過ごすのは嫌だと考えて取り調べを受けることにした。

だが、車に乗り込んで東池袋署に向かう間、嫌な予感に縛《しば》られ始めた。

もしかして、裕希が自分のことについて何かを思い出して警察に話してしまったのではないかと。

そんなことになれば栗原も珠美も逮捕されてしまう。そして、裕希はひとりになってしまう。最も避けなければならない事態なのだ。

三歳までの記憶だから、裕希がどれだけ自分のことを憶えているかわからない。

珠美からずっとジュンと呼ばれ続けているが、もしかしたら自分の本当の名前を憶えていたかもしれない。

だが、もし裕希が自分の名前を刑事に告げていたとしても、栗原と親子である証拠は何もない。あくまでも知らない子供だと言い張ればいい。

「こちらです」

福地が『取調室三』と書かれた部屋の前で立ち止まった。福地に続いて栗原は取調室に入った。福地が指さしたほうを見て、心臓が飛び出しそうになった。

壁の一部がマジックミラーになっていて隣の取調室の様子が見えた。先日、事務所に来た男の刑事と向かい合うように裕希が座っている。

「これはいったいどういう……」栗原は戸惑いながら言った。

「あの子が岡崎珠美さんと一緒に暮らしていた少年です。見覚えはありませんか？」

福地に訊かれ、栗原は首を横に振った。

「栗原さんがいらっしゃいました。どうぞ」

福地がテーブルの上に置かれたマイクに向かって言うと、隣の取調室にいる刑事が頷いた。

「待たせて悪かったね――」

刑事の声がスピーカー越しに聞こえた。

裕希は反応を示さない。じっとうつむいている。

「きみの名前を聞かせてもらえないかな」

刑事が少し身を乗り出すようにして、優しげに語りかけた。

一分ほどそのままの状態でいたが、刑事は裕希が何も話さないことを悟ったように苦笑を浮かべた。

「しようがないな。じゃあ、しばらくおじさんの話を聞いてもらおう。もし、何か言いたいことがあったら遠慮なく言ってね。あっ、遠慮っていう意味はわかるかな？ きっとわかるよね。きみは賢い子だ」

刑事がちらっとこちらに目を向けて、すぐに裕希に視線を戻した。

「ここしばらく、ぼくはずっときみのことを考えていたんだ。きみはどうしてあのDVDを万引きし、店員に催涙スプレーをかけて逃げ、翌日図書館に行き、タクシーに乗って六郷土手に行ったのか。催涙スプレーをかけて逃げた理由は何となくわかったけど、それ以外に関しては最近までわからなかった。でも、ようやくわかったよ」

裕希がぴくりと肩を震わせ、かすかに顔を上げた。

「きみは自分自身を探していたんじゃないかい？ 自分が誰なのか、どうして自分は学校に行くことができないのか、どうして大好きだったお父さんはいなくなってしまったのか。おそらく珠美さんはきみのお父さんは亡くなったか、どこかに消えてしまったと話していたんじゃないのかな」

隣の取調室を見つめながら、福地に悟られないように奥歯を噛み締めた。

「きみは少し前に懐かしい感じのする女性をテレビで見かけたんじゃないかな？　星のぞみさんという人だ。きみはテレビでその女性を見て自分の記憶にあるお母さんの面影に似ていると思ったのかもしれない。だけど、はっきりとはしなかった。それを確認したくて、どうしてもあのＤＶＤを観たかったんじゃないかい？　きみの記憶に残っている、お母さんのおっぱいにあったほくろがその人にもあるかどうかを――」

　刑事がそう言うと、隣にいた福地が息を呑《の》んだのがわかった。

「おそらくきみはいろいろな店を回ってその人のＤＶＤを探したんだろう。ネットであれば簡単に手に入っただろうけど、きみの家にはパソコンはないし、きみ自身は携帯電話を持っていない。十年以上前に売られていたＤＶＤを探すのはそうとう大変だっただろう。あの店にあるのを見つけたが売ってもらえず、万引きしたが捕まってしまって、店員に催涙スプレーをかけて逃げた。自分に残った嫌な臭いが消えるのを待って家に帰ろうとしたら家の近くで男の人に声をかけられた。普段、珠美さんから外にいる人と話すなと言い聞かされていたきみは逃げようとしたが捕まってしまった」

　初めて聞く話に身を乗り出しそうになったが、福地の視線を感じて思い留まった。

　隣の取調室を見つめながら、大宮の顔が脳裏にちらついている。

「そのとき男の人にきみの名前を訊かれただろう？　きみは栗原裕希という名前じゃ

ないかと。そして、六郷土手で起きた事故のことや、自分の父親が生きていてそれほど遠くないところにいることを聞かされたんじゃないかい？　珠美さんから外にいる人と話をしてはいけないと言われていたきみは男の人に催涙スプレーを吹きかけて何とか逃げたけど、その男がいると思うと怖くて家に帰ることができなかった。きみは図書館で幼かった自分の記憶を必死にたどりながら自分が誰なのか、そして自分の父親のことを知ろうとした——」

刑事がテーブルに両肘《りょうひじ》をついて指を組んだ。

「きみはすでに自分の本当の名前を知っているよね。きみの本当の名前はジュンではなく栗原裕希というんだ。きみは川で溺れて死んだことになっている」

そこで言葉を切って、刑事がひとつ息をついた。

「きみが知らないことも教えてあげよう。きみはお父さんに捨てられたんだ。二千万円という保険金と引き換えにね。お父さんはきみが思っているような優しい人じゃない。だからかばう必要なんかないんだ」

その言葉を聞きながら、激しい怒りが湧き上がってくる。

何て底意地の悪い刑事なんだ。

刑事が立ち上がって裕希のもとに向かった。裕希の手をつかむと立ち上がらせて取調室を出ていく。すぐにこの部屋のドアが開いて、刑事と裕希が入ってきた。

裕希をすぐ目の前にして激しい感情がせり上がってくる。

「あんた、証拠もないのに何でたらめなことを言ってるんだよ！　裕希はとっくに死んでるんだよ。その子供が裕希であるわけがねえじゃねえか！」

栗原はあふれそうになる涙を必死に堪えながら吐き捨てた。

だが、目の前の刑事は表情を変えなかった。ずっとうつむいている裕希に目を向けた。

「きみはどうだい？」

刑事が訊くと、裕希がゆっくりと顔を上げた。

栗原と目が合った瞬間、その眼差しが激しく揺れた。

裕希がとっさに顔をそらした。

「きみのお父さんじゃないか？　もし、それを思い出したらきみは本当の自分になれるんだよ。栗原裕希か、もしくはお母さんの名前である星裕希として生きられるんだよ」

刑事が裕希の頬に手を添えて視線を栗原に向けさせた。

「このままでいいのかい？　名前もなく、学校にも行けず、きみは本当にこのままでいいのかい？　本当のことを話してくれれば、目の前にいる人が父親だと思い出してくれれば、きみを救うことができるんだよ」

裕希の瞳が潤《うる》んでいる。

自分と同じように必死に涙を堪えているのがわかった。

「知らない人です」

裕希はそう呟くと刑事の手を振り払った。部屋を出て隣の取調室に戻っていくと椅子に座ってうなだれた。

「あんた、ひどい刑事だな」栗原は刑事を睨みつけながら言った。

「あなたには大変失礼しました。ご足労おかけしました。苦情なら上のほうにいくら言ってくださってもけっこうです。お帰りいただいてけっこうです」

刑事がドアを開けたので、栗原はちらっと裕希を見てから部屋を出た。

「エレベーターまで送りましょう」

刑事が歩きだしたので栗原はついていった。

「あの少年はこれからどうなるんですか?」栗原は訊いた。

「あなたには関係ないことでしょう」

「こんな三文芝居の舞台に無理やり上がらされることになったんだ。他人であってもちょっとは気になる」

「岡崎さんに仕送りをしていたというスズキユキコという人物を特定できなければ、彼には新しい戸籍が与えられて、施設に入れられることになるでしょう」

エレベーターの前で立ち止まると刑事がポケットから名刺を取り出した。

11

しばらくするとドアが開いて夏目が入ってきた。

「彼を少年鑑別所まで送らなければならないですね」啓子は隣の取調室にいる少年に目を向けた。

「あとでぼくが送っていきますよ」

「彼の母親……スズキユキコさんが早く見つかるといいですね」

「そんな人物はおそらく存在しません。彼は栗原裕希くんだとぼくは確信しています」

その言葉に驚いて、啓子は夏目のほうを向いた。

「じゃあどうして栗原さんを帰したんですか。いくらお互いが否定しても親子である確認はいくらでも……」

「無駄でしょうね。栗原さん自身、ＤＮＡ鑑定をされれば親子であるかどうかはわかると知っているでしょう。あのふたりは間違いなく親子であるけれど、血はつながっていない。だからぼくにあれほど食ってかかれたんです」

「じゃあ、裕希くんの本当の父親は別にいるってことですか？」

「ぼくはそう思っています」

「いったい……」

「彼が万引き事件を起こした夜に彼を連れ去ろうとした男か、その関係者じゃないですかね」

「どうして……」

「あくまで想像でしかありませんが……裕希くんが本当は生きているのではないかと怪しんでいる人物がいて、それを確認するために彼の髪の毛を採取しようとしたんじゃないでしょうか。普通なら相手を捕まえようとするのであれば、帽子ではなく手をつかむでしょう」

男の人は目を押さえながらもう片方の手で少年がかぶっていた帽子を必死につかんでいましたね——

団地で大学生から聞いた話を思い出した。

「思い当たる人でもいるんですか？」

「さあ……」

夏目はとぼけるように言ったが、その表情から思い当たる人物がいるのだろうと察した。

「いずれにしても、彼を死んだように見せかけてでも、渡したくない相手だったんでしょう」

啓子はあらんかぎりの想像力を駆使して考えた。

ひとりの人物が脳裏に浮かび上がってきた。

かつて栗原が関係を持っていた人物で、ひとり息子を失い、地位も財力もあり、顎で使える部下もいるであろう男――

だが、その名前を口にするのははばかられた。

「でも……もし、彼が本当に裕希くんだとしたらどうしてさっき、栗原さんのことを『知らない人です』と言ったんです。自分を捨てた父親への憎しみでそう答えたということですか？」

「逆じゃないですかね。父親が生きていて、今まで自分に惜しみない愛情を注いでくれていたのを知ったから、父親を信頼して、父親と同じことを言うことにしたんじゃないでしょうか」

「惜しみない愛情って、定期的に珠美さんに送金していただけじゃないですか。しかも、彼の保険金で」

「あの部屋に置いてあるものを見れば父親が子供に対してどんな思いを抱いているのかわかります」

「あそこにあるものはすべて珠美さんが買い与えているって……」

夏目が首を横に振った。

「福地さんは息子さんがいらっしゃるということですが、子供からせがまれたわけでもないのに、おもちゃといえども弾の出るピストルをわざわざ買い与えますか？」

何も言えなかった。

「息子にああいうものを買い与えるのは男親特有の心理のような気がします。それにあそこにあった竹とんぼは手作りです。珠美さんの爪ではナイフを持つのは難しいでしょうし、人との接触をほとんど断っている彼が、他の誰かからもらったとも考えづらいです」

夏目が隣の取調室を見た。啓子もつられて目を向けた。

先ほどまでうなだれていた少年が顔を上げていた。

心なしか、しっかりと前を向いているように思えた。

12

これでよかったのだ——

エレベーターから出ると、栗原はそう自分に言い聞かせた。

神谷陽一には絶対に裕希は渡さない——

ふたりの誓いを守るためには裕希に対してああ言うしかなかった。

裕希が生きていると確信すれば、神谷陽一はどんな手段を使ってでも手に入れようとするだろう。

自分の快楽のために望を無理やり犯したときのように——

たまたまテレビで見かけた望を気に入った陽一は、さまざまな手段を使って彼女に近づこうとした。

仲間数人で望に会うことに成功した陽一は、貸し切りにしていた店で飲んだ。仲間や店員たちもグルだったのだろう。望を動けなくなるほど酔わせると陽一だけを残して次々と帰っていった。

栗原は店が入っているビルの前でふたりが出てくるのを待っていた。だが、陽一がなかなか出てこないので車を降りて様子を窺いに行くことにした。店の前まで来ると壁越しに女性の悲鳴が聞こえてきた。ドアを開けて店内に入ると、ことを終えて満足したような顔で立ち上がった陽一と鉢合わせした。

今まで噂でしか聞いたことがなかったが、陽一の悪逆《あくぎゃく》を初めて目の当たりにした瞬間だった。

「おお。ちょうどよかった」と、陽一は笑いながら鞄から百万円の束を出した。

「これでこの女に言い含めておけよ。もし、言うことを聞かないようなら車にあるビデオカメラでハメ撮り映像でも残しておけ。おれは一回やった女は興味はねえから、おまえにくれてやるよ」

そう言った陽一を栗原は思わず殴りつけた。

そのことが原因で栗原はクビになったが、これっぽっちも後悔していない。それがきっかけで栗原と望は出会い、愛し合うようになったのだ。

望は神谷陽一の子供を妊娠した。望はあんな男の血が混じっている子供を産むことを躊躇《ちゅうちょ》したが、それでも自分のお腹に宿った新しい命を消すことができず、裕希を産むことにした。

栗原は望と結婚した。裕希が生まれて家族三人で幸せな生活を送っていたが、しばらくしていきなり神谷の使いである大宮がやってきた。

五千万円出すから裕希を神谷陽一に譲れと訳のわからないことを言いだしてきたが、もちろんそんな要求は突っぱねた。

神谷の周辺を調べた栗原はどうしてそんなことを言ってきたのか納得した。一年前、陽一のひとり息子が亡くなっていたのだ。そして、陽一はもう子供ができないからだになっているという噂を耳にした。

どんな手段を使ったのかはわからないが、何らかの方法で裕希と血のつながっていることを確認したのだろう。

神谷は裕希を手に入れるために子飼いを使ってさまざまな圧力をかけてきた。ふたりで営んでいた店の評判を落とし、経営を悪化させることもした。

そんなときに望がひき逃げに遭い、亡くなった。

望を亡くした失意に打ちひしがれるのと同時に、もしかしたら神谷陽一によって引き起こされた事故ではないかという疑惑が芽生えて慄然とした。

自分たちのほしいものを手に入れるためであれば手段を選ばない。陽一だけでなく、いろいろときな臭い噂のある一族だった。

栗原は裕希を連れてどこか遠くに逃げようかと考えた。だが、神谷一族の力をもってすれば簡単に見つかってしまうだろう。

それならば新しい戸籍を買うというのはどうだろうか。だが、そのための方法がわからない。住民票を移さないでどこかに行くという手段もあるが、住民票がなければまともな仕事を得ることができず、裕希にひもじい思いをさせてしまうことになる。

そこで考えたのが、裕希を死んだことにして陽一の目から隠すということだった。

栗原は毎日のように夜の街をさまよい歩きながら、自分の計画に協力してくれそうな女性を探した。

そして、路上でからだを売っていた珠美と出会った。

札幌《さっぽろ》でショップ店員をしていた珠美は悪いホストに引っかかり、闇金から多額の借金を背負わされて風俗に売られたという。だが、自律神経失調症を患《わずら》ったことで思うように仕事ができなくなり、借金取りから逃げるように東京にやってきた。

借金取りに知られることを恐れて住民票を移すこともできず、安宿を転々としながら金がなくなると路上で客を取っていた。

こんな生活、もううんざり——

身も心もぼろぼろになっていた珠美に、栗原は自分の計画を持ちかけた。

こんなどん底の生活から抜け出せるのならと、珠美は裕希を預かってひとりで生きていけるぐらいに成長するまで育てることを了承した。

裕希をずっと戸籍のないままにさせておくつもりはなかった。いずれは裕希と同世代の新しい戸籍を何とかして手に入れて、珠美から与えてもらうつもりだった。裕希の失踪宣告がなされて保険金が入れば、新しい戸籍も、それからひとりで生きていくために必要な環境も与えてやれるのではないかと思っている。

それまでは、たとえ学校に通うことができなかったとしても、友達がいなくても、将来ひとりで生きていけるだけの教育と知恵と人に対する優しさを身につけさせてやりたい。その思いで、毎月裕希への贈り物を考えてきた。

もちろん、そうは言っても戸籍をなくすことで、裕希がどれほど悲惨な思いをすることになるのかじゅうぶんにわかっているつもりだ。

それでも、裕希を陽一に、あんな一族に渡すよりはましだと考えた。

警察署を出ると先ほどまで自分たちがいたあたりの部屋の窓を見つめた。

あそこに裕希がいる。

これから新しい戸籍を与えられ、栗原とも、陽一とも、神谷一族とも関わりを持たない生活を始めるのだ。

栗原は握っていた名刺に目を向けた。『東池袋署　刑事課　夏目信人《のぶひと》』と書いてある。

夏目という刑事には特に用心して――

もしかしたら、あの刑事は栗原のそんな事情を見透かしていたのではないか。

エレベーターに乗り込みドアが閉まる前に夏目が言った言葉を思い出した。

赤の他人であっても、彼のその後がどうしても気になるようなら連絡をください。

東池袋署の窓際族だから、それを調べて伝えるぐらいわけはありません――と。

栗原はまさかと首を振りながら、名刺をポケットにしまい歩きだした。

13

「ただいま――」

リビングに入ると、俊がソファに座ってゲームをやっている。あいかわらずイヤホンをしていて、啓子が帰ってきたことに気づいていない。

「遅くなってごめんね。すぐに夕飯の支度をするから」

聞いていないとわかっていながら啓子は声をかけ、袋からコンビニで買った唐揚げ弁当をふたつ取り出した。

「おかえり」

その声に振り返ると、俊がゲーム機を投げ出してソファから立ち上がった。

「明日、帰ってこないの？」俊がテーブルに置いたふたつの唐揚げ弁当を見て訊いた。

「うん。明日は宿直なの」

「別にいないのはしかたないけど、この前も言ったじゃないか。二日続けて同じ弁当は飽きるってさ」

「ちがうの。今日は俊と同じものを食べたくってね」啓子は口をとがらせている俊に微笑《ほほえ》みかけた。

いつもコンビニの弁当ばかりで本当に申し訳ないと思っている。だけど、明日は少しでも早起きして手作りの夕食を用意してから出勤するつもりだ。

そう心に留めながら、啓子は唐揚げ弁当をレンジに入れた。

不惑

1

ラウンジに目を向けると、奥の席にカメラマンの谷《たに》がいるのが見えた。

窪田《くぼた》大輔《だいすけ》はラウンジに入って席に近づいた。

「待ったか？」

声をかけると、谷がこちらを振り返った。

「いえ、チャペルと披露宴会場の下見をして今来たところです」

谷の向かいに座るとウエイターがやってきた。コーヒーを注文してウエイターが立ち去ると谷が紙をこちらに差し出した。

「チャペルの前でコーディネーターの矢野《やの》さんとお会いして、これを渡してくださいと」

窪田は谷から受け取った進行表に目を向けた。

新郎・成宮輝幸《なるみやてるゆき》――

その名前を目にした瞬間、心臓が暴れだしそうになった。

激しい動悸《どうき》を必死に抑え込みながら進行表に目を通し、『18時　新郎新婦退場　お見送り』という最後の文字を確認すると視線を上げた。

「先方から何か撮影のご要望などはありますか？」谷が訊ねてきた。

「いや、特には聞いてないな。ふたりともプロフィールビデオの出来に満足したようで、こちらにすべて任せるとのことだ」

苦々しい思いを噛み締めながら言い、運ばれてきたコーヒーに口をつけた。

爆《は》ぜそうになる感情を必死に抑え込もうとするが、これからのことを想像するとどうにも落ち着くことができない。少しだけでもひとりになりたかった。

「とりあえず行こうか」

ラウンジを出たら適当な理由をつけて谷と別れるつもりで立ち上がった。レジに向かっている途中で、こちらに向けられた視線に気づいた。

「こんにちは」

ひとりで茶を飲んでいた床嶋綾香《とこしまあやか》が立ち上がって声をかけてきた。

「成宮さんと河合《かわい》さんの撮影ですよね。今日はよろしくお願いします」

その言葉に一瞬怯《ひる》んで、窪田はかすかに視線をそらした。

「床嶋さんが司会をされるんですか？」

先ほどの進行表には別の司会者の名前が書いてあった。

「ええ。予定していた人が風邪をこじらせてしまって、ピンチヒッターです」

わずかにためらいが芽生えた。

「今日の進行のことで窪田さんに少しご相談したいことがあるんですが……」

綾香にじっと見つめられ、困惑しながら谷に視線を向けた。

「悪いけど、ひとりで食事をとってきてくれないか。二時十分前に控室の前で待ち合わせよう」

「わかりました」

谷がその場を離れると、綾香がそれまでの晴れやかな表情を変化させて椅子《いす》に座った。

「どうしたんですか？」

窪田は向かいの席に腰を下ろしながら問いかけたが、綾香は顔を伏せたまま話しだそうとしなかった。

「もしかして仕事のことではなく、あの話でしょうか」

綾香が顔を伏せたまま小さく頷《うなず》いた。

「床嶋さんのお気持ちは本当にうれしいです。ぼくにはもったいないほど素敵なかただと本気で思っています」

「それでしたら……」綾香が顔を上げてこちらを見つめてきた。

司会をしているときの凛《りん》とした眼差しとはまったくちがう弱々しさに、心がざわついた。

「だけど、ぼくにはずっと想っている人がいるんです」

「婚約者のかたの話をお聞きしました。十三年前までそちらの会社で一緒に働いてらっしゃったという」

遮《さえぎ》るように綾香に言われ、窪田は口を閉ざした。

「そのかたが今どうしてらっしゃるのかも……」

その言葉を聞いて、胸に苦々しいものが広がってくる。

「谷が話したんですか？」

そんな話をするのは谷以外に考えられない。

「窪田さんがそのかたのことを忘れられない気持ちはわからないでもありません。いえ、きっとそういう優しさにわたしも惹《ひ》かれたんだと思います」

どうして綾香のような魅力的な女性が、十歳も年上の冴えない男にそんな思いを抱くようになったのか。

思い当たるとすれば半年前のあの出来事だろう。

ある政治家のパーティーで綾香と仕事が一緒になった。だが、泥酔した出席者が司会の綾香にからみ、セクハラまがいのことを始めたのだ。

まわりの反応を見て誰にも口出しできない大物だと察したが、窪田はやんわりと止めに入った。だが、ビデオ撮影会社のディレクターが何を言ったところでおとなしくなるわけもなく、最後は喧嘩腰《けんかごし》になって相手を強引に会場の外に連れ出した。

当然、主催していた政治家から会社に苦情が届き、窪田は社長にこっぴどく叱られた。

それ以来、自分に注がれる綾香の視線があきらかに変わったのを感じていたが、気づかないふりをしていた。

一ヵ月ほど前、仕事を終えて会場を出たときに綾香と一緒になった。駅まで一緒に行くことになったが、その途中で綾香から気持ちを打ち明けられたのだ。

「ただ……そのかたはもう……」それ以上言うのをはばかるように、綾香が口を閉ざした。

「谷から聞いているんでしょうから話しますが、婚約者はずっと眠ったままでいます」

十三年間、麻里子《まりこ》とは気持ちを通わせることができないでいる。

いや、おそらくこれから一生、自分のどんな想いも伝えることは叶《かな》わないだろう。

「窪田さんはその人を想いながら、死ぬまでずっとひとりで生きていくというんですか？」

何も答えることができなかった。

「ずっとひとりで生きながら、人の幸せの瞬間に立ち会う仕事を続けるなんて……そんなの苦しすぎませんか」

「たしかに苦しいです」

麻里子があんなことになってから、ずっと苦しみ悶《もだ》えている。

「それならどうして……婚約者のかただってきっと、窪田さんが苦しみながら生きていくことを望んでなんかいないんじゃないでしょうか」

「そろそろ行きますね」

綾香と話しているうちに迷いが振り切れたので立ち上がった。

「わたしのことときっと、ひどい女だと思っていますよね」

綾香の呟《つぶや》きが聞こえて、窪田は視線を向けた。

「だけど、窪田さんのことが好きで、どうしてもあきらめきれないから……」

「ひどい人だなんて思っていません。多くの人は同じように考えるでしょう」

自分だってそうだ。

「失礼します」

背中に綾香の視線を感じながらレジに向かった。

窪田さんのことが好きで、どうしてもあきらめきれないから……。

成宮たちの披露宴が終わった後でも果たしてそんなふうに思えるだろうか。

会計を済ませてラウンジから出ると、ロビーにいた初老の女性が目に入って思わず顔をそらした。そのまま逃げるように階段を上り、中二階のトイレに駆け込んだ。

洗面台の前に立って鏡に映る自分を見つめた。

どう見ても、これから人様の新しい門出を祝おうという顔ではない。

そこには長年心の中に溜め続けてきた怒りと、憎しみと、悲しみが今にもあふれ出しそうになっている。

麻里子があんなことになってしまってからずっと苦しみ、迷いながら生きてきた。

窪田は上着のポケットに手を入れてナイフの感触を確かめた。

だが、それも今日でおしまいだ。この手で、自分をずっと縛《しば》りつけてきたものを断ち切るのだ。

「もしかして窪田じゃないか？」

ふいに声がして、ポケットから手を出した。目を向けると、背広を着た男がこちらを見ている。

「やっぱり窪田だ。おれ。３－Ａの吉沢《よしざわ》だよ」

そこまで言われてようやく思い出した。

「ああ……」

ずっとちがうことばかりを考えていたので、とっさに次の言葉が出てこない。

「いつ以来だろうな。たしか、おまえの試合を観戦しに行って以来だから十五年ぶりぐらいかな」吉沢が懐かしそうに言った。

「そうかな」

「膝《ひざ》を痛めて引退したって聞いたけど、コーチか何かをしているのか？」

「二流のまま引退したＪリーガーにそんな仕事はないよ。今はまったく関係のない仕事をしてる。それにしても早いな。同窓会は三時半からだろう」

「同窓会の前に夏目《なつめ》とここで飯を食う約束をしててな」

「夏目も来るのか？」

吉沢が頷いた。

幹事の智美《ともみ》の話では来られるかどうかわからないとのことだった。

それからの人生が波乱に満ちていたせいか、同級生たちの記憶はうっすらとしか残っていない。だが、三年のときに同じクラスだった夏目のことはよく覚えている。ふたりには共通点が多かったからだ。

窪田も夏目も幼い頃に両親を亡くしている。窪田は高校に入るまで親戚に預けられていて、夏目はずっと祖父母のもとで生活していたそうだ。さらに身近な人が犯罪の被害に遭《あ》っているのも同じだった。

十年ほど前だったか、テレビのニュースで夏目の娘が通り魔事件の被害に遭ったことを知った。娘は一命を取り留めたそうだが、夏目はテレビカメラに向かって涙ながらに犯人に自首するよう訴えていた。

そんな夏目の姿を見つめながら、心の半分では彼に同情し、もう半分では、これであのときの自分の苦しみが少しはわかっただろうと思った。

「あいつも慌《あわ》ただしい仕事をしてて な、一応休暇はとったそうだが緊急の連絡が入ったら駆けつけなきゃならないらしい」

「少年鑑別所の仕事っていうのも大変なんだな」窪田は言った。

「あいつは転職したんだよ。刑事に」

「刑事？」

その言葉を聞いて、自分の耳を疑った。

「ああ。あいつが刑事だなんて信じられないだろう。どうだ、おまえも一緒に飯を食わないか？」

「いや……ちょっと用事があってな」

夏目が刑事になった――

予想外の事態に動揺した。まさか、隣の会場を見て自分のたくらみに気づいたりしないだろうか。夏目にとっては十三年前の仕事のひとつに過ぎないはずだ。覚えているとは思えない。だが、万が一にも窪田がしようとすることを察したとすれば、持ち物を調べられないともかぎらない。

「そうか、じゃあ後でな」吉沢が軽く手を振って個室に向かっていく。

トイレから出ると、披露宴会場がある二階に向かった。

どこかにナイフを隠せる場所はないかとあたりを見回していたが、適当な場所が見つからない。二階のトイレに入ってさりげなく視線を配る。個室の中のトイレットペーパーホルダーが目に留まり、中に入ってドアを閉めた。

トイレットペーパーホルダーの上に小物置きの台がついていて、ホルダーとの間に隙間があった。台の裏側にナイフをテープで貼っておけば隠せるだろう。

窪田はそれを確認すると個室から出た。

2

トイレを出て一階のロビーに向かうと、フロントに鞄《かばん》を預けている初老の女性が目に留まった。先生だとわかったが、すぐに名前が出てこない。

「先生――」

吉沢篤郎《あつろう》が近づいて声をかけると、女性がこちらに目を向けた。

二年のときの生物の先生だったことまでは思い出せたが、やはり名前はわからない。

「どうも、おひさしぶりです。二年のときにお世話になった吉沢です」

「あら、おひさしぶりね。大人になっちゃって」

女性はとりあえずそう言ったが、吉沢のことを覚えていないだろうと察した。

「同窓会にいらっしゃったんですか？」

「ええ。担任を持っていたわけでもないのにお招きに与《あずか》って恐縮しているの。本当に来てよかったのかしら」

「もちろんです。みんな楽しみにしてますよ。ちなみに他の先生がたは？」

「いえ、幹事さんの話だとわたしだけみたいだけど」

「そうですか。今日は楽しみましょう。では、後ほど」吉沢は挨拶《あいさつ》すると、夏目と待ち合わせているロビーに向かった。

正面のドアのあたりに立っていた夏目が吉沢に気づいて手を上げた。

「待たせてすまない。ちょっとトイレに行って、フロントにいた先生と少し話してた」

「おれも今来たところだ。先生って誰が来てるんだ？」夏目が訊《き》いた。

「二年のときに生物を担当してた女性の先生だ。眼鏡をかけてて、名前が思い出せなくて困ったよ」

「二年のときの生物……目黒《めぐろ》先生か」

「あいかわらずおまえは記憶力がいいな。だけどどうして目黒先生なんだろうな。おれたちの学年では二年のときに生物を教わっていただけで馴染《なじ》みが薄いのに。先生もちょっと戸惑ってたよ」

「退職されてこちらで生活しているんじゃないのか。馴染みがあっても東京で暮らす者たちの同窓会のためにわざわざ青森から出て来られないだろう」

「そうだな。ということは、星川《ほしかわ》先生は用事で来られなかったってことか」

星川は吉沢や夏目の三年のときの担任だ。吉沢たちが卒業した翌々年に東京で暮らしていた息子夫婦のもとに身を寄せるために学校を辞めた。それから息子夫婦が営んでいる居酒屋を手伝っている。

「そういえば東京にいるといっても星川先生ともずいぶんと会っていないな」夏目が思い出すように言った。

「最後に会ったのはたしか、埼玉でやったJリーグの試合だったっけ」

自分が担任した生徒の窪田がJリーガーになって活躍していると知った星川と、東京で暮らす同窓生らが連れ立って試合を観に行った。

サッカー部の顧問だった大藪《おおやぶ》はわざわざ青森から駆けつけてきて歓声を上げていた。

「そういえばトイレで窪田と会ったよ」

吉沢が言うと、それまで笑顔だった夏目の表情がわずかに曇ったように感じた。

「どうした?」

「何でもない。飯を食いに行こう。腹が減った」

「そうか。隆太《りゅうた》くんは元気でやっているか」

食事をしながら息子の近況を伝えると、夏目がうれしそうに微笑《ほほえ》んだ。

「ああ。今は受験勉強の真っ最中だ。剣道の強豪校に行きたいらしいが、かなり偏差値が高くってな」

「彼なら大丈夫だろう。おまえとちがって出来がいいから」夏目が冗談めかして言った。

「ああ、そう願いたいよ」

吉沢が微笑み返すと、夏目は箸《はし》を置いて少し視線をそらした。何やら物思いにふけるように押し黙っている。

「おまえのほうはどうなんだ」

ここしばらく夏目がどんなことに思いを向けているのかを察して問いかけた。

「何が？」夏目がこちらに視線を戻した。

「犯人が捕まったんだろう」

夏目は言葉の代わりに吐息を漏らして口もとを結んだ。

半年ほど前、夏目の娘を襲った通り魔が十年のときを経て判明したとニュースで知った。

　十年前に幼い女児が立て続けに襲われ、夏目の娘は植物状態の重体に陥り、もうひとりは亡くなった。ずっと同一犯による犯行と思われていたが真相はちがっていて、夏目の娘を襲った犯人と、もうひとりの女児を殺した犯人は別の人物だったのだ。

　夏目が心情的に混乱しているであろうことは察せられたし、吉沢もどんな言葉をかけていいのかわからず、今まで連絡を取ることができないでいた。

「犯人はどれぐらいの罪に問われるんだ」吉沢は訊いた。

「絵美《えみ》の事件の罪は問われない」

「どういうことだ？」夏目の言葉に驚いて訊き返した。

「あの事件については傷害罪という扱いになって公訴時効が成立している。犯人は殺人を犯した妻をかばうために身代わりで警察に出頭して嘘の供述をした。それに関しては罪に問われるだろう」

　吉沢は夏目の無念を思って深い嘆息《たんそく》を漏らした。

「まだ刑事を続けていくのか？」

「正直なところわからない」夏目が首を横に振った。

「迷っているってことか」

「ああ。どうしていいのか……自分がこれからどうするべきなのかがわからない。あの事件の真相がわかったときには、これからも刑事を続けていくつもりでいた。絵美を襲った犯人を罪に問うことはできない。せめて自分たちのような悲しい思いをする人を少しでもなくすために刑事を続けていくことを天命にしようと。だけど……」

「苦しいんだろう」

夏目は答えなかったが、そうであることは表情を見ていてよくわかる。

人を疑う仕事などこの男には一番向いていないことを、長年の付き合いで心底感じている。

それでも刑事になるという選択をしたのは、ひとえに娘を襲った犯人を捕まえたいという一心からだったのだろう。

「迷っているならやめちまえばいいじゃないか」

「簡単に言うなよ」夏目が苦笑した。

「簡単にじゃない。ずっと思っていたことだ。おれたちももうすぐ不惑《ふわく》の年を迎えるんだぞ。四十にして惑わず。おまえにはもっと向いている仕事がきっとある」

「不惑の年か……」

夏目はそう呟くと伝票を持って立ち上がった。

「まだ時間には早いがとりあえず会場に行ってみるか?」

店から出ると夏目が言った。

「そうだな。幹事の智美が来ているかもしれない。手伝えることがあったら手伝ってやろう」

エレベーターに乗って会場がある二階のボタンを押した。

二階の会場の前に『上市川《かみいちかわ》高校　同窓会会場』という立て看板が出ていたが、ドアは閉じられていた。

吉沢は腕時計に目を向けた。一時半だ。同窓会は三時半からだ。

「やっぱりまだ誰も来てないな。一階のラウンジでお茶でもするか」

エレベーターに向かいかけたが、夏目は近くに置かれたテーブルの前で立ち止まっている。

「どうした?」

吉沢は訊いたが、夏目はテーブルの上を見つめたまま黙っていた。

隣の会場では結婚披露宴をやるようだ。テーブルの上には花に囲まれるようにウエルカムボードが置かれている。成宮輝幸と河合千春《ちはる》という新郎新婦の名前と、出席者への感謝の言葉が記されている。

「もしかしたら知り合いか？」

夏目は何も答えず、テーブルの上にあった招待状を手に取った。

「おいおい」

吉沢は近づいていき、夏目の視線の先を目で追った。

結婚披露宴は三時半に始まり六時に終了とある。同窓会と同じ時間だ。

「いったいどうしたんだよ」

声をかけると、夏目が我に返ったようにこちらに顔を向けた。何やら深刻そうな表情をしている。

「悪いがちょっと用事ができた。同窓会で会おう」

「何だよ、急に……」

夏目の様子が気になる。

「名刺持ってるか？」

夏目に訊かれ、吉沢は頷いた。

「何枚かくれないか」

「どういうことだよ」夏目の頼みを怪訝《けげん》に思いながら訊いた。

「新郎と同姓同名の人物を知っている。おれが知っている人物かどうか確認したい」

「それならば本人を訪ねてみればいいじゃないか。もしちがっていたらすみませんでしたと言えばいい」

「もし本人だとしたら、今日ばかりは顔を合わせたくない」

「意味がわかんないよ」

「頼む」夏目が頭を下げた。

「わかったけど、その代わりおれも付き合わせてくれ。いくらおまえの頼みでも自分の名刺を渡す相手が気になるからな」

夏目が頷いた。

案内板でチャペルの場所を確認すると四階に向かった。

3

「どうぞ——」

控室のドアをノックすると中から男の声が聞こえてきた。

窪田は殺気を感じ取られないように笑顔を作ってからドアを開けた。

谷とともに入っていくと、鏡の前に座っていた新郎と新婦がこちらに顔を向けた。

満面の笑みを浮かべている成宮と目が合って、からだを流れる血が逆流するような感覚に陥った。

写真と動画の中のこの男の顔を何度も睨《にら》みつけたが、実際に会うのは初めてだった。

自分たちを不幸のどん底に叩き落とした男がすぐ目の前にいる。

「本日は誠におめでとうございます。撮影を担当させていただきますディレクターの窪田と、カメラマンの谷です」窪田は湧き上がる激情を必死に抑え込みながら言った。

「こちらこそ、よろしくお願いします。披露宴で使うふたりのプロフィールビデオを観ました。いい感じに作っていただいて感謝しています。そちらの会社にお願いして本当によかったです」

屈託《くったく》なく話す成宮を見つめながら、礼を言わなければならないのはこちらのほうだと冷ややかに笑った。

成宮がうちに頼んでくれたおかげで、十三年間捜し続けていた犯人の正体にたどり着くことができたのだ。

窪田が犯人について聞かされた情報は、十七歳の少年だということと、世田谷《せたがや》区内に住んでいたことと、当時麻里子が住んでいた中野《なかの》区内にある高校を退学した二ヵ月後に事件を起こしたということだけだった。

成宮のプロフィールを見て、その三つが一致していることに気づいた。

成宮は事件があったときに十七歳で、実家は世田谷区の豪徳寺《ごうとくじ》にあり、事件の二ヵ月前に中野区内にある高校を退学している。

もっとも強盗事件を起こして逮捕されたなどとはどこにも書かれていない。高校を退学した直後にアメリカに留学して、一年後に帰国してから通信教育で高校卒業の資格を得て大学に入ったとあった。

もしかしたらと思い興信所で調べてもらうと、たしかに成宮はその時期に事件を起こして一年近く少年院に入っていたという。

麻里子の事件の犯人であるかに関しては少年法の壁によって確認しきれなかったが、成宮の昔の友人の話によると、ひとり暮らしの若い女性宅を狙って強盗をしていたとのことだから間違いないだろう。

「ふたりともこれから結婚式だと思うとすごく緊張しちゃって……顔がこわばっているでしょう。後で自分たちの映像を観たら笑っちゃうかもしれない」

新婦の千春が成宮と顔を見合わせて言った。

「大丈夫ですよ。うちのカメラマンは腕がいいので出来上がりを楽しみにしていてください」

　結婚式の映像など観る気も起きなくなるだろうと思いながら言った。

「うまくビデオを撮るコツとかってありますか？　半年後には専属のカメラマンにならなきゃいけないんで、コツがあったら教えてもらいたいな」成宮が谷に言った。

「専属のカメラマンってどういうことです？」

　谷が訊くと、成宮が千春に目を向けた。

「半年後に父親になるんです」

　その言葉を聞いて、心がぐらりと乱された。

「そうなんですか。それは二重の喜びですね。うまく撮るコツがあるとすれば被写体に惜しみない愛情を注ぐということぐらいでしょうか」

「それならば大丈夫だ」成宮が微笑んだ。

「そろそろ行こうか。では、チャペルのほうでお待ちしています」

　窪田はこの場にいることに息苦しさを覚えて控室を出た。

　谷とともにエレベーターで四階に向かう。エレベーターホールから出るとチャペルの入り口の前の廊下に大勢の人が立ち並んで待っている。その中に夏目と吉沢の姿を見つけて、凍りついたようにその場に固まった。

どうしてあのふたりがこんなところにいるのだ——

まさか、夏目は同窓会の隣で行われる披露宴の新郎の名前に気づいて、本人かどうかを確認するためにやってきたのではないか。

「悪いけど先に行っててくれないか」

窪田は谷に言うと、エレベーターホールに戻り反対側の廊下につながる死角に身をひそめた。

しばらくすると夏目と吉沢がエレベーターホールに姿を現した。ボタンを押してやってきたエレベーターに乗り込んだ。ドアが閉まると、窪田はエレベーターホールを通ってチャペルに向かった。

夏目たちと顔を合わせないように気をつけなければならない。絶対にこの計画を邪魔されるわけにはいかないのだ。

半年後に父親になるんです——

ふと、成宮の言葉を思い出して、暗い影が心を覆《おお》った。

それを行えば結婚式に出席した全員に成宮の過去を知らしめることになる。成宮が過去に女性を襲った卑劣な男だと知ったら、新婦はどれほどの衝撃を受けるだろう。

胎教によからぬ影響を与えてしまい、ひとりの命を奪うことになってしまわないだろうか。

だが、いまさら後には引けない。今日この場所で成宮を襲わなければ、それを果たすチャンスは二度と訪れないかもしれないのだ。

チャペルに入ると出席者がすでに席に着いていた。谷の隣に行くのと同時に成宮がやってきて祭壇の前に立った。

オルガンの演奏が流れ、後方から新婦の千春が父親とともにバージンロードを歩いてくる。成宮と千春が祭壇の前で並んだ。

本来であれば十三年前、自分と麻里子があの場所に立つことになったのだろう。

正面のふたりにじっと視線を据えながら激しい後悔の念が押し寄せてきそうになるが、それを必死に成宮に対する怒りに変えようとした。

「健やかなるときも、病めるときも、喜びのときも、悲しみのときも、富めるときも、貧しきときも、これを愛し、これを敬い、これを慰め、これを助け、その命あるかぎり、真心を尽くすことを誓いますか？」

「はい。誓います」

自分が伝えられなかった想いをきっぱりと告げた成宮に激しく嫉妬した。

4

「いったいどうしたんだよ！」

一階のフロアを歩き回りながら、きょろきょろとあたりに視線を配っている夏目の肩を吉沢はつかんだ。

「窪田を捜さなきゃいけない」夏目が言った。

「捜すも何もあと一時間ほどしたら同窓会に現れるだろう」

夏目の表情から焦燥感が滲《にじ》みだしている。

「あの成宮って新郎と何か関係があるのか？　いったい何なんだよ、気になってしかたないじゃないか」

吉沢は問いかけたが、夏目は黙ったままだ。

夏目は吉沢と名乗ってチャペルの入り口に集まった出席者と雑談していたが、どうやら新郎が自分の知っている人物だったらしく、それからあきらかに様子がおかしい。

「仕事で知り得たプライバシーを話すわけにはいかない」夏目が吉沢から視線をそら

した。

「言うなと言われたことは誰にも話さない。おれの口が堅いのはよく知っているだろう。ちゃんと事情を説明してくれなきゃ協力のしようもない」

顎《あご》に手を当てて思案していた夏目が、こちらに視線を向けた。

「たしかに一刻を争う事態かもしれない。このことは誰にも言わないと約束してくれ」

「わかってるよ」

「外で話をしよう」

歩きだした夏目についていく。ロビーを抜けてホテルから出ると、まわりに人がいないところで夏目が立ち止まった。

「十三年前、中野区内でひとり暮らしの女性宅を狙った強盗犯が逮捕された。帰宅した女性が部屋に入る瞬間に押し入り、ガムテープで女性を縛り上げようとしたが逃げられて逮捕されたんだ。犯人は十七歳の少年だった。少年の供述でその事件を起こす数日前にもひとり暮らしの女性宅に押し入って、現金と貴金属類を奪っていたことがわかった」

「その被害者は警察に通報してなかったのか？」

吉沢が訊くと、夏目が頷いた。

「どうして」

「警察での聴取では、身内に心配をさせたくなかったという理由だったらしい」

「それでも普通強盗に入られたら警察に通報するだろう」

「被害者はガムテープで縛り上げられていた。犯人が出ていった後に自力で解いたそうだが、もしかしたら性的暴行を受けたとまわりの人たちに思われるのを恐れて通報しなかったんじゃないかと。実際、少年が路上のかっぱらいなどではなくそういう犯行をしたのは、それを見越してだったと供述していた。被害者は窪田の婚約者だ」

その言葉を聞いて、心臓が跳ね上がった。

「まさか、その犯人っていうのは……」

夏目が頷いた。

「少年を逮捕してから二週間ほど経った頃に窪田がおれに連絡してきた。都内で起きた少年事件の犯人の身柄がおれのいた少年鑑別所に送られてくると知ったんだろう」

「おまえが成宮の担当だったのか」

「そうだ。もっともそのことは窪田には話さなかったけど。窪田は少年の身元と、事件に関する詳細を教えてくれとおれに訴えてきた。あのときの少年法では、たとえ被害者の家族であっても少年の身元や事件に関する詳細は知らされなかったから」

「それで……」

「答えられないと突っぱねた」

「被害者は……窪田の婚約者は本当に性的暴行を受けなかったのか？」

「彼女も犯人もそれはないと否定した。だが、彼女は警察での聴取の二週間後に練炭《れんたん》で自殺を図っている」

吉沢は絶句した。

「一命こそ取り留めたものの、脳に重い障害を残してしまった。おそらく今でも寝たきりだろう」

窪田は成宮に復讐しようと考えているのか。

だが、今回の同窓会の幹事は窪田ではなく智美だ。会場が隣だったのはただの偶然ではないか。

「窪田も婚約者の家族も犯人の身元は知らないんだな」吉沢は少しでも嫌な予感を打ち消したくて訊いた。

「事件の翌年に少年法が改正されて、被害者の家族であれば事件に関するある程度の情報を得られるようになった」

「じゃあ、婚約者の親が窪田に犯人の名前を教えたということはあり得るんだな」

「それはないだろう」夏目がきっぱりと言った。

「どうして言い切れる」

「窪田がおれに連絡してきた後に彼女のお父さんと話をした。お父さんは窪田に何も知らせないでくれと言ったんだ。それから連絡を取っていないが、その人が窪田を罪人にしてしまうかもしれない情報を教えるとは思えない」

「赤の他人なのにどうしてそこまで……」

「大藪先生だ」

「は？」意味がわからないまま夏目を見つめた。

「被害者はサッカー部の顧問だった大藪先生のひとり娘だ」

返す言葉が見つからない。

「長々と話している時間はない。手分けして窪田を捜そう」夏目がホテルの入り口に向かった。

ホテルに入ると、夏目が「おれは披露宴会場のあたりを見て回る」と言って階段を上っていった。吉沢は地下にある飲食店街を当たることにして階段を下りた。

一度だけだが、大藪の娘に会ったことがある。みんなで窪田が出場する試合を観戦に行ったときに大藪と来ていたのだ。たしか、自分たちよりも三つ年下だったと記憶している。

その試合で窪田は決勝ゴールを決め、ふたりとも我がことのように歓声を上げながら嬉し泣きしていたのを思い出した。

試合の後に催した食事会の席で、窪田はひたすら今の自分があるのは大藪のおかげだと感謝の言葉を並べていた。

窪田は幼い頃に両親を亡くし、高校に入るまで親戚の家に預けられていたという。経済的な事情から中学校を出たら働けと叔父に命じられていたらしいが、サッカーの才能に惚《ほ》れ込んだ大藪が、学費や生活費のすべての面倒を見るから自分に預けてくれと必死に説得したそうだ。

窪田は高校の三年間、大藪の家で生活し、卒業後は大藪の口利きでサッカーの実業団チームのある企業に入り、すぐにJリーグが発足してプロになった。

三人の姿を見ていて、家族のように強い絆を感じていた。

窪田にとっては、婚約者を傷つけられたというだけでは足りない憎しみが犯人に対してあったのではないか。

地下の飲食店街を歩き回っていると、サッカー部だった鶴見《つるみ》の姿を見つけた。

「おい、鶴見――」吉沢は手を上げながら鶴見に向かった。

「おお、吉沢。ひさしぶりだな」

「サッカー部だった窪田を見かけなかったか？」吉沢は訊いた。

「窪田は同窓会には来られないって言ってたぞ」

吉沢は首をひねった。

「さっき、このホテルのトイレで会ったぞ」

「仕事じゃないかな。昨日、あいつに連絡したら仕事で行けそうもないって言ってたから」

「あいつ、仕事は何をやってるんだ？」

「結婚式やパーティーの映像を撮ったりする会社で働いているよ」

その言葉を聞いて、トイレで会ったときの光景をよみがえらせた。

窪田は白っぽいネクタイをしていた。まさか、担当した客のプロフィールなどから、婚約者を襲った犯人だと気づいたとは考えられないか。

「あいつ、結婚はしていないのか」加速する嫌な想像を振り払いたくて吉沢は訊いた。

婚約者との過去と訣別《けつべつ》してちがう女性と幸せに暮らしていることを願ったが、鶴見は表情を曇らせながら首を横に振った。

「独り者だよ。婚約者がいたんだけど、不幸な事故に遭ってしまってな。ずっと彼女のことを忘れられずにいる」

「大藪先生のお嬢さんだよな」

あまり余計なことを話すべきではないが、少しでも窪田に関する情報を引き出したい。

「知ってたのか。十三年間ずっと病院で寝たきりでな……大藪先生は早期退職して持ち家も処分して、つきっきりでお嬢さんの看病をしているそうだ。窪田は毎年欠かさず彼女の誕生日と自分たちが結婚する予定だった日に見舞いに行っているみたいだ」

「そうなのか……」

「だけど、大藪先生から変わり果てた麻里子ちゃんを見せたくないと言われて、いつも面会を断られるんだって」

窪田のことを想うとどうしようもなく切なくなった。

「人の幸せを毎日見せつけられる仕事なんかやりたくもないだろうが、麻里子ちゃんとの思い出があるからと辞めずにいるみたいだ」

「ふたりは同じ会社で働いていたのか？」

「ああ。窪田は膝を負傷して戦力外通告をされたが、子供の頃からサッカー漬けだったせいかなかなか仕事が見つからなかったんだ。恋人の麻里子ちゃんが働いていた会社の社長に頼み込んで雇ってもらうことになった。思い出が詰まっている職場を離れがたいという気持ちはわからないでもないが、苦しそうなあいつを見ていると、いいかげん過去に区切りをつけて新しい人生を歩んだらどうだと思う」

「それほど愛してたってことか」

「まあ、当然それもあるだろうが、大藪先生は窪田にとって本当の親みたいな、いや、もしかしたらそれ以上の存在だろうからな。麻里子ちゃんのことを忘れて自分だけが幸せになることに抵抗があるのかもしれない。あいつは人一倍優しくて真面目なやつだから」

ポケットの中で携帯が震え、吉沢は鶴見に断って電話に出た。

「どうだ？」

夏目の声が聞こえた。

「まだ見つからない」

「そうか……ちょっと同窓会の会場に来てくれないか」

電話を切ると、鶴見に「また後でな」と言って二階に向かった。

会場の前にはすでに十人ほどの同窓生が集まっていた。その中で夏目と智美が話をしている。夏目が吉沢に気づいてこちらに向かってきた。

「窪田は結婚式のビデオを撮る仕事をしているそうだ。もしかしたら成宮の結婚式を担当しているのかもしれない」

吉沢が小声で告げると、夏目の表情が険しくなった。

「智美に訊いたら連絡係は自分だが、今日の同窓会を計画したのは窪田だってことだ。ホテルに知り合いがいるから安く借りられると言って、日時も会場もすべて窪田が決めたそうだ」

それを聞いて暗澹《あんたん》たる気持ちになった。もはや単なる偶然とは思えない。

「窪田はここで何をしようとしているんだ」吉沢は溜め息交じりに呟いた。

「わからない」

「やっぱり成宮に対して復讐を……」

「そうであればどうしてこんなところで同窓会を開く必要があるんだ。本気でそんなことを考えているならできるだけ人が少ない場所を選ぶんじゃないか」

「じゃあ、何のためだって言うんだ。会場が隣り合わせになったのはあくまでも偶然だというのか」

「おれもそこまで楽観的には考えられない。だけど、何かが引っかかるんだ」夏目が腕を組んで唸《うな》った。

「もしかして――」

頭の中で閃光《せんこう》が走って声を発すると、夏目がこちらに目を向けた。

「おまえに対する当てつけも含んでいるんじゃないだろうか」

吉沢が言うと、意味がわからないようで夏目が首をひねった。

「おまえは窪田に婚約者を襲った犯人のことを何も話さなかった。その恨みと一緒におまえの目の前で成宮に復讐しようとしてるんじゃないのか」吉沢は自分の推測を話した。

「たしかに智美の話では、窪田はおれが同窓会に参加するかどうかを気にしていたらしい。だけど、おれは行けるかどうかわからないと返信した。智美もそう窪田に話したそうだ」

「おまえが来なかったとしても友人が見ていれば、いずれおまえの耳に入る。あいつは優しい人間だったからそんな性悪なことを考えるとはおれも思いたくないが……」

気がつくと、まわりは同窓会と披露宴の出席者でごった返していた。人波の隙間からカメラを抱えた男性とともに窪田がこちらに向かってくるのが見えた。

「窪田──」

手を振って呼びかけたが、窪田はこちらを一瞥《いちべつ》して隣の披露宴会場に入っていった。

「行ってくる」

吉沢は夏目に言い残して歩きだした。披露宴会場に入ると、カメラマンに何やら指示を出している窪田に近づいた。

「窪田、ちょっと話があるんだ」

肩を叩くと窪田がこちらに顔を向けた。初めて見る窪田の激しい形相に吉沢は息を呑《の》んだ。

「何だよ」窪田が睨みつけてくる。

「少し外で話せないか」

「見てわからないのか。仕事の最中だ。それに結婚式の出席者でもないのにここに入ってくるなよ。非常識だぞ」窪田が強い口調でまくし立てる。

「だから外で話そう」

会場の外に指を向けて言うと、窪田に手をつかまれ強い力で連れ出された。

「おまえ……何か変なことを考えているんじゃないだろうな」吉沢は窪田の目を見つ

めた。

「何だよ、変なことって」

次々と吉沢たちの横をすり抜けて会場に入っていく人波に、それ以上のことは言えなくなった。

ちらっと視線を外した窪田の眼光がさらに鋭くなった。視線の先を追うと夏目が立っている。

「仕事の邪魔をしないでくれ」窪田は吐き捨てるように言うと会場に入っていった。

吉沢はしかたなく夏目のもとに向かった。

「ダメだった……」

肩を落として言うと、夏目が唇を引き結んだ。

「だけど、ひとつだけわかったことがある」

「何だ?」夏目が訊いた。

「間違いなく何かをしようとしている。あいつの目を見て確信した。おれは刑事じゃないが、友人としての勘だ」

「そうか」

「これからどうすればいいだろう。なあ」

いざというときに頼りになる親友に問いかけたが、夏目もどうしていいかわからないようだ。

「新郎に話をして式を中止させるか、窪田を会場からつまみ出すかできないかな」吉沢は提案した。

「もし、おれたちの杞憂《きゆう》だったとしたらあいつにえらい迷惑をかけることになる」

「杞憂じゃなかったらあいつを犯罪者にしてしまうかもしれないんだぞ」

「そうだな」

夏目はひとつ息を吐くと、近くにいた係員のもとに向かった。

「披露宴が始まる前にどうしても新郎にお話ししたいことがあるんですが」

夏目がそう言いながら警察手帳を示すと、係員が驚いたように目を見開いた。

「たいしたことではないので。くれぐれも新郎にだけお伝えください」

係員は携帯を取り出すとどこかに電話をした。電話を切ると夏目に目を向けて「ご案内します」とエレベーターホールのほうに誘導した。

二十分ほどすると夏目がひとりで戻ってきた。

「どうだった？」

吉沢が訊くと、夏目が力なく首を横に振った。

「新郎にすべての事情を説明したが、式を中止することも窪田を追い出すこともしないそうだ」

「どうして」

自分の命が狙われているかもしれないというのに、何の策も講じないというのか。

「彼なりの考えがあるんだろう。新郎がそう言うのであればどうしようもない」夏目が嘆息した。

夏目に目を向けると、会場内を歩き回って同窓生たちと談笑している。

こんなときによく呑気《のんき》に話などしていられるものだ。

吉沢はどうにも落ち着かなくて、ドアに向かった。ドアを少し開けて外を見つめる。

披露宴会場のドアは閉ざされていて中の様子は窺《うかが》えないが、今のところ何か異変があるようには思えない。

突然、披露宴会場のドアが開いて窪田が出てきた。同窓会の会場の前を走り抜けていく。吉沢は会場から出て、窪田が入っていったトイレに向かった。

トイレに入ると、すぐに個室のドアが開いて窪田が出てきた。吉沢に気づいて驚いたようにポケットに突っ込んでいた手を出した。

「何だよ」窪田がこちらを睨みつけて言った。

「ちょっと話がしたくてな」

「さっきも言っただろう。仕事の最中なんだよ」

吉沢の横をすり抜けて出て行こうとする窪田の肩をつかんだ。

「早まったことはするな」

「早まったこと？　何さっきからわけのわかんないことばかり……」

「婚約者の話を聞いた。おまえの辛い気持ちはわかる」

遮るように言うと、窪田が肩に添えた吉沢の手を払った。

「おまえにおれの何がわかるっていうんだ」

怒気をはらんだ口調だった。

「たしかに……おれにおまえの気持ちがわかるというのは思い上がりかもしれない。だけど、夏目ならわかる」

「夏目なら？」窪田が訝《いぶか》しそうな顔になった。

「ああ。彼のお嬢さんが通り魔事件の被害に遭ったことは知っているか」

「それがどうした」

「夏目のお嬢さんも十年間植物状態で眠ったように生きている」

窪田が驚いたように目を見開いた。

「犯人はわかったが時効を迎えていてもう罪に問うことはできない。夏目も、彼の奥さんも、おれの想像などはるかに及ばないほど苦しんでいるだろう。だけど、夏目は復讐など考えていない。犯人に対して憎しみと怒りの刃を向ければさらなる不幸を呼ぶことになると、あいつにはわかっているからだ。夏目はその激情に必死に耐えながら、それでも前だけを向いて、いつかお嬢さんが目を覚ますのを信じ続けていくだろう」

「だから何だっていうんだ！」窪田が叫んだ。

「おまえが早まったことをすれば悲しむ人間がいる」

「おれにはそんな家族はいない」

大藪先生——と言いかけたときに、トイレに人が入ってきて口をつぐんだ。

その隙に窪田がトイレから出ていった。窪田の後を追ったが吉沢を振り切るようにして披露宴会場に入っていく。

しかたなく同窓会会場に戻ると、夏目はあいかわらず同窓生たちと談笑している。

ちらっと目が合い、夏目がこちらに向かってきた。

「よく呑気に飲んでられるな」吉沢は呆れながら言った。

「ウーロン茶だ。仕事をしなければならなくなるかもしれないからな」

「刑事というのは事件が起きなければ動けないものなのか？　ホテルの責任者に言えば結婚式を中止させることができるんじゃないのか」

「無理矢理抑え込もうとしても犯罪は防げない。相手が何を考えているのかを知らなければ、そしてその相手に犯罪を諦めさせる手立てを考えなければ、たとえその場は収まったとしても何の解決にもならない」

たしかに夏目の言うことはもっともだろう。ここでなくても成宮を襲うことはできる。

「同窓会と披露宴が終わるのは同じ六時だ。おれたちをここに呼んだことに重要な意味があるとすれば、同窓会が終わっておれたちが外に出るまでは何もしないんじゃないだろうか」

「そうかもしれないが……」

吉沢は腕時計に目を向けた。五時を過ぎている。

「どうしておれたちをここに呼ばなければならなかったのか……そこにあいつの真意が隠されているような気がする。だから、同窓生の間を回ってさりげなく窪田のことを訊いているんだ」

「何かわかったのか？」吉沢は訊いた。

「何も」

「そういえば、富永《とみなが》と話したか？」

「いや……富永って、ボクシング部のマネージャーだった富永薫《かおる》のことか？」

「窪田と富永は高校時代ずっと付き合ってたんだ」

「嘘だろ!?」夏目が驚いたように目を見開いた。

「近くにいて気づかなかったのか。おまえ、ボクシング部だっただろう」

夏目がまったく気づかなかったと首を横に振った。

「洞察力は異常に鋭いが、こと恋愛事に関してはどうしようもなく鈍感だよな」

吉沢はかすかに笑って、夏目とともに同窓生たちと話している薫に近づいた。

「あっ！　夏目くんと吉沢くん。ひさしぶりー。元気にしてた？」

薫が吉沢たちに気づいて声をかけてきた。

「こっちはあいかわらずだ。富永こそ、元気にしてたか」吉沢は言った。

「その呼ばれかたひさしぶり。今は佐藤《さとう》よ」

「旦那さんは何をしている人なんだ」

「普通のサラリーマン」

「おれと同じだな。ところでずっと訊きたかったことがあるんだけど、窪田とどうして別れちゃったんだ？　すごいラブラブだっただろう」

吉沢が茶化しながら言うと、まわりの同窓生とともに薫が笑った。

「やだあ、吉沢くんも気づいてたの？」

「そうとう鈍感じゃなきゃ普通気づくさ。なあ」吉沢は隣の夏目の肘《ひじ》をついた。

「窪田くんがこっちに来てからもしばらく続いてたんだけどね、わたしは青森の大学に入ったし遠距離恋愛でけっきょく自然消滅しちゃった」

「そうなんだ。じゃあ、それからぜんぜん会っていないのか？」

「都内にある会社に就職して三、四年ぐらいした頃に街中でばったり会ったんだよね。窪田くんはサッカーをやめてサラリーマンをしてたけど。昔のことを思い出しちゃって一瞬、ふらっとしそうになったけどけっきょく運命の人じゃなかったってわけ。今じゃ三人の子持ちよ」

「へえ、そうか」

窪田がサラリーマンをしていた頃はすでに大藪の娘と付き合っていたから、タイミングが合わなかったのだろう。

薫から離れて会場内を歩き回っていると、夏目がふいに立ち止まった。夏目の視線の先を追うと、元生徒たちに囲まれている目黒を見つめているようだ。

「どうした？」吉沢は訊いた。

「そういえば昼間、目黒先生がフロントにいたと言ってたよな」

「ああ」

「どうしてフロントにいたんだろう」

「荷物を預けてたぞ」

「宴会場専用のクロークがあるだろう」

「そういえばそうだけど」

だから何だというのだ。

それを訊く間もなく、夏目が目黒のもとに向かっていった。

「目黒先生、ご無沙汰しております」夏目が頭を下げた。

「ごめんなさいねえ。せっかく誘ってくれたのにほとんど名前を覚えていないの」

「二年生のときにB組だった夏目です」

そう言っても思い出せないようだ。

「先生は今日こちらにお泊まりなんでしょうか」

夏目が訊くと、目黒が相好《そうごう》を崩して頷いた。

「今、どちらにお住まいなんですか」

「ずっと青森よ。交通費と宿泊代をみんなで持つからぜひいらしてくださいって。あまりにも熱心な文面だったからつい甘えてしまった。担任を持っていたわけでもないのに本当によかったのかしらねえ」

夏目がそばにいた智美に目を向けた。

「わたしは知らない。きっと窪田くんが準備したんじゃないかしら」

智美の言葉に、目黒が少し身を乗り出した。

「窪田くんって……サッカー部だった大輔くん？」目黒が訊いた。

「窪田くんと親しいんでしょうか？」

ほとんどこの学年の記憶がないと言いながら、窪田がサッカー部ということまで知っている。

「まあ、親しいというか、本来であれば親戚になったわけだから」

「どういうことでしょうか！」

夏目の勢いに、目黒が驚いたように身を引いた。

「大輔くんは大藪先生のお嬢さんの麻里子ちゃんと結婚する予定だったから。わたしと大藪先生は親戚なのよ」

5

窪田は腕時計に目を向けた。

パーティーの終焉《しゅうえん》と、自分が犯罪者に堕《お》ちる時間が刻一刻と近づいている。

夏目は復讐など考えていない――

先ほどの吉沢の言葉が脳裏をかすめた。

夏目はその激情に必死に耐えながら、それでも前だけを向いて、いつかお嬢さんが目を覚ますのを信じ続けていくだろう――

ふざけるな！

自分はこの十三年間、苦しみ悶えながら生きてきた。これから先もずっとこんな苦しみを抱えながら生きていけというのか。あの男を襲って早くこの絶望から抜け出したい。

窪田はちらっと綾香に目を向けた。

「それでは最後に新郎の挨拶です」

綾香の声を聞いて、中央のマイクの前に立つ成宮に視線を戻した。

「本日はお忙しい中、ぼくたちの結婚式に来てくださって本当にありがとうございました」

成宮の緊張した声が耳に響いた。

「みなさまには感謝の気持ちで一杯です。精一杯のおもてなしができるよう努めたつもりですが……ぼくはひとつ……ここにいるみなさまに謝らなければならないことがあります」

そこまで言って成宮が顔を伏せた。

それからずっと押し黙ったままだったので、会場内がざわつき始めた。

成宮が大きく息をついて顔を上げた。まっすぐにこちらのほうを見つめる。

「これから夫婦としてともに生きていく千春さんと、彼女のご両親にはすでに伝えていることですが、ぼくはこの場でみなさまにひとつ大きな嘘をついていました。先ほどのプロフィールビデオの中でぼくは高校を中退してからアメリカに留学していたことになっていましたが、本当はちがいます。ぼくはある罪を犯して少年院に入っていました」

成宮の言葉に、会場内が大きくざわついた。

「若気の至りだった……自分は少年院に入れられて罪を償ってきたじゃないか……そんなふうに考えていた時期もありましたが、これから自分にとって何ものにも代えられない大切な人とともに生きていくのだと実感している今、自分がしてしまった罪の重さをあらためて思い知らされています。自分は被害者のかただけでなく、知らないところでたくさんの人を傷つけて……苦しめてきたのだと」

嗚咽《おえつ》にかき消されて成宮の声が聞こえなくなった。

「ぼくはあの頃から生まれ変わったつもりでいましたが……自分が犯した罪を消すことはできません。そのことを一生忘れることなく、その事実を受け入れてくれた千春さんとともに、精一杯生きて……少しでも……被害者のかたや……傷つけてしまった人たちのために……」

窪田はマイクの前で泣きじゃくる成宮を睨みつけた。

千春が心配そうに成宮のもとにさらに近づき、耳もとで何か囁いた。

「どうか……どうか厳しい眼差しでこれからのぼくを見ていてください」

千春の言葉に勇気づけられたように、成宮はそう言って深々と頭を下げた。ふたたび会場内に嗚咽が響く。

最初は戸惑っていた出席者たちから拍手が起きた。成宮の嗚咽をかき消すように次第に大きくなっていく。その拍手がどうしようもなく自分を惨めに思わせる。

窪田は耐えきれなくなって会場から飛び出した。

隣の会場に目を向けると、ドアが開いてぞろぞろと同窓生が出てくる。その中に目黒の姿を見つけた。

窪田はポケットに手を突っ込んだ。ナイフを握りしめ、披露宴会場のドアに視線を据えた。

出席者の見送りのために成宮が出てきた瞬間に刺してやる。

成宮と千春が会場から出てきた。成宮と目が合った。目が真っ赤に充血している。

麻里子の仇《かたき》だ——！

叫ぼうとした次の瞬間、右手をつかまれた。

目を向けるとすぐ横に夏目が立っている。

「やめろ」

右手をつかまれたまま、夏目の呟きが聞こえた。

次々と出席者が会場から出てきて新郎と新婦に声をかけていく。成宮はちらちらとこちらのほうを気にしながらも、出席者に挨拶していく。

窪田はナイフを握りしめた手に力を込めたが、夏目も譲らなかった。

「握っているものを放してポケットから手を出すんだ。そうしなきゃおまえを捕まえなきゃならない」夏目が窪田にだけ聞こえるように囁いた。

いっそそうされたほうがいいと思いながらも、会場から出てきた綾香と目が合い、思わずナイフを放してポケットから手を出した。

「話をしよう」

右手をつかまれながらクロークの隣にあるドアの前に連れていかれた。夏目がドアを開けて窪田を部屋に押し入れる。披露宴会場の十分の一ほどもない部屋には誰もいなかった。

夏目がドアを閉め、ようやく手を放した。

「トイレの陰からおれの様子を窺っていたのか」窪田は少し後ずさりしながら吐き捨てた。

夏目は何も言わない。ただじっとこちらを見つめている。

ポケットに手を入れるとナイフをつかんで取り出した。

それでも夏目の表情は変わらない。

窪田は鼻で笑いながらナイフを床に放った。

「刑事になったんだってな。おれを捕まえろよ」夏目に向けて両手を差し出した。

「おれに友人を捕まえさせるつもりか」

悲しげな眼差しだった。

「今ここで捕まえなきゃ、いつかおれはあいつを殺《や》るぞ」

夏目を挑発した。捕まらなければ一生この感情から逃れることはできない。

「おまえにあのふたりの未来を壊す権利はない」

冷ややかな口調で夏目に言われ、頭に血が上った。

「刑事になった今でも犯罪者の味方か。娘が通り魔に襲われて植物状態になったっていうのに、まったくおめでたいやつだぜ。だが、おれはちがう。おれは犯罪者に報《むく》いを……」

「そんなことをしたって誰ひとり幸せにはならない」夏目が遮るように言った。

「幸せになりたくてこんなことをするわけじゃねえ！」

「おまえがしようとしていることはただのエゴに過ぎない」

「エゴだと！　あいつはおれから大切なものを奪ったんだ。だからおれも奪ってやるんだ。それのどこがエゴだというんだ！」窪田はむきになって叫んだ。

「たしかに彼は罪を犯した。そのことで麻里子さんの人生を大きく狂わせてしまった。彼はそのことを深く悔いている。おれは会場にいなかったからわからないが、その思いを何らかの形で伝えたんじゃないのか？」

夏目の言葉に、先ほどの成宮の挨拶を思い出した。

「成宮におれのことを話したのか」

夏目が頷いた。

「おまえをどうしても犯罪者にしたくなかった。彼が強盗に入った被害者の女性が自殺を図ったことと、その婚約者がおまえだということを話して、式を中止するか警備員におまえを連れ出させるかしたほうがいいと告げた。彼はそのどちらもしないと答えた」

「晴れの結婚式を台無しにしたくなくて、それであんな取ってつけたような謝罪をして、おれの気を何とか収めようとしたってわけか」窪田は鼻で笑った。

「彼がどんなことを言ったのかは知らないが、それは彼の本心だろう。式を中止するか、おまえを外に連れ出すかしてしまえば、もう自分の想いを直接おまえに伝えることができなくなってしまうだろうと。自分が襲われてしまう危険性があることも覚悟してそう決めたんだ。だが、自分がどんなことになったとしても新婦のことだけは絶対に守ると言っていた」

最後の言葉を聞いて、胸に刺すような痛みが走った。

「もうやめよう。おまえが二度と馬鹿なことをしないと約束するなら、すべてなかったことにする」

「約束などできるものか」

成宮を襲う計画がつぶされてしまった以上、あとは夏目に捕まるしか道はない。

「おれはいつだってやってやる。自分にとって大切な人を傷つけ、ふたりの幸せを奪ったやつに必ず復讐してやる。娘を植物状態にされても黙って尻込みしているしかないおまえとはちがうんだ！」

「大切な人とは婚約者だった麻里子さんのことか？」

「他に誰がいる！」

「おまえの目的は麻里子さんの復讐なんかじゃない」

窪田は夏目の眼差しに怯んだ。

寂しさを滲ませた眼差しから、すべてを見透かされているように思えた。

「どういう意味だ」窪田はすぐに怯《おび》えを憎しみに変えて夏目を睨みつけた。

「成宮に復讐することが目的ならここでなくてもよかったはずだ。成宮の結婚披露宴の会場のすぐ近くでわざわざ同窓会を開く必要もない。それに都内に住んでいておれたちの担任だった星川先生には声すらかけず、青森に住んでいる目黒先生をわざわざ呼び出している。それはどうしてだ」

何も答えられなかった。

「もっと言うならおまえは成宮を殺すつもりなんかなかったはずだ。せいぜい襲いかかって少し怪我を負わせるか、もしくは何もできないまま誰かに取り押さえられてもよかったんじゃないのか。成宮を襲ったという事実だけでおまえの目的はじゅうぶんに果たせる」

「何を訳のわからないことを言ってる」

「おまえが求めていたのは成宮を殺すことなんかじゃなく、自分の心に絡みついた鎖《くさり》を解き放つことだ。大藪先生にこう言ってもらいたかったんじゃないのか。もう娘のことは忘れて、新しい人生に踏み出しなさいと。娘のために罪を犯すようなことはしないでほしいと、大藪先生に言ってもらいたかったから成宮を襲おうとしたんじゃないのか」

夏目から目をそらさないつもりでいたが、思わず顔を伏せた。

「傷害事件を起こしてニュースになったとしても、大藪先生はおまえの名前はわかるが、おまえが刺した成宮が麻里子さんの部屋に押し入った強盗犯だとわからないかもしれない。おまえは何度となく犯人のことを教えてくれと言ったそうだが、大藪先生は事件の詳細について話すことはなかった」

　どうして夏目がそんなことを知っているのだ。

「しかも大藪先生は高校を退職して麻里子さんの看病につきっきりだから、学校関係者ともほとんど付き合いがないだろう。だけど大藪先生の親戚である目黒先生をここに呼び出して、目の前で麻里子さんの仇だと叫びながら成宮に襲いかかれば、大藪先生の耳にもきっと届くはずだと考えた。おまえは智美の名を騙《かた》って目黒先生に同窓会に出席してほしいとメールを出し、智美に目黒先生が出席することになったと伝えた」

「成宮への復讐がおれの演技だとでも言いたいのか」

「そうだ。そうでもしなければ植物状態で生き続ける婚約者と、本当の息子のように接してくれた大藪先生の呪縛《じゅばく》から解き放たれることはない。世の中にはそんなことをしなくても簡単に関係を断ち切れる人間もいるが、優しいおまえは自分のほうから大藪先生を裏切るような真似はできなかった。優しいおまえに唯一考え出せた手段だ」

「おれはあいつを殺すつもりでいた。麻里子を傷つけて自殺を図るまで追い込んだくせに、自分は素知らぬ顔で幸せになろうとしているあいつに報いを与えるつもりだった」

「警察で証言したように麻里子さんは性的暴行を受けていない」

「じゃあどうして自殺を図ったっていうんだ!」

「おまえはその理由に薄々気づいているんじゃないのか」

その言葉が自分の心をえぐっていく。

「だけど、それを認めたくないから、麻里子さんの自殺の原因はあくまでも性的な暴行を受けたことだと思い込もうとして、成宮に対する憎しみに転嫁《てんか》させていったんじゃないのか」

「ふざけるんじゃねえ! 何を証拠にそんなでたらめを言いやがる!」

絶対にそんなことを認めるわけにはいかない。

「おまえには何も知らないと言い続けていたが、大藪先生は事件の翌年に家裁に行って資料を閲覧したそうだ。犯人の名前と、聴取のときに麻里子さんと成宮がどんな供述をしたのかを知っていた。どうして先生は今までおまえにそのことを黙っていたかわかるか?」

「それを教えれば、おれが成宮に復讐して犯罪者になってしまうかもしれないと思ったからだろう」

「そうだ。自分のやましさから目をそらすために罪を犯してほしくなかったんだ」

自分のやましさから目をそらすために――

「大藪先生がそう言ったのか？」

信じられない思いで訊くと、夏目が頷いた。

動悸が激しくなり息苦しさに襲われた。

「さっき、おれは大藪先生のところに連絡した。今の状況をありのまま告げて、失礼を承知で自分の想像を話した。大藪先生にとってはずっと隠しておきたいことだったんだろう。だけど、おまえを犯罪者にしたくないから、あえておまえにとって残酷なことをおれに告げた。おまえが二度とこんな馬鹿なことをしないと誓うなら、おれもそのことは話したくない」

じっとこちらを見据える夏目の眼差しを見つめた。

「話してくれ」

こんな猿芝居をしなくても、とっくの昔に自分を縛りつけていた信頼という鎖などなかったのかもしれないと感じ始めている。

「彼女は遺書を残していた」

夏目の言葉を聞きながら、窪田はゆっくりと目を閉じた。

「遺書には、おまえの気持ちが自分から離れていく不安が綴《つづ》られていたそうだ。だから強盗に入られても、おまえに性的な暴行を受けたのではないかと疑われたくなくて警察には通報しなかったんだろう。だけど、犯人が捕まって余罪をしゃべったことで強盗に入られたことが発覚してしまった」

大藪の家で一緒に生活するうちに、麻里子が自分に対して特別な感情を抱いていることを感じていった。

麻里子は高校を卒業すると窪田を追うように上京してきた。薫との関係も自然消滅してひとりでいたときに麻里子から猛烈なアプローチを受けて付き合うことになったが、ずっと妹以上の感情を抱くことができなかった。

大藪はふたりが交際していると知り、諸手《もろて》を挙げて歓迎した。麻里子が結婚を考えていると告げると、大藪は窪田が本当の息子になると泣いて喜んだ。

その期待を裏切ることができず、自分の本心を告げられないまま、ずるずると麻里子との交際を続けていた。

サッカーを続けているときはまだよかった。生活が安定しないという言い訳をしながら結婚を先延ばしにできたからだ。だが、サッカー選手を引退して麻里子の紹介で会社員になると、結婚という決断から逃げられなくなった。

結婚式を目前に控えていたときに、初恋の相手だった薫とばったり再会した。

薫は付き合っていた頃よりもさらにきれいになっていた。いまだに自分に好意を抱いていることを察して、心が激しく乱れた。

そんなときにあの事件が起こったのだ。

麻里子は性的な暴行はなかったと訴えたが、自分はその言葉を信じることなく、今は支えられる自信がないから少し距離を置きたいと告げた。

大藪には麻里子が事件のショックから立ち直るまで結婚を延期してほしいと訴えた。そして麻里子の気持ちが自然と自分から離れてくれるのを期待した。

そんなまわりくどいやりかたをせずに、もっと早く自分の本心を伝えていれば、麻里子は自殺を図ることはなかったのではないか。

何度もそんなことを考えて、麻里子に謝りたかったが、自分の想いは一生伝えることはできないだろう。

「遺書の存在を明かせば、おまえは罪悪感に押しつぶされて壊れてしまうんじゃないかと考えて、大藪先生は今まで隠していたんだ。だけど、たとえ本当の息子のようにかわいがっていたとしても、麻里子さんが自殺を図る原因になったおまえのことを心から許すことはできなかった。だから麻里子さんのことを忘れて新しい幸せをつかみなさいとは言えなかったそうだ」

この十三年間、大藪からの期待を裏切りたくないという一心で、麻里子のことを愛し続けているという演技をしていた。

だが、それも限界だった。

「麻里子さんが自殺を図ったのはあくまでも彼女自身の選択だ。そのせいで十三年間、おまえに苦しい思いをさせてしまってすまなかった……大藪先生はそう言っていた。麻里子さんのことは本当の家族だけが背負っていくべきことだから忘れてくれ、とも」

本当の家族だけが背負っていくべきこと——

大藪からの訣別の言葉だと悟り、涙がこみ上げてきた。

「おれはこれからどうすればいいんだ……」

心の底から呟きが漏れた。

「おれにはわからない。だけど、これからどういう選択をして、どう生きていこうと、おまえを非難する人間はいないだろう」

「この十三年間、ずっと苦しみ悶えながら生きてきた。もう惑いたくないと思っていたのに……やっと自分を縛りつけていた鎖がなくなったというのに……本当にこれでいいのか自分の気持ちがまったくわからない」

大藪と麻里子と過ごした楽しかった日々の記憶がとめどなく脳裏によみがえってくる。どんなに振り払おうとしても消えてくれない。

「なあ、おれはこれからどうすればいいんだ！」窪田はすがりつきたい思いで夏目に訴えかけた。

「今すぐに答えを見つける必要なんかないんじゃないのか？　本当に大切にするべき想いが見つかるまで、いくらでももがき苦しんで迷い続けたっていいだろう。悩んで考え続けることを迷わない。おれはこれからそう生きていくことに決めた」

滲んだ視界の中で、夏目が部屋を出ていったのがわかった。

本当に大切にするべき想いが見つかるまで、いくらでももがき苦しんで迷い続けたっていいだろう――

自分にとって本当に大切にするべき想いとは何なのか。

ひとりきりで、見つかるかどうかわからない答えを必死に探し求めている。

被疑者死亡

1

「このあたりですね――」

ナビゲーションを確認して、筒井健吾《つついけんご》は助手席に目を向けた。班長の大津《おおつ》があくびをかみ殺すようにして頷《うなず》き、窓外に視線を配った。

「あそこだな」

大津が指さしたほうに黒のカローラが停まっているのが見えた。

「少し離れたところで停めろ」

大津に言われたとおり、カローラを通り過ぎて百メートルほど先のところで停まった。エンジンを切ると後続車が筒井たちの車を追い抜いていき、さらに先のほうで停まった。車から降りると大津とともにカローラに向かう。

署を出たときには真っ暗だった空がうっすらと明るくなっている。

カローラから捜査一課の仲村《なかむら》と、名前は知らないが所轄署の刑事が出てきた。

「ホシのアパートは?」大津が訊《き》いた。

「この路地の突き当たりにあります」
仲村が細い路地の奥に目を向けた。二十メートルほど先の突き当たりに二階建ての
アパートが見える。
「アパートは民家に囲まれるようにして建っていて、通りにつながっているのはここ
だけです。アパートの反対側にある二軒の民家に許可をもらって、上野《うえの》ともうひとり
が庭から監視しています」
地図を広げた仲村が説明した。
「相良《さがら》が帰宅してからは動きがありません」
深夜の一時半頃、アパートの周辺を張っていた仲村から、大森にあるアパートに被
疑者である相良が帰宅したと連絡があった。
逮捕状は下りていたが、暗闇に乗じて逃げられる恐れも考えて、明け方まで待って
から確保することになったのだ。
後続車に乗っていたふたりの刑事も大津のもとにやってきた。
物音がして、アパートに通じる路地に目を向けた。こちらに向かってくる人影が見
え、筒井は身構えた。
犬の散歩をしている女性だった。こんな朝早くにたむろしている背広姿の厳《いか》つい男

たちに、怪訝《けげん》そうな眼差しを向けながら通り過ぎていく。

「もうすぐ通勤や通学の時間になってしまうな。早くケリをつけよう」

大津はそう言うと、地図を指さしながらそれぞれの刑事の配置を決めていく。筒井に任されたのは、アパートの反対側にある民家の前の道路だった。

民家の庭に待機している上野たちを含めて総勢八人。筒井が相良を取り押さえることはまずないだろうと思える場所だった。

「あちらは大家さんか？」大津がカローラに視線を向けた。

後部座席に緊張した面持ちの初老の男性が座っている。

「ええ。鍵を持ってきてもらいました」

「よし。各自、持ち場についてくれ。無線の準備も忘れるな」

筒井は無線のチェックをしてイヤホンを耳につけると持ち場に向かった。

アパートの反対側にある民家の前に着くと、目立たないようにそばの電柱に身をひそめた。

「今、相良の部屋の前にいる。これから訪ねる」

耳もとに大津の声が響いた。

一番離れた場所にいるとはいっても、いやが上にも緊張感が高まってくる。

続いてチャイムの音が聞こえ、相良を呼ぶ大津の声が響いた。

どうやら相良は素直に出てこないようだ。

「応答がない。これから鍵を開けて中に踏み込む――」

その直後、イヤホンからではない怒声《どせい》が遠くに聞こえて、筒井はアパートのほうに視線を向けた。だが、民家の壁に遮《さえぎ》られてアパートの様子は見えない。

「相良が逃げた――」

「どこだ！　どこにいる！」

ガシャンという大きな音が耳に響いて思わず身をすくめた。

「鉢を投げつけてきやがった。血が目に入って見えない……相良はグレーのパーカー、あと青いデイパックを背負っています！」

「大丈夫か！」

「まだ近くにいる。絶対に逃がすな！」

無線の声が錯綜《さくそう》する。

民家の塀を乗り越えて道路に出てきた男の姿が目に入った。グレーのパーカーを着て青いデイパックを背負っている。

「相良を発見しました！」

筒井は叫ぶよりも先に相良に向かって駆けだした。

「相良はどっちに向かってる――」

大津の声が聞こえたが、どう説明すればいいのかわからない。無線に応えるよりもこのまま走って捕まえたほうが早そうだ。

「相良――待てッ！」

筒井が叫ぶと、二十メートルほど先を走っていた相良がこちらを振り向いた。

次の瞬間、相良の姿がなくなった。続いて、轟音《ごうおん》と急ブレーキの音が耳をつんざいた。

筒井は目の前の光景がすぐに理解できず、呆気《あっけ》にとられて足を止めた。

「どうした、今の音は何だ！」

大津の声に我に返った。

筒井は激しい動悸《どうき》に襲われながら交差点に向かった。交差点の右手側に目を向けると、少し先に停車したトラックの後部が見えた。

運転席のあたりから煙がたちのぼっている。駆け足で向かっていくと、トラックは電柱に衝突してフロントガラスが粉々に砕けていた。だが、見たところ運転手は無事なようだ。

そこから少し先のところで相良が大の字になって倒れている。

筒井は相良に駆け寄った。アスファルトに広がっていく血を見て息を呑《の》んだ。

「大丈夫か！」

その場にしゃがみ込んで呼びかけたが、相良は反応できないようだ。からだを痙攣《けいれん》させながら傷だらけの顔をこちらに向けている。

「いきなり飛び出してきたんだ……」

その声に振り返ると、トラックから降りた運転手がふらふらとした足取りで近づいてくる。

「早く救急車を！」筒井は動揺している運転手に叫び、すぐに相良に視線を戻した。

相良は最後の力をこちらに向けた視線にこめるようにしながら、口を開いたり閉じたりしている。何か言おうとしているように思えたが、言葉は聞こえてこず、血だけがあふれ出してくる。

「何だ……何か言いたいのか？」筒井は相良の口もとに耳を近づけた。

しばらく耳を澄ましていると、荒い息遣いに混じって声が聞こえた。

頼む……

そう言ったように思えた直後、耳もとに息を感じなくなった。

相良の顔を見ると、目から光が消え去っていた。

2

「今晩はカレー？」

同僚の池田《いけだ》が商品をバーコードリーダーにかざしながら訊いてきた。

「ええ。もっと凝《こ》ったものを作ってあげたいんだけど、陽介《ようすけ》が好きだっていうからそれに甘えて」

三浦尚子《みうらなおこ》は愛想笑いを浮かべて言った。

「三浦さんはこの後も仕事があるんでしょう？　しょうがないわよ。出来合いのお惣《そう》菜《ざい》じゃなくてきちんと作っているだけ立派だわ」

池田は尚子と同じ団地に住んでいる。池田の息子の一樹《かずき》は陽介と同級生で仲がいいみたいだ。他の仕事をしていることを池田には話していないが、尚子の生活など簡単にわかってしまうのだろう。

「明け方に帰ってくることもあるみたいだけど、そんなに仕事をしてからだは大丈夫なの？」

「ええ。週に何日かファミレスの夜勤で働いているんです。時給がいいから」尚子は嘘をついた。

「そう。女手ひとつで陽介くんを育てて本当に偉いわね。何か困ったことがあったらいつでも相談してちょうだいね」

「ありがとうございます」

それはないだろうなと思いながら、尚子は財布を取り出した。

悪い人ではないが池田は話し好きだ。休憩のときには同僚や子供の同級生の家庭の噂話などをよくしている。下手なことを言って、陽介の父親のことを詮索《せんさく》されたくない。

尚子は支払いを済ませてスーパーから出ると、自転車に乗って団地に向かった。途中、小雨が降ってきて、ペダルを漕《こ》ぐ足を速めた。

部屋に着いたときには、びしょ濡れというわけではないが、かなりからだが冷えていた。

先にシャワーを浴びて身支度をしようかと考えたが、すぐに思い直した。客が気づくとは思わないが、家庭の匂いをしみこませたまま仕事に出たくない。夕食の準備をしてからシャワーを浴びることにして、尚子は台所に立った。

家庭と夜の仕事は完全に切り離したいのだ。夜中の仕事を終えた後も必ず近くのファミレスに寄って化粧を落としてから、陽介のもとに戻るようにしている。

カレーを作って、出勤の身支度を整えた頃に陽介が帰ってきた。

「おかえり。一樹くんの家で遊んでたの？」

「うん。一緒にDSやってた。一樹くんが新しいソフトを買ったんだけど……」陽介が言いづらそうに顔を伏せた。

そのソフトがないと一緒に遊べないからほしいというわけか。

「誕生日にプレゼントしてあげる」

陽介の誕生日は三カ月先だ。ゲームのソフトぐらいすぐにでも買ってあげたいが、今の経済状況を考えるとあまり贅沢《ぜいたく》はできない。

陽介もそのことはわかっているようで、それ以上は何も言わなかった。

幼稚園のときはそれほど気にならなかったようだが、今年の春に小学校に入ってからは、まわりと自分の家庭がちがうことを強く意識しているみたいだ。たまに父親のことを訊くようになったが、陽介が幼いときに亡くなったと言い続けている。

「今日も遅いの？」陽介が寂しそうな表情を向けて訊いた。

「うん。できるだけ早く帰ってくるようにするけど……」

クラブで働かなくても、やり繰《く》りをすればぎりぎり生活できないわけではない。だけど、これからのことを考えると少しでもお金を貯めておきたい。友達と同じように習い事もさせてやりたいし、塾にも通わせてやりたい。父親がいないということで引け目を感じる思いだけはさせたくなかった。

携帯の着信音が鳴って、尚子はテーブルの上に目を向けた。見慣れない番号からの着信だった。

「もしもし……」尚子は少し警戒しながら電話に出た。

「突然、お電話をして申し訳ありません。三浦尚子さんでしょうか？」

丁寧《ていねい》な口調の男性の声が聞こえた。

「ええ……」

「わたくし、東池袋署の夏目《なつめ》と申します」

「警察？」

思わず口にしてしまい、すぐに陽介に目を向けた。陽介は不思議そうな眼差しで尚子を見つめ返している。

「どういったご用件でしょうか」

陽介に動揺を悟られないように努めながらダイニングを出た。

「相良浩司《こうじ》さんのことでお話がありまして」

その名前を聞いた瞬間、嫌な予感が胸に広がっていく。

「わたしにはもう関係ありませんので……どうしてこの電話番号をご存じなんですか？」

「浩司さんのお兄さんの明宏《あきひろ》さんにご連絡したところ、海外に出張中で明日にならないと戻れないと。浩司さんの肉親は明宏さんしかいないとのことで、少しでも早く身内のかたに確認していただきたいことがあるのですが」

半年ほど前にクラブの近くで、出張中だという明宏とばったり会った。名古屋に住んでいる明宏は尚子の生活を心配するように近況を訊いた。そのときに浩司には知らせないという約束で連絡先を教えたのだ。

「そんなに緊急のことなんですか？」

「ええ。明宏さんは三浦さんにご足労いただくのを心苦しく思われているようでしたが……できましたら署のほうに来ていただきたいのです」

「わかりました。これから伺います」

明宏からの頼みということであれば無下《むげ》に断るわけにはいかない。

幸いなことに今日は同伴の予定がない。ここから池袋まではかなりの距離があるが、警察に行ってから出勤することにしよう。

「どうしたの？」

電話を切ってダイニングに戻ると、陽介が訊いてきた。

「どこかで落とし物をしちゃったみたいで警察のかたが知らせてくれたの。じゃあ、行ってくるわね」

尚子はバッグを手にして玄関に向かった。

「戸締まりをしてね」

玄関まで見送りに来た陽介に微笑《ほほえ》みかけると部屋を出た。


制服を着た警察官が行き来する受付で待っていると、五年前のことを思い出す。だけど、もう家族ではないという開き直りがあるせいか、あのときに比べれば動揺は少なかった。いや、むしろ動揺よりも腹立たしさが心の中を占めている。

まったく懲《こ》りない人だ——

ふと目を向けると、背広姿の男性が階段を下りてこちらに向かってくる。長身の男性は尚子と目が合うと軽く会釈《えしゃく》をした。どうやらあの男性が電話をかけてきた警察官のようだ。

「三浦尚子さんでしょうか」

男性に訊かれ、尚子は頷いた。

「突然お呼びたてして申し訳ありませんでした。あらためまして、東池袋署の夏目と申します」

「あの人はいったい何をしたんですか？」

ずっと気になっていたことを訊くと、夏目が言いづらそうに少し視線をそらした。

五年前に起こした傷害致死事件よりもさらに重大な事態なのだろうか。

夏目がかすかにそらしていた視線をこちらに据えた。

「相良浩司さんは今朝、お亡くなりになられました」

その言葉の意味がすぐには理解できなかった。何も口にすることができず、じっと夏目の目を見つめ返した。

「相良さんにはある事件の容疑で逮捕状が出ていました。今朝、身柄を確保するために大森のアパートに行ったところ、相良さんは警察官を振り切ってその場から逃走しました。その最中に車に撥《は》ねられて……」

「ある事件で逮捕状って……どんな……」尚子は何とか言葉を絞り出した。

「殺人の容疑です」

夏目の言葉に、尚子は愕然《がくぜん》とした。

「殺人？」

「ええ。身元の確認をしていただいた後で、相良さんに関して少しお話を聞かせていただきたいのですが」

からだが極度にこわばっていて、頷くこともできないでいる。

「安置所は外にあります。お越しいただけますか」夏目が尚子の肩に軽く手を添えて建物の外に促した。

警察署の裏手に回ると二階建てのプレハブの建物があった。ドアのひとつに『死体安置所』とプレートが掛かっている。夏目はノックをするとドアを開けて中に入っていった。

白衣を着た男性がひとりいた。中央には長机のようなものが置いてあり、顔に白い布をかけられた人物が寝かされている。

重い足取りでそばに寄ると、夏目がゆっくりと白い布を取った。

車に撥ねられたと言っていたが、男性の顔にはいたるところにあざや傷があった。痛々しく思うのと同時に、安堵《あんど》の溜《た》め息を漏らしそうになった。

「相良浩司さんで間違いないでしょうか」

茶髪に細い眉《まゆ》の男性を見つめながらちがうと首を振りかけたが、鼻の左横にある大きなほくろが目に入って息が詰まりそうになった。

自分が知っている浩司とは顔の印象が変わっていたが、よく見ると間違いなかった。

「そうです」尚子は答えた。

「本当に相良浩司さんで間違いないでしょうか」

先ほどの間《ま》を気にしてか、夏目がふたたび問いかけてきた。

「ええ。昔は嫌っていたような髪型や眉だったのですぐにはわかりませんでしたが、間違いありません」

浩司を見つめながら、どうしてこんなに胸が引き裂かれるような痛みを感じるのか理解に苦しんだ。血がつながっているわけでもない赤の他人で、しかも目の前の男性への愛情など心のどこを探しても残っていないはずなのに。

これが最後の対面になるだろうとわかっていたが、尚子はすぐに視線をそらすとドアに向かった。

警察署の建物に入ると、取調室というプレートの掛かった部屋に通された。

「殺風景なところで申し訳ありません」夏目が尚子の前にお茶を出しながら言った。

しばらくするとドアが開き、五十歳前後の体格のいい男性が入ってきた。男性はちらっと尚子を見てから、夏目に目を向けた。

「調書を取らせようと思っていたやつの体調が悪いみたいでさ。あんた、代わりにやってもらえるかな」

男性が言うと、夏目が「わかりました」と答えて、ドアの横にある席に座った。

「相良さんの奥さんですね」男性が尚子の向かいに座りながら訊いた。

「五年前に離婚していますから」

「そうでしたね。わたしは警視庁の大津です。相良さんのことについていくつか訊かせてもらいます」

「あの……その前に……」

尚子が切り出すと、大津がこちらを見つめながら首をひねった。

「先ほどそちらの刑事さんがあの人に殺人の容疑で逮捕状が出ていたって……いったいどういうことなんでしょうか」

尚子が問いかけると、大津が一枚の写真を机の上に置いた。浩司と同世代に思える男性の写真だ。

「相良さんの友人で北原哲哉《きたはらてつや》さんというんですがご存じでしょうか」

「あの人の友人……」

「ええ。高校のときの同級生です」

「わかりません」尚子は首を横に振った。

「三日前の二十六日の昼過ぎに警察に通報がありましてね。通報してきたのは北原さんの友人の男性で、部屋を訪ねたら北原さんが血を流して倒れていると。救急車が駆けつけましたが北原さんはすでに亡くなっていました。死因は腹部刺創による失血死です」

「その事件の犯人があの人だと?」

尚子が訊くと、大津が頷いた。

「どうしてあの人が北原さんという人を殺さなければならないんですか」

「動機に関してはふたりとも亡くなっているので想像するしかないんですが、おそらく借金が原因になっているんじゃないかと考えています。ふたりが行っていたキャバクラの女性に話を聞いたところ、相良さんは北原さんからかなりの額の借金をしていたみたいです。期日までに耳を揃えて払わないなら自分にも考えがあると、北原さんは相良さんに対して激しく詰め寄っていたとその女性は言っています。その期日が事件前日の二十五日でした。北原さんが相良さんに送ったメールにも『金を払えないなら行くところに行くぞ』ということが書かれていました」

「どうしてそんな借金を……」尚子は顔を伏せた。

「北原さんは風俗の呼び込みをする一方で、裏では知人や店の従業員や顔見知りになった客を自宅に集めて賭け事をしていたということです。相良さんは五年前に賭け事に負けたことがもとで傷害致死事件を起こしているでしょう。おそらく借金の原因はその賭け事ではないかと考えています」

たしかに浩司は五年前に飲み屋で客と喧嘩《けんか》になり、打ちどころが悪くて相手を死なせた。

警察での取り調べや裁判で、浩司は賭け事に大負けしたばかりで気が立っていたと話していた。

「また北原さんは四ヵ月前には付き合っていた女性が急性薬物中毒で亡くなって、警察から事情を聴かれたことがあるんです。相良さんが北原さんから違法な薬物を買っていた可能性もありますので、これから司法解剖を行います」

大津の話を聞きながら深い失望感が胸に広がっていく。

やはり人間は変われるものではないのだ――

「相良さんと最後にお会いになったのはいつですか？」大津が訊いた。

「五年前の事件の後、拘置所に面会に行ったのが最後です」

尚子がある決心を抱いて面会に行ったとき、浩司は刑務所から出たら酒も賭け事もいっさいやめて心を入れ替えるから、どうか陽介と一緒に待っていてほしいと涙混じりに尚子に訴えかけてきた。

だが、尚子は浩司の願いを振り払って離婚に応じさせた。陽介に人殺しの息子という世間からの烙印《らくいん》を押させたくない。それでなくとも陽介はいつの日か辛い思いをしなければならないのだ。

尚子の決意は浩司にとって意外なものだったのかもしれない。だが、父親として、夫として、今まで自覚を持たなかった浩司への辛辣《しんらつ》なメッセージだった。

それでも心のどこかでは、浩司が改心して、いつの日か父親として陽介のことを見守ってくれるような存在になることを願ってもいた。それなのに……。

「それ以降はお会いになったり、連絡を取ったりしていませんか」

「ええ。そのときが最後です。連絡も取っていませんし、あの人はわたしたちがどこに住んでいるのかも知りません」

「そうですか。息子さんがいらっしゃるんですよね。一応息子さんからも話を聞かせてもらいたいんですが」

「それだけはやめてもらえないでしょうか。父親は死んだことになっています。息子にとってもわたしにとっても、あの人はとっくに死んだ人なんです」尚子は強い口調で訴えた。

3

「どうだ、調子は――」

肩を叩かれて、筒井は顔を上げた。大津が立っている。

「聴取に立ち会えずにすみませんでした」筒井は頭を下げた。

「まあ、目の前であんな事故を目撃しちまったんだ。しばらく動揺するのはしかたないだろう」

相良がトラックに撥ねられた瞬間の光景が網膜《もうまく》に焼きついて離れない。

署に戻ってからも、未然にあの事故を防げる手だてはなかったのかと、そのことばかりを考えていた。

「あの所轄さんが代わりに調書を取ってくれた」大津がドアのほうを指さした。

背の高い男性が入ってくるのを見て、筒井は立ち上がった。

「捜査一課の筒井です。代わりに調書を取ってくださったそうでありがとうございました」筒井は男性に近づいていき礼を言った。

「いえ。気分のほうはどうですか」

「もう問題はありません」筒井は男性に会釈して席に戻った。

本部の捜査員たちが次々と講堂に入ってきてそれぞれの席に着く。幹部たちが現れると捜査会議が始まった。

最初に刑事課長から被疑者の相良が交通事故で亡くなったことが告げられた。その後、それぞれの班から今日の捜査に関する報告があった。

相良の部屋には血痕《けっこん》のついたナイフとシャツと北原の携帯と財布があったという。財布には何も入っていなかったが、相良が所持していた財布に北原の免許証とキタハラテツヤと書かれたICカード乗車券が入っていたことから、被害者のものであろうと見られている。現在、ナイフとシャツの血痕とともに、財布についた指紋も北原のものであるかどうかを調べているとのことだ。

相良の財布に入っていたショップカードから、昨日の二十八日に美容室に行っていたことが確認されている。さらに携帯の通話履歴から同じ日に新宿にある美容外科に行っていたこともわかった。相良は明日の十時に顔の整形手術の予約を入れており、逃亡するために外見を変えようとしたのだろうと報告された。

各班からの報告が終わると、捜査一課長が立ち上がった。

「先ほどの報告からもわかるように、北原哲哉さんを殺害した犯人は相良浩司と見て間違いないだろう。本人からの自供を得られなかったことと犯した罪を問えないことが非常に残念ではあるが、補充の捜査をする若干名を残して、本日をもってこの捜査本部を解散する。みんなご苦労だった。ゆっくりと休んでくれと言いたいところだが、先ほど下目黒《しもめぐろ》の路上で女子大生がナイフで刺されるという事件が発生した。現在、どの係も事件を抱えている状況なので、四係の捜査員はこのまま目黒署に向かってもらいたい。以上——」

最後の捜査会議が終わったと思った瞬間、また次の事件に駆り出されるのか。

「行くぞ——」

隣の大津の声に溜め息をつく間もなく、筒井は席を立った。

大津とともにドアに向かおうとしたところで係長の藪沢《やぶさわ》に呼び止められた。

「ふたりはここに残ってくれ」

「書類送検の準備ですか」

大津が言うと、藪沢が頷いた。

被疑者が死亡したといってもそれで捜査が終わるわけではない。事件に関する書類や証拠をまとめて検察官に送らなければならない。

「明日、相良の兄が訪ねてくるとのことだ。事情を聴いて遺体搬送の手続きをしてくれ。証拠は揃っているから一日二日あれば検察に書類を送れるだろう。終わり次第向こうの本部に合流してくれ。もっともその前に解決されることを願っているがな」

「わかりました」

「今日は家に戻ってゆっくり休め」藪沢は筒井に言い残して足早にドアに向かった。

藪沢が講堂から出ていくと、筒井は大津に目を向けた。

「いいんですかね」

他の捜査員たちが休む間もなく戦場に駆り出されているというのに、自分たちだけ休むのは気が引けた。

「まあ、いいんじゃねえか。それにおれたちがここにいたら所轄さんも一息つけねえだろうし」

筒井はその言葉に納得して、大津とともにドアに向かった。

翌朝、東池袋署の講堂に入ると、光景が一変していた。昨日までたくさん並べられていた長机やパイプ椅子《いす》はほとんど撤去されて、だだっ広い空間が広がっている。壁際に長机がふたつ並べて置かれ、その上に捜査資料が積み上げられている。

気配を感じて振り返ると、大津が講堂に入ってきた。

「ゆっくり休めたか？」大津が訊いた。

「ええ」

筒井はそう答えたが、布団に入ってもほとんど眠ることができなかった。

血を吐きだしながら苦しそうに呻《うめ》いている相良の顔が頭から離れなかった。それに相良の最後の言葉も気になり、明け方近くまでその意味を考えていた。

頼む……

死の間際にあって、相良はいったい誰に、何を頼みたかったのか。

「朝、係長に連絡したところ、なかなか難儀《なんぎ》しているみたいだ」

大津の言葉に、筒井は我に返って目を向けた。

「下目黒の事件ですか？」

「ああ。被害者の女子大生は一命を取り留めたそうだが、後ろからいきなり刺されたせいで犯人の特徴などはいっさいわかっていない」

「早く合流しないとですね」

「ああ。さっさと片づけよう」大津が机の上の書類に目を向けた。

「おはようございます」

その声に、大津と同時に振り返った。

所轄の刑事がこちらに近づきながら声をかけてきた。

昨日、筒井の代わりに調書を取ってくれた背の高い刑事だ。両手に白手袋をはめていて、ビニール袋に入れられたいくつかの証拠品を持っている。そのひとつはあのとき相良が背負っていたデイパックだ。

「あんた、昨日の……」

大津も名前までは知らないようだ。

「夏目です。おふたりの手伝いをするようにと係長から言われてきました」

夏目と名乗った刑事は手に持っていた証拠品を長机の上に置いた。

「そいつは助かるな。さっそく始めようか」

大津が椅子に座ったのを見て、筒井も隣に腰を下ろした。

「具体的にどういうことをすればいいんでしょうか」筒井は訊いた。

「ここにある証拠品や関係者の証言を照らし合わせてみて、矛盾《むじゅん》がないかを確認して書類にまとめるんだ。もっとも昨日確認したかぎりではそういうものは見受けられなかったけどな」大津が目の前の書類に手を伸ばした。

「それは相良の所持品ですか？」

筒井が机の上に置かれた証拠品を見て訊くと、夏目が頷いた。

「おふたりが帰った後、鑑識から戻ってきました。あと、これは相良の部屋から押収されたものの鑑定結果です」夏目が持っていた書類を大津に差し出した。

「ナイフとシャツについていたのはやはり被害者の血痕か。財布からも被害者の指紋が検出されている。被害者のものってことだな」

「ええ。相良の財布の中に入っていた数枚の紙幣からも北原さんの指紋が検出されています」夏目が言った。

「デイパックの中には何が入っていたんですか」筒井は訊いた。

「ほとんど衣類ですね。あとは……」

夏目がそこで言葉を切って、デイパックを開けた。中から写真立てを取り出して筒井たちの前に置いた。

「奥さん……いや元奥さんと、きっと子供だな」

大津の言葉に、筒井は写真を見つめた。

女性と、その胸に抱かれた赤ちゃんの姿が収められた写真だ。生まれたばかりの子供を抱いているというのに、こちらを見つめる女性の表情にはどこか陰りがあるように思える。

「息子は今、小学校一年生って話だったな。ということは傷害致死事件を起こす少し前の写真ってことか。こんな家族がいたっていうのに馬鹿な男だな」

大津が嘆息《たんそく》するように言うと、写真を見ていた夏目が頷いた。

「感傷に浸っている暇はないな。さっさと片づけて下目黒の本部に行かなきゃ。あんたも座ってくれ」

夏目は写真立てをデイパックの中に戻すと、筒井の隣に座った。

筒井は目の前の書類に手を伸ばして広げると、事件の概要を頭の中で整理した。

北原の死亡推定時刻は二十六日の深夜一時から四時までと見られている。

北原の上着のポケットの中に入っていた名刺から、前日二十五日の十時頃から六本《ろっぽん》木《ぎ》のバーで女性と飲んでいたことがわかった。初めて来た客ということでバーの従業員は北原も一緒にいた女性の素性も知らなかったが、後の捜査で北原が馴染《なじ》みにしているキャバクラで働いている女性だと判明した。北原は店からタクシーを呼び、女性を代々木《よよぎ》で降ろしてから南池袋にあるマンションに帰宅した。タクシー運転手の証言によると、マンションに着いたのは深夜一時過ぎだったという。

マンションのエントランスについている防犯カメラの映像を調べると、一時半過ぎに帽子を目深《まぶか》にかぶった小柄な男が入っていく姿が映し出された。オートロックは鍵で開けるタイプのもので、男は誰かを呼び出して中に入っていった。北原以外のマンションの住人に該当する者はなく、出ていく男の姿がふたたび写っていないことから、内側から開けられる非常階段のドアから出たのであろう男が容疑者と思われた。

北原の交友関係を調べているうちに、高校の同級生であった相良が浮上した。

相良は北原が馴染みにしているキャバクラの一軒に度々一緒に訪れていて、借金の返済を迫られていたという。キャバクラの女性に防犯カメラの映像を見せたが、帽子によって顔がほとんど写っていなかったことから相良と断定できなかった。だが、北原がタクシーを拾ったすぐ近くで、同時間帯に他のタクシーに乗り込んだ客が北原のタクシーの後をついていったことを突き止めた。車載カメラの映像に記録された男の帽子と上着が、マンションの防犯カメラの映像に映し出された男のものとまったく同じことと、車載カメラの映像を観たキャバクラの女性の相良に間違いないという証言が決め手となり、相良に逮捕状が降りた。

唸《うな》り声が聞こえてきて、筒井は夏目に目を向けた。

夏目が書類を見つめながら首をひねっている。

「どうしたんですか?」

筒井が声をかけると、夏目がこちらを見た。

「いくつかわからないことがあるんです」

夏目が言うと、「何だ」と大津の声が聞こえた。

「どうして相良は北原さんの財布を持ち出したんでしょう」

「金が欲しいからだろう。それに財布に手をつけていなかったら怨恨《えんこん》だと思われて、まっさきに自分が疑われてしまう」大津が夏目の問いに答えた。

「お金が目的であれば現金だけ抜き取ればいいと思うんですが。北原さんの財布を持っていたら後々証拠になってしまうというのに。それにどうして北原さんの免許証とICカード乗車券なんかを持っていたんでしょう」

「慌《あわ》てて財布を持ち去ったが、中に北原の免許証とICカード乗車券を見つけて後で捨てるつもりで現金と一緒に自分の財布に入れたんだよ」

「ですが、事件から三日経っているのに捨てずに持っていました」

免許証を見つめているうちに、頭の中で閃光《せんこう》が走った。

「もしかしたら、相良は北原さんに似せるために髪型を変えて整形しようとしたんじゃないですか」

筒井が勢い込んで言うと、大津が首をひねった。

「髪型をこんなふうにしてほくろを取って目を二重《ふたえ》にしたら何となく印象が似てきませんか？　同一人物とは言えないまでも、このくらい小さな写真であればまったくの別人とまでは言えないくらいに似るような気がするんですけど」

「体格がぜんぜんちがうだろう」

「顔写真ですから体格は関係ないですよ。顔写真を見て別人だと思われない程度に似ていればいいんですから」

「何のためにそんなことをする」大津が怪訝そうに訊いた。

「相良は自分がそのうち指名手配になると考えていたんじゃないでしょうか。そうなれば自分の免許証は使えなくなる。今はネットカフェに入るのにも免許証の呈示を求められるところが多いですから。いずれは使えなくなるとしても、当座の逃亡の助けにはなるでしょう」

「たしかにそういう整形をすればふたりは似てなくはないですね。実際、相良の奥さんに身元の確認をしてもらったときに、昔は嫌っていたような髪型や眉だったのですぐにはわからなかったと言っていました」夏目が同調するように言った。

「そうでしょう」

「ただ、新たな疑問が出てきます」

「何ですか？」筒井は夏目に訊いた。

「どうして相良は事件から二日も経ってから、髪型を変えたり整形したりしようと思ったんでしょうか」

「たしかにそうですね」

筒井は頷いて、相良が働いていた会社の上司の供述を記録した資料を探した。

「相良は事件のあった朝、会社に電話をして急に実家に帰らなければならなくなったので辞めさせてくれと言って、それから出社していませんよね。一昨日よりも前に髪を切って美容外科に行く時間はあったんじゃないでしょうか」

「しばらく警察に捕まることはないと思ってたけど、二日経って急に不安になったんじゃねえか」

大津の考えに夏目は納得していないようだ。

「これから美容室と美容外科のクリニックに行ってみませんか？」

突然の夏目の提案に、大津が眉をひそめた。

「昨日捜査員が行って話を聞いているだろう」

「何か新しい発見があるかもしれません。ぼくが運転しますから」

「そんなことに時間を割いてる余裕はないだろう。だいいち、三時には相良の兄貴がここにやってくるだろうが」

「それまでには間に合いますよ」夏目が笑みを浮かべた。

助手席からバックミラーに目を向けると、大津の仏頂面《ぶっちょうづら》が飛び込んできた。大津の苛立《いらだ》ちはわからないでもない。早く事件の書類を検察に送って、下目黒の事件の捜査に加わらなければならない。それが一課の捜査員である自分たちの使命だ。だが、けっきょく夏目の粘りに大津が折れる形となった。

筒井は運転席の夏目に目を向けた。

自分よりもはるかに年上の捜査一課員に意見をゴリ押しする所轄の刑事に初めて会った。

「ここですね」

夏目が美容室の前で車を停めた。車から降りると夏目に続いて店に入っていく。

「こういう者なのですが、広瀬《ひろせ》さんから少しお話を聞かせていただきたいのですが」

夏目が他の客には見えないように受付にいた女性にだけ警察手帳を見せた。

「ああ、もしかして昨日の話の続きですか？」

夏目が頷くと、「呼んできます」と言って女性従業員が受付から離れた。しばらくすると長髪の男性がやってきた。

「昨日も警察の人にいろいろ話をしたんですけど」

「お忙しいところ申し訳ありません。少しでけっこうですので」

夏目が広瀬を店の外に連れ出した。ふたりに続いて筒井と大津も外に出た。

「相良は一昨日、初めてここに来たということですけど」夏目が切り出した。

「ええ。特徴のあるお客さんだったからよく覚えてますよ」

「顔を怪我していたからですか？」

夏目が訊くと、広瀬が頷いた。

昨日の捜査会議で、相良は事故に遭《あ》う前から顔に怪我を負っていたと報告されていた。クリニックの医師の話では鼻骨《びこつ》と歯も何本か折れていたという。二十五日に会社に出社したときには異常がなかったことから、北原を襲ったときに抵抗されて負った怪我ではないかと見られている。

「どなたかの紹介だったんでしょうか」夏目が訊いた。

「そういうわけではなかったみたいですね」

「何かお話をされましたか」

「ええ、いつもは千円のカットで済ませているけどパーマをかけて髪を染めたいから
ここに来たと言ってました」
「来たときの髪型はどんな感じでしたか？」
「いかにも真面目そうな清潔感のある髪型っていうんでしょうか。雰囲気を変えたい
って言ってましたね」
「髪型はあなたにお任せだったんですか？」
「いえ」
「写真か何かを見せてこういう感じにしてほしいと」
「写真は見せられなかったですね。ただ、かなり具体的にこういう感じにしてほしい
という注文はされました。できるかぎり要望に応えたつもりだったんですけど、最後
に鏡を見たときにはちょっと浮かない顔をしてましたね。気に入りませんでしたかと
訊ねたら、完璧だよと言ってくれましたけど……あ、そういえば……」
「何か気になることが？」
「またお待ちしてますって言ったら、ごめんねって呟《つぶや》いて帰っていきました。そのと
きはやっぱり気に入らなかったんだと思ってたけど……まさかあのお客さんが数日前
に人を殺していただなんて」

「お時間をいただいてありがとうございました」

広瀬が店に入ると、三人で車に戻った。

「新しい発見はなかったな」

大津が皮肉を込めて言ったが、ひとつだけ資料になかったことが聞けた。

相良が帰り際に広瀬に呟いた『ごめんね』という言葉だ。

これから逃亡することになるか警察に捕まるかして、店に来ることができないと予期しての言葉だったのだろうか。

「相良は鼻の横のほくろを取ることと、二重瞼《まぶた》にすることを望んでいたんですよね」

夏目が問いかけると、向かいに座っていた男性の医師が頷いた。

「顔の怪我が治ってからあらためて来たほうがいいんじゃないですかと言ったんですが……」

「それでもすぐに整形したいと？」

「その日のうちに一番早く手術ができる今日の予約を入れて、治療費を前金で払っていきました」

「あとはどんな話をされましたか」

「顔の腫《は》れがどれぐらいで引くのかと訊いてきましたね」

「他には」

「それぐらいです。とにかく少しでも早く整形したいという感じでした。刑事さんの話を聞いて納得しましたが。わたしももう少し慎重になるべきだったのかもしれませんが、その時点では指名手配になっているという情報もないので警察に通報するわけにもいきませんし。犯罪にかかわらなくてもそれなりの事情を抱えている患者さんも多いわけで……」

最後のほうは言い訳がましい口調になっていた。

「まあ、いずれにしても、うちが殺人犯の逃亡の手助けに関わらずに済んでほっとしています。次の診察が入っているのでもうよろしいでしょうか」

「ありがとうございました」

夏目が会釈したのを見て、後ろに立っていた筒井と大津はドアを開けて診察室を出た。

「時間の無駄だったな。署に戻るぞ」大津が診察室から出てきた夏目に言った。

4

美容室のソファで順番を待っていると、ハンドバッグの中で振動があった。

尚子は携帯を取り出して画面を見た。相良明宏——浩司の兄からの着信だ。

「もしもし……尚子です」尚子は電話に出た。

「突然電話をして申し訳ない」

「いえ……」

そう遠くないうちに明宏から連絡があるだろうと思っていた。

「今まで警察署で事情を聴かれていてね……少しでいいから会ってもらえないだろうか」

弱々しい声音だった。

たったひとりの兄弟が殺人の容疑者となったまま死んだ。

さらに昨日刑事から聞いたかぎりでは、父親も亡くなってしまったのだろう。明宏は独身だから、たったひとりで弟の死を受け止めなければならないということだ。

一時期であっても浩司の身内であった尚子に会いたいという気持ちは痛いほどわか

る。自分もその出来事があまりにもショックで、昨日はけっきょく仕事を休んでしまった。二日続けて休むわけにはいかない。

「葬儀などのこともあるし、今日中には名古屋に帰らなければならない。葬儀の前にどうしても尚子さんと話をしておきたいんだが」

「今どちらにいらっしゃるんですか」尚子は訊いた。

「池袋だ」

「これから仕事に出なければならないのであまり時間は取れませんが……」

「少しの時間でいい。そちらの近くに行くよ」

「わかりました」

尚子は半年前に明宏と会った場所の近くにあるバーの名前を告げ、そこで待っていると言って電話を切った。


カウンターから離れた奥の席で待っていると、ドアが開いて明宏が入ってきた。尚子に気づきこちらに向かってくる。

「無理を言ってすまなかったね」

こんな状況にあっても明宏の物腰は穏やかだった。兄弟とは言っても十二歳離れた浩司と明宏は性格や人柄がかなりちがっていた。

「こちらこそ、近くまで来ていただいて」

明宏が向かいに座るとバーテンダーがやってきた。ビールをふたつ頼み、しばらく無言で見つめ合った。バーテンダーがビールを持ってきてカウンターに戻ると、明宏が深々と頭を下げた。

「尚子さんに身元確認などを頼んで申し訳ない」

「いえ……頭をお上げください」

そう言っても明宏はなかなか頭を上げようとしない。

「変に思われてしまいますので」

その言葉で明宏がようやく頭を上げた。顔中に疲れを滲《にじ》ませている。

「仕事で韓国にいてね、昼過ぎに帰ってきてその足で警察に行った。浩司のことをいろいろと訊かれて、遺体を名古屋に搬送してもらう手続きをした。昨日は警察から身内の人間に早く確認してもらいたいことがあると言われて、尚子さんの連絡先を教えてしまった」

「警察の人が言っていたんですが、お父さまは……」

「二ヵ月前に亡くなったんだ。胃がんだった」

「葬儀にも出席できずに申し訳ありませんでした」尚子は頭を下げた。

「いや、謝らなければならないのはこちらのほうだから。ただ、親父は最後の最後まで尚子さんと陽介くんのことを気にしていました。まったく馬鹿な息子のせいであなたたちに苦労をかけてしまったと。わたしも半年前に尚子さんと会ったとき、夜の仕事をされていると察してからずっと気になっていました。親父にその話をすると、あなたと陽介くんに何らかの援助をしてあげたいと……」

「いえ、気遣ってくださるのはありがたいのですが、何とかやっておりますので」

浩司の実家には頼りたくなかった。自分の力だけで陽介を立派に育てていくことが、何よりも浩司に対する強いメッセージなのだと考えていた。

「あのとき陽介くんには父親は亡くなっていると話していると聞いて、わたしも尚子さんに連絡できずにいました。もうわたしたちの家とは関わりを持ちたくないだろうと……」

尚子は何も答えなかった。

「親父は死ぬ間際までずっと後悔していました。浩司が生まれてすぐに母親がいなくなってしまったこともあって、甘やかしすぎてしまったと」

浩司から聞いた話によれば、母親は家の貯金などを持って男とどこかに蒸発してしまったらしい。尚子にも親はいない。浩司とは事情がちがうが、父親も母親も病気で亡くした。父親は幼い頃に亡くなり、残された母親は子育てと働くことに追われ、その疲労が祟《たた》ったのか尚子が高校のときに亡くなった。

「親父もそうでしたが、わたしもずっと後悔しているんです。兄として弟にもっと厳しく接するべきだったと。地元で傷害事件を起こしたときも、ただ実家から厄介払いをしたいという思いだけだった。東京であなたと結婚して陽介くんが生まれたと知ってわたしも親父も少し安心したけど、根本的な解決にはならなかった。むしろわたしたちがさらに甘やかしてしまったせいであんな事件を引き起こさせてしまったのだと、警察からいろいろと聞かされたときに悔やみました」

「わたしが妻として至らなかったからです」尚子は思わず言った。

酒や女やギャンブルに入れ揚げる浩司を止めることができなかった。あの事件を起こすまでは自分も何もできずに、いつか浩司が心を入れ替えてくれることをただ願っているだけだった。

「浩司さんと最後に会われたのはいつですか」尚子は訊いた。

「親父が亡くなる二週間ほど前です。どうして入院していることを知ったのかはわかりませんが、いきなり浩司が親父の見舞いにやってきたんです。親父は会うことを拒みましたが、浩司はどうしても親父に謝りたい、親父が生きているうちに家族の縁を戻してほしいと懇願しました」

「家族の縁を戻す？」

「ええ。五年前の事件で親父は浩司と家族の縁を切ったんです。あんなろくでもない人間に、代々続く相良の家を半分であったとしても託したくないということです」

浩司の実家は地元では大地主として有名で、家業として大きな建設会社を経営している。

「どうせ遺産が目当てにちがいないと親父は憤慨していました。遺言書にも浩司には財産の一切を渡さないことを記して、自分が死んでも葬儀には絶対に参列させるなと言い残して逝《い》きました」

「それらのことは警察には……」

「包み隠さずにすべて話しました。警察の話を聞くかぎり、どんなに繕《つくろ》ったとしてもあいつの犯した罪がくつがえることはないでしょう。わたしは警察から今回の事件のことを知らされて、どうしようもない失望感に打ちのめされました」

自分だって同じ思いだと、尚子は小さく頷いた。

「あのときは、親父から罵倒《ばとう》されて病室を出ていった浩司の寂しそうな背中を見て、わたしは居たたまらなくなり後を追いました。たしかにあいつは罪を犯してしまったけど、遺産を目当てにするような自堕落《じだらく》な生活をしていないと信じていたからです」

「どうしてそう思われたんですか」

「浩司は二年前に刑務所を出てから、平和島《へいわじま》にある物流倉庫で働いていました。親父には内緒にしていましたが、実はわたしの友人が重役をやっている会社で、すべての事情を話した上で雇ってもらったんです。わたしは浩司と直接連絡を取り合うことはなかったけど、その友人から浩司の仕事ぶりや生活ぶりは定期的に知らされていました。とうぜん親父の病気のことを知らせてやることもできたけど、さすがにそれはためらいました。浩司が事件を起こしてからずっと親父は悲嘆に暮れていましたから」

自業自得ではあるが、家族の縁を切られたまま父親に死なれた浩司の無念さに思いを巡らせた。

「そのとき病院のそばの喫茶店に入ってあいつの口から近況を聞きました。会社に入ってからしばらくは寮で暮らしていたそうですが、自分の力できちんと生活していけるようにと、ひとり暮らしを始めたとのことでした。酒もギャンブルも断って、つましい生活をしながら、いつか自分が死なせてしまった被害者のご遺族に送るために貯金をしていると言っていました」

「そうですか……」

「それに一生許してもらえないだろうけど、尚子さんと陽介くんにも……」明宏がそこで言葉を詰まらせた。

「わたしたちに？」

「いつか何らかの形であなたや陽介くんの力になれるように頑張りたいと言っていました。いまさら自分があなたたちの前に顔を出せるわけがない。そのことは重々わかっているけど、せめて遠くからでもふたりが元気にやっている姿が見たいと、住んでいる場所を教えてほしいと懇願されました。もちろん知らないと言いましたが。なのにどうして……」

　ふたたび罪を犯してしまったのか――

　悔しそうに唇を嚙み締める明宏を見つめながら、尚子も同じ思いを抱いた。

「こんなことをあなたに頼める義理ではないとわかっていますが、ひとつだけお願いしたいことがあります」明宏が居住まいを正した。

「何でしょうか」

「あいつの葬儀に陽介くんと一緒に来てもらえないでしょうか。ごくごく身内だけの密葬にするつもりです。もちろん陽介くんには父親だということは言わず、親戚だということにしてもらってかまわない。あなたたちがいなければ、わたしひとりであいつを送ることになるかもしれません。あいつはろくでもない男です。それはよくわかっている。だけど……」

うなだれる明宏を見つめながら、尚子は答えることができなかった。

タクシーに乗り込むと、尚子は重い溜め息を漏らした。

今まで自分を奮い立たせてきた支えがぽっきりと折れてしまったようで、虚しさとやるせなさに心もからだも支配されている。

浩司と離婚してからというもの、陽介をきちんと育てていくことだけを心のよりどころにして生きてきた。

いずれは陽介に本当のことを話さなければならないときが来るだろう。

陽介は自分にとってかけがえのない大切な息子だが、もし、そのときに浩司と一緒に暮らすことを望むのであればそれもしかたがないだろうと覚悟していた。そう思われるような父親になってくれることを心のどこかで願いながら、陽介とふたりで懸命に生きてきたのだ。

だけど、浩司はもういない。

昨日、死体安置所で対面した浩司の姿が脳裏によみがえってきて、あのときにはこみ上げてこなかった涙があふれ出してきた。

これは浩司への自分の思いがさせているのではない。陽介のことを思うと不憫《ふびん》でならないだけだと、自分に言い聞かせた。

どうしてあんな人を好きになってしまったのだろう――

浩司と初めて会ったのは尚子が二十歳のときだ。

高校二年生のときに母親を亡くした尚子は親戚の家に引き取られることになったが、卒業と同時に自立した。公務員試験を受けて合格した尚子は学校の事務員として働き始めた。

ある夜、仕事を終えて自転車で自宅アパートに帰る途中、後ろから車に衝突されて転倒した。ワンボックスカーを運転していた男が慌てて出てきて、怪我をしていないか心配だから病院まで行きましょうと言って、尚子を車に乗せようとした。たいした怪我ではないと断ると、車の中からさらにふたりの男が出てきて強引に尚子を車内に連れ込もうとした。悲鳴を上げたが、口をふさがれて、車内に押し込まれそうになった。

そのときに通りかかって助けてくれたのが浩司だった。浩司は男たちと揉《も》み合いながら尚子を引き離した。尚子は解放されたが、浩司は逆に男たちから痛めつけられることになった。

携帯を持っていなかった尚子は公衆電話を探すためにその場を離れた。警察に通報してサイレンの音が近づいてくるのを確認してから現場に戻ると、ワンボックスカーに乗っていた男たちも浩司もいなくなっていた。ただ、路上には浩司が着ていたシャツが引きちぎられた形で残されていた。そのシャツに血のようなものがついているのを見て、尚子はどうしようもなく心配になった。

自分を助けてくれた男性はどうなってしまっただろうと不安な日々を過ごしていたが、数日後に近所でその姿を見かけた。浩司は顔中にあざを作って足を引きずりながら歩いていた。

尚子が駆け寄っていって礼を言うと、浩司は痛々しく顔を歪《ゆが》めて笑みを浮かべた。

そのことがきっかけで尚子と浩司は付き合い始めた。そしてしばらくすると、尚子が住んでいたアパートに浩司が転がり込む形で同棲が始まった。

同棲してすぐに、浩司がどうしようもなく自分に甘い、弱い人間だと気づかされた。

浩司の実家は名古屋だが、傷害事件を起こして地元にいづらくなり東京に出てきたという。

浩司は誘惑に弱く、金遣いが荒くて見栄っ張りで、女癖も悪かった。とても将来を考えられるような人ではないと悟ったが、尚子は浩司を突き放しきることができなかった。あのとき自分にしてくれたことが、たったひとつの行いが、浩司から気持ちを引き離せなくさせていた。

陽介のことがきっかけで、浩司から結婚しようと言われた。

尚子にとっては納得しがたいことだったが、自分と浩司の生い立ちを思い返し、さらに子供の親となることで浩司が少しでも変わってくれるのではないかと期待して、結婚することを了承した。

だけど、結婚しても浩司の自堕落さが変わることはなかった。いや、むしろギャンブルや浪費癖に拍車がかかったといっていい。

浩司がその選択をしたのは子供や尚子のためを思ってのことではない。子供が生まれて結婚したとなれば、実家からの援助が見込めると考えてのことだろうと思い至るようになった。案の定、実家からは頻繁に仕送りを受けたが、それらは陽介を育てるために使われるのではなく、すべて浩司の浪費に消えた。そして、挙句《あげく》の果てに人を死なせてしまうような事件を起こしたのだ。それどころか、今度は傷害致死ではなく殺人事件の犯人となってしまった。

刑務所から出たら酒も賭け事もいっさいやめて心を入れ替えるから、どうか陽介と一緒に待っていてほしい——

拘置所に面会に行ったときに、浩司が涙ながらに訴えてきたことが頭の中を駆け巡っている。

やはり人間は変われるものではないのだ——

玄関に入って靴を脱ぐと、ふらふらとした足取りでまっすぐ寝室に向かった。ドアを開けると、薄闇の中で陽介が寝息を立てている。

尚子は陽介が寝ているベッドに近づいた。めくれた布団をかけ直して陽介の髪を優しく撫《な》でる。

いつか、父親がふたりの人間の命を奪ったと知ってしまったら、陽介はどれほどの苦しみに苛《さいな》まれることになるだろう。そして……。

これからのことを想像すると暗澹《あんたん》とした思いになったが、陽介にはもう尚子しかいないのだ。

どんなことがあってもこの子を守ってみせる——

陽介の寝顔を見つめながら、尚子は決意を新たにした。

5

講堂のドアを開けると、壁際の机に向かって書類を読んでいる大津の姿が目に入った。

「おはようございます」

筒井が声をかけると、大津がこちらを向いた。

「おう、おはよう」大津がそう言ってあくびを漏らした。

「ずいぶん早いですね」

まだ朝の七時前だ。

「始発でここに来た。あいつのせいで昨日はほとんど仕事にならなかったからな。おまえこそ早いじゃねえか」

「考えることは同じですね」筒井は苦笑を漏らしながら大津の隣に座った。

書類に手を伸ばしかけたときに、「おはようございます――」と声が聞こえて振り返った。

カップを載せた盆を持った夏目がこちらに向かってくる。

「コーヒーを淹れてきました。飲んでください」

「宿直だったんですか？」筒井はカップを目の前に置いた夏目に訊いた。

「いえ、三人とも考えることは同じということですかね」

先ほどの話を聞いていたのか、夏目がそう言って微笑んだ。

「あんたとは一緒じゃない」大津が不快そうに言ってコーヒーをすすった。

「司法解剖の結果です」

夏目が盆と一緒に持っていた書類を大津の前に置いた。

「相良のからだからは違法薬物の反応は出なかったとのことです」

「じゃあ、やっぱり相良の借金は北原さんのところでやっていたというギャンブルが原因なんですかね」筒井は言った。

「今回の結果だけで薬物をやっていなかったと直ちに判断することはできませんが、その可能性は高くなったということですね。ただ、借金が原因ならひとつ確認しておきたいことがあるんです。これから出かけませんか」夏目が伺いを立てるように大津に目を向けた。

「いやだ」

大津がにべもなく言って夏目から視線をそらした。

「話だけでも聞いてあげたらどうですか。おいしいコーヒーを淹れてくださったし」

筒井が助け船を出すと、大津が睨《にら》んできた。

「聞くだけだ。何の確認だ」大津が筒井から夏目に視線を向けた。

「相良と北原さんの話を聞いていたというキャバクラの女性から、もう一度話を聞いてみたいんですが」

「どうしてそんなことをする必要がある。キャバ嬢の証言もここにあるだろうが！昨日の轍《てつ》をまた踏ませるつもりか」大津が目の前の書類の束をどんと叩いた。

「同じ言葉でも聞く人によって受ける印象が変わることもあります。どうしても気になることがあるんです」

大津の剣幕にも夏目は怯む様子はない。

「気になることって何だ！」

「相良はどうして北原さんにお金を返済しなければならなかったのかです」夏目が答えた。

「ギャンブルで負けたからだろう」

「本当にそうであるなら気になることがあるんです」

「さっきから気になる気になるって、いったい何なんだよ。あんたはおれたちの手伝いじゃなく邪魔しに来てるのか？」大津がうんざりしたように言った。

「相良はどうして北原さんの家の近くで帰りを待っていなかったんでしょうか」

「帰ってくるかどうかわからなかったからじゃないか」

「北原さんは相良を連れて行った店以外にもいくつも馴染みの店があります。他の店には相良を連れてきていませんから、そのときどこで飲んでいたのかは簡単にはわからないはずです」

「何が言いたい」大津の視線が鋭くなった。

「ひとつの可能性でしかありませんが、相良はあの日まで北原さんが住んでいるマンションを知らなかったのではないでしょうか」

「知らなかった？」大津が訊き返した。

「相良は北原さんからお金を支払うことを迫られていた。だけど北原さんが示した期日までにそれを用意することはできない。北原さんに直談判して金の支払いを待ってくれるように頼もうとしたのか、もしくは殺してしまおうと考えていたのかそこまではわかりませんが、北原さんが住んでいるところを知るために、馴染みの一軒であるキャバクラの前でずっと張っていた。そしてあの日、たまたま店に立ち寄った北原さんを見つけ、後をつけたとは考えられないでしょうか」

「もしそうだとしたら、ギャンブルで借金を作ったのではないということになりますね」

筒井が言うと、夏目が頷いた。

キャバクラの女性の証言によれば、賭場は北原の部屋だと聞いたという。

夏目はじっと大津のことを見つめている。

筒井も大津の横顔を見つめた。

「キャバクラは遅い時間にならねえと開かねえ。ここで一日書類の整理をして、夜に行きゃいいだろう」大津が根負けしたというように言った。

「ここで書類の整理をしたとしても、事実が変われればその時間は無駄になってしまいます。直接彼女の部屋を訪ねましょう。住所はわかります」

「すごいマンションですね」

代々木にあるマンションのエントランスに入ると、筒井は思わず溜め息を漏らした。

夏目がオートロックの前に行き、松嶋香奈枝《まつしまかなえ》の部屋番号を押した。

だが、何度か呼び出してみたが応答がない。

「こんなところまで来て無駄足かよ」大津が大仰《おおぎょう》に溜め息を漏らした。

夏目が諦めずに何度も呼び出し続けると、「なに……?」と気だるそうな女性の声が聞こえた。

「突然お伺いして申し訳ありません。東池袋署の者ですが、北原さんの事件のことでお訊きしたいことがあるのですが」夏目がインターフォンに向かって言った。

「今すっぴんだから人に会いたくない」

素っ気ない声が聞こえた。

「どれぐらいしたら会っていただけますか」夏目が食い下がる。

「どうしても今じゃなきゃダメなの? かなえ、眠いんだよねえ」

「申し訳ありませんがご協力願えませんか」

隣の大津は顔をしかめているが、夏目は穏やかな口調で頼み続ける。

「じゃあ、一時間後にまた来て」

「わかりました」

インターフォンが切れると、夏目が筒井たちに顔を向けて苦笑した。

「車で待機しますか」

一時間後にエントランスに戻って香奈枝を呼び出すと、オートロックのドアが開いた。

筒井たちはエレベーターに乗って五〇四号室に向かった。インターフォンを鳴らすとすぐにドアが開いて、化粧をばっちりと決めた女性が顔を出した。

「お時間を作ってくださってありがとうございます」夏目が頭を下げた。

「訊きたいことって何？　あの人の話だったら何度も警察の人にしたんだけどなあ」

香奈枝が面倒くさそうに言った。

「いくつか確認させてください。北原さんは自分の部屋を賭場にしていたということですが」

「そう聞いたけど」

「それは北原さんが言っていたんですか？」

香奈枝が頷いた。

「一年ぐらい前からうちの店に通うようになったんだけど、すごく羽振りがいいから何のお仕事をしているのって訊いたの。風俗の呼び込みをしてるって言ったから、そんなに儲かるものなんだって感心したらその仕事自体はそれほど儲からないけどねって」

「それで彼から自宅で賭場を開いていることを聞いたんですね」

「そう」

「その賭場での負けで相良は北原さんに借金を作ってしまったんですか？」

「さあ、それが借金の原因なのかどうかはわからない」

「わからないって、前に来た刑事にそう話していたと……」大津が困惑したように口をはさんだ。

「北原さんが自宅を賭場にしてるって話はしたよ。北原さんが生きていたらそんなことは話さなかったけど、亡くなっちゃってるわけだし、まあいいかなって。それに相良さんが北原さんから借金をしているようだってことも話したけど、相良さんがギャンブルで負けて借金したとは言ってない」

「そうなんですか？」筒井は訊いた。

「相良さんは昔ギャンブルが元になって何かの事件を起こしたんでしょう？　警察の人が相良さんの借金の原因はギャンブルじゃないかってずっと言ってるから、そうかもしれないって答えただけ」

「どうして相良が借金をしていると思ったんですか」夏目が訊いた。

「どういうこと？」

「相良か北原さんから金の貸し借りをしているという話が出たんでしょうか」

「北原さんは期限までに自分の口座に金を振り込まなかったら、担保は返してやらないって相良さんに言ってたから。借金してるってことでしょう」

「担保？」大津が訊き返した。

「期限までに金を振り込まなかったらそれを持って行くところに行くって。だけどきちんと支払えば保管している場所を教えるって」

「いったい相良の何を担保にしたというんでしょう」

「さあ、わからない。だけど大切なものだったみたい。何とか金を用意するからそれだけはやめてくれって」

「相良はどれぐらいの金額を北原さんに渡すつもりだったんでしょう」

「はっきりとはわからないけど、相良さんを店から帰した後に今度フェラーリの新車を買うつもりだから乗せてやるよって得意げに言ってたから、それぐらいの金額なんじゃないの。いくらするのかわからないけど」

筒井にもよくわからないが、フェラーリの新車といえば一千万円は下らないのではないか。

「北原さんは一年ぐらい前から通い始めたということでしたけど、相良が初めてお店に来たのはいつぐらいでしたか」夏目が話を変えた。

「どうだろう。四ヵ月ぐらい前だったかな」

「北原さんが連れてきたんですか」

「そう。高校の同級生だと言って」

「店で飲んでいるときの相良はどんな様子でしたか」

「お酒を飲むわけでもないし、女の子と積極的に話をするわけでもないし、それほど楽しそうではなかったかな。北原さんとの付き合いでしかたなく来てたって感じで……それでも最初の頃はそれなりに楽しんでたみたいだったけど、そのうち空気が変わってきちゃって」

「どうして空気が変わったんですか」

「だからお金が絡んできちゃったから。北原さんはいつもどうなっているんだって催促ばかりしてたしね。相良さんは北原さんに頭が上がらないみたいで、今日はこれで勘弁してくれって店の支払いをしてた」香奈枝が思い出したように言った。

夏目が他に訊くことはないかと、大津に目を向けた。大津が大丈夫だと頷いた。

「ありがとうございます」

夏目が礼を言ってドアを閉めようとしたが、香奈枝が「ちょっと待って」と言ってった。

奥の部屋に行った。すぐに戻ってくる。

「今度はここじゃなくお店に来て。もちろん遊びでね」香奈枝が三人に店の名刺を配った。

「担保っていったい何なんでしょうね」

筒井は訊いたが、ふたりとも何も答えなかった。

「これから相良が働いていた職場に行ってみませんか」少しの間の後、運転席の夏目が言った。

後部座席の大津は声を発しなかったが、かといって拒絶の態度も示さなかった。ただ腕を組んで何かを考え込んでいる。

先ほどの香奈枝の話で、書類だけではわからないことがまだあるかもしれないと感じているのだろう。

振動音が聞こえて、大津が上着のポケットから携帯を取り出した。

「もしもし、大津です。はい……ええ……ただ、ちょっと想定外のことがありまして、もう少し時間が……」

おそらく藪沢係長からの電話だろう。

「ええ、いや、それはまったく問題ありません。ええ……わかりました。明日、地検に伺います」大津が電話を切って溜め息を漏らした。

「係長からですか？」

筒井が訊くと、大津が頷いた。

「ああ。どうなっているかと訊かれた」

「想定外のことはご納得いただけましたか」

夏目が言うと、大津が鼻で笑った。

「藪沢係長はしょうがねえなと溜め息交じりに納得してたよ。おれは知らなかったけど、あんたはけっこう有名人みたいだな」

「そうなんですか？」筒井は大津から夏目に視線を移した。

「食えねえやつだということでな。藪沢係長はとりあえず納得してくれたが、明日の朝一で事件を担当している志藤《しどう》検事のところに報告に行ってくれと言われた」

「どんな検事さんなんですか」

職員室に呼び出された学生のような大津の表情を見て、筒井は思わず訊いた。

「まだ若いが切れ者の検事だと評判だ。そのぶん、こちらに対する要求も厳しい」

相良が働いていた会社に行き事情を説明すると、応接室に通された。ソファでしばらく待っていると、ドアが開いて作業服を着た男性が入ってきた。

「内藤《ないとう》と言います。相良くんが働いていた部署の責任者です」

大津と同世代に思える男性が自己紹介をして筒井たちの向かいに座った。

「お忙しいところ申し訳ありませんね。相良のことについて再度いくつかお訊きしたくて参りました」

今までとちがい、大津が切り出した。

「相良はギャンブルの借金が原因で今回の事件を起こしたと見られていますが、普段の生活はどんな感じだったのでしょう」

すでに他の捜査員が訊いていることだが、香奈枝と話したことで、同じ内容でも人によって受け止めかたがちがうかもしれないと感じたようだ。

「先日いらした刑事さんからそのようなことを聞いてむしろびっくりしました。一緒に生活しているわけではないので職場以外でのことはわかりませんが、少なくともギャンブルに関心があるようには思えませんでしたから。ここらへんは大井《おおい》競馬場が近いので、職場の人間は休憩時間に競馬新聞なんかを見ながら盛り上がったりしていますけど、相良くんがそういう輪に入っているのを見たことはありませんでした」

「そうですか。事件を起こす三ヵ月ぐらい前から給料の前借りができないかと相談していたそうですね。何に使っていたんでしょうか？」

今までは北原の賭場でのギャンブルに使っていたと思っていたが、そうとも言い切れなくなっている。

「どうでしょうねえ、ちょっとわからないです」

「被害者の北原さんのことに関して相良から何かお聞きになられたことはありますか」夏目が訊いた。

「四ヵ月ほど前に昔の友人とひさしぶりに再会したとは聞きました。被害者はそのかたですよね」

「おそらくそう思われます。どんなことを言っていましたか」大津が言った。

「正直なところあまり覚えていないんですが……」

「どんな些細《ささい》なことでもけっこうですので」大津が粘った。

「そういえば、何か頼みごとをしているようなことを言っていたような気がします。何かおもしろい経歴を持っている人だとか……」

「どんな？」大津が身を乗り出した。

資料にはなかった話だ。

「いや、そこまでは聞いていません。それに正直なところその記憶にも自信がないので鵜呑《うの》みにしないでください。そんなことを言っていたようなぐらいの記憶ですから」

それで前回来た刑事には話さなかったようだ。

「相良が持っていたもので、何か高価なものや大切にしていたものに心当たりはありませんか」夏目が訊いた。

ここに来た一番の理由だ。

「寮に住んでいた従業員から相良くんの部屋に女性と赤ちゃんの写真が飾ってあったと聞いたことがありますが、それ以外には思いつきませんね」

内藤の言葉に、筒井だけでなくふたりとも落胆したように少し肩を落とした。

「昔の友人というのは北原さんですね」

筒井が誰にともなく言うと、バックミラーの中の大津が頷いた。

「北原さんがキャバクラに相良を連れてきたという時期とも一致してる。問題はどうして金を工面しなければならなくなったかということだ。おれはギャンブルで借金を作っちまったという線を完全に捨てたわけじゃない。妻も子供もいない孤独な生活の中で、高校の同級生に再会したことが嬉しくて、北原さんが元締めをしているギャンブルにはまり込んでしまったとも考えられる。松嶋香奈枝はそう聞いたわけではないと言っただけで、そうではないと断言したわけではないだろう。その借金のかたに何か大切なものを担保として取られちまった」

「ええ」

「これから六本木に行ってくれ」

大津の言葉に驚いて、筒井は目を向けた。

「六本木ですか？ 明日の朝一で地検に行かなきゃいけないんですよね。署に戻って書類をまとめなきゃまずいんじゃないですか」

「北原さんがどんな経歴で、相良が何を頼んだのか聞き込みに行く」大津がそう言って腕を組んだ。

「だけど、内藤さんも自信がない話だと言ってましたよ。そんなことに時間を割いたら……」

「たしかに係長と検事から大目玉をくらっちまうかもな」大津が溜め息を漏らした。

緊張しながら大津とともに廊下を進んだ。

前を歩いていた年配の事務官が立ち止まりドアをノックした。中から「どうぞ――」という声が聞こえ、事務官がドアを開けた。

大津に続いて部屋に入ると、こちらを向いて座っていた男性と目が合った。

若い検事だと聞いていたが、自分が想像していたよりもさらに若々しい印象だった。

「ご足労をおかけして申し訳ありません。検事の志藤です。どうぞお座りください」

志藤と名乗る男が机の前に置いたパイプ椅子を手で示した。丁寧な口調だが、眼差しは鋭さを保ったままだ。

志藤と向かい合わせに大津と並んで座ると、すぐに事務官が自分たちの前にコーヒーを置いた。

「そちらにいる事務官のお薦《すす》めの豆なんですよ。おいしいですよ」

志藤に勧められ、筒井も大津とほぼ同時にカップを手に取ると口をつけた。

「ところで書類のほうは片づきましたか」

カップを置いたタイミングで志藤が切り出した。

「いや……それが……もう少し待ってもらえないでしょうか」

大津が言いづらそうに口を開くと、志藤が首をひねった。

「何か問題でもありましたか」

「補充の捜査をしているうちにいくつか気になることが出てきまして」

「気になることとは？」志藤が少し身を乗り出して机の上で両手を組んだ。

「相良はギャンブルの借金のために北原を殺害したのではない可能性が出てきまして」

「どういうことでしょう」

大津は自分たちが引っかかっていることを具体的に説明していった。相良が北原の家の場所を知らなかった可能性と、相良が北原から担保を取られていて一千万円近い金額を渡すことを要求されていたことなどだ。

「相良がそれほどまでに高価な担保になるものを持っていたとは考えにくいです。さらに北原は以前興信所で働いていたことがありました」

昨晩、北原が馴染みにしていた店を訪ね回ってつかんだ情報だ。

興信所で働いていたという経歴を持つ北原に頼むことがあるとすれば、元妻と子供の行方を捜すことではないかと三人の意見が一致した。

警察の事情聴取で、兄の明宏が相良から元妻と子供が住んでいるところを教えてほしいと懇願されたと語っていた。

「もしかしたら相良は元妻と子供の行方を捜すのを北原に頼んでいたかもしれないと思いまして……それがお金を支払う理由になったのではないかと」

「つまり、家族に関する何らかの弱みを握られて強請《ゆす》られていたと？」

志藤の言葉に、大津とともに筒井も頷いた。

相良の実家はかなりの資産家だという。高校の同級生だった北原ならとうぜんそのことも知っているだろう。

北原が相良の父親の余命がわずかであることを知って、亡くなる前に何としてでも家族の縁を戻すように命じたのであれば、相良が突然父親を見舞った理由も理解できる。

「仮にそうだとして何か問題なのでしょうか。相良の部屋には北原さんの血痕がついたナイフとシャツ、そして財布があった。しかも警察が身柄を確保しようと部屋に踏み込んだ際、相良は抵抗して逃亡しています。相良が北原さんを殺したことを否定する要素はどこにもないと思いますが」

淡々と言う志藤に、大津が「しかし……」と言葉を詰まらせた。

「いいですか、大津さん——被疑者が生きているのであれば、それが裁判での情状《じょうじょう》酌量《しゃくりょう》の材料になるかもしれません。しかし、それはわたしたちが時間を割いて追及するべきことではありません。わたしたちの仕事は犯罪の立証と、新たなる犯罪の抑止です。下目黒の事件ではいまだに犯人の目途すら立っていないとのことです。くだらないことにこだわって時間をつぶしている場合ではないように思いますが」

筒井は大津の様子を窺った。志藤に視線を据えながら悔しそうに歯を食いしばっているのが見て取れる。

「わたしも一通りの証拠や関係者の証言を確認しています。これらを書類としてまとめればいいだけの話ではないですか？」

「もう少し時間をもらえませんか」

大津が絞り出すように言うと、志藤が溜め息をついた。

「真実が見えかかっているというのに、目をそらすわけにはいきませんから」

大津が正面を見据えて言うと、志藤が冷ややかな笑みを浮かべた。

「もともとは所轄の刑事の疑問からご自身もそうお考えになられたとおっしゃっていましたね」

「ええ」

「明日の正午まで待ちましょう」

「ありがとうございます」

大津がすぐに立ち上がってドアに向かった。筒井も慌てて立ち上がると大津についていった。

「大津さん――」

志藤に呼び止められて、ドアの前で立ち止まった。

「目をそらすわけにはいかない真実というのがどんなものなのか、楽しみにしていますよ」

大津はその言葉に応えずドアを開けて部屋を出た。筒井は軽く会釈をすると大津の後を追った。

検察庁から出ると、敷地の外の歩道に立っている夏目を見つけた。

「おつかれさまです」夏目が頭を下げた。

「わざわざ来たのか。署で待ってりゃよかったのに」

「時間がもったいないと思いまして」

「そうだな……それほど時間は残されてない」大津が投げやり気味の口調で言った。

「どういうことですか」

「明日の正午で捜査から手を引くことになった。相良が北原さんを殺害した証拠はすべて揃ってる。それで十分だということだ」

「そうですか」

「車はどこに停めたんだ」

「近くの駐車場に停めました。北原さんの部屋の鍵も持っています」

「じゃあ、行くか」

三人で駐車場に向かって歩きだした。

「どこに向かいますか」車に乗り込むと夏目が訊いた。

「元妻に当たってみるしかないな。何か脅迫されるようなネタがないかどうか」

夏目が頷いて車を走らせた。

6

「お母さん、電話だよ――」

陽介の声が聞こえて、尚子は洗濯物を畳んでいた手を止めた。

台所に入るとテーブルの上に置いた携帯が鳴っている。着信を見ると見慣れない番号からだった。

「もしもし……」尚子は電話に出た。

「東池袋署の大津と申します」

その名前を聞いて次の言葉が出なくなった。

尚子はテレビを観ている陽介の背中をちらっと窺って、寝室に向かった。

「何でしょうか」寝室に入ってドアを閉めると言った。

「突然、申し訳ありません。今ご自宅にいらっしゃいますか？」

「ええ」

「もう一度、相良さんに関してお話をさせていただけないでしょうか。ご自宅の近くにおります」

「今、息子が家にいますので……」

浩司の話を陽介に聞かせるわけにはいかない。

「自宅でなくてもかまいません」

いったいあれ以上何の話があるというのだ。

「車でいらっしゃっているんですか」尚子は訊いた。

「ええ」

「それでは、車の中でお話しするというのはどうでしょうか」

近所の目もあるので近くの店で話をすることも抵抗がある。

「わかりました。団地の外に車を停めておきます」

電話を切ると寝室を出て台所に戻った。

「お母さん、ちょっと買い物に行ってくるわね」

テレビに夢中になっている陽介に言うと、バッグを持って玄関に向かった。

団地の敷地の外に一台のセダンが停まっている。近づいていくと三人の男が乗っているのがわかった。車にたどり着く前に後部座席のドアが開いて大津が出てきた。

「ご足労をおかけします。乗ってください」

尚子は大津に続いて後部座席に乗り込んだ。

「とりあえず車を出してもらえませんか」尚子は閉めながら言った。

「じゃあ、ぼくが運転しますよ」

助手席に座っていた若い男が言って車から降りた。夏目に代わって運転席に座ると車を出した。

「いったいどういうお話なんでしょうか」尚子は戸惑いながら大津に訊いた。

「いくつか確認させてほしいことがあるんですが……相良さんは何か貴重なものを持っていたりしませんでしたか」

「貴重なもの？」

言っている意味がよくわからない。

「ええ。相良さんは北原さんに何か担保を渡していたようなんです」

「担保……」

「それが何であるのかはわからないんですが、相良さんはその担保と引き換えにお金を払うことを要求されていました。しかもかなりの額です」

「おっしゃっていることがよくわからないのですが。あの人はギャンブルで借金を作ったのではないんですか？　その返済を迫られてあのような事件を起こしてしまったと……」

「捜査を続けているうちにそうではない可能性も出てきたんです。もっともギャンブルで借金を作ったという線も消えたわけではありませんが」

「職場の人の話によると、相良さんはギャンブルに関心を示していないようだったとのことです。もっとも職場以外のことはわかりませんが。ちなみに刑務所を出てからお酒も飲んでいなかったようです。自分がしてしまったことを後悔して、悔い改めようとしていたのかもしれません」助手席の夏目がこちらに顔を向けて言った。

「じゃあ、あの人はどうしてあんなことを……」

「わかりません。ただ、相良さんは北原さんに何らかの弱みを握られて脅迫されていた可能性があります。相良さんは興信所で働いていた経験のある北原さんに何かを頼んでいたみたいです。我々はあなたや息子さんがどこにいるのかを調べてもらったのではないかと思っています」

夏目の話を聞きながら、明宏の言葉を思い出した。

「その過程で相良さんが脅迫されるようなことに行き当たったのではないかと。そういったことに心当たりはないでしょうか」

その言葉を聞いて、頭に血が上った。

「わたしたちが北原という人から脅迫されるようなやましいことをしているとおっしゃりたいんですか?」

「そうではありません」

「弱みということなら、陽介や世間の人たちに知られたくないことはあります。父親が人殺しだということです。だけど、わたしを脅迫してくるならともかく、そんなことであの人を脅迫したってしかたないでしょう。あの子と一緒に暮らしているのはわたしです。それに仮にわたしたちがどんなことで弱みを握られていたとしても、あの人がそのために何かをしようとする人間だとはとても思えません」

どんなに抑え込もうとしても、激しい感情が突き上げてきて言葉となってあふれ出してくる。

「降ろしてもらえませんか」

「失礼なことを言って申し訳ありませんでした。団地の前までお送りします」夏目が頭を下げた。


ドアを開ける前に、尚子は必死に気持ちを落ち着かせようとした。

部屋に入って台所に向かうとテレビを観ている陽介の背中が見えた。

「ただいま」

尚子が声をかけると、陽介がこちらを向いた。

「ねえ、お母さん、ヒガイシャって何?」

陽介の言っていることが理解できず、尚子は首をひねった。

次の瞬間、陽介が観ていたテレビ画面が目に入ってぎょっとした。

警察で写真を見せられた男性の顔が映し出されている。『被害者　北原哲哉さん(32)』とテロップが出ている。続いて、犯人である浩司の写真に切り替わった。

「ねえ、ヒガイシャってどういう意味?」

陽介の声に、尚子は我に返った。すぐにテレビに近づいてチャンネルをニュース以外に替える。

「事件や事故に遭った人のことよ」尚子はとりあえずそう答えた。

「ぼく、さっきのおじちゃんに会ったことがあるよ」

意味がわからない。

「さっきのおじちゃんって？」尚子は訊き返した。

「ヒガイシャのおじちゃん」

陽介の言葉に愕然とした。

どうして陽介が北原のことを知っているのか。

「ねえ、そのおじちゃんとどこで会ったの？」

「うちの前だよ」

「うちの前って団地の？」

陽介が頷いた。

「ひとりでサッカーをしてたら一緒に遊んでくれたんだ。うまいねって言って頭を撫でられた」

相良さんは興信所で働いていた経験のある北原さんに何かを頼んでいたみたいです。我々はあなたや息子さんがどこにいるのかを調べてもらったのではないかと思っています——

北原は浩司に頼まれて自分たちの様子を見に来ただけなのだろうか。

それとも夏目が言ったように、浩司の弱みになるようなことを探していたのか。

「ねえ、そのおじちゃんと他にどんなことを話したの？」尚子はその場にしゃがみ込んで陽介と視線を合わせた。

「お父さんはって訊かれたからいないって答えた。寂しいねって言われたから、お母さんがいるからへっちゃらだよって答えた」

「他には？」

「お母さんのこと好きって訊かれたから、大好きって答えた」陽介がにっこりと笑った。

7

「これからどうしましょうか」

筒井は虚脱感を嚙みしめながら訊いたが、助手席の夏目も後部座席の大津も黙ったままだ。

「担保というのは脅迫のネタではないんですかね」

返事を期待せずに呟くと、大津が口を開いた。

「いや、今から思うとそう考えるほうが自然なように思える。北原さんが相良に送った催促のメールには『金を払えないなら行くところに行くぞ』と書いてあった。普通、借金を払わないなら『出るところに出るぞ』だろう」

たしかに言われてみればそうも思えるが。

「ただ、仮にギャンブルで作った借金だとしたら、裏ギャンブルですからね」

「じゃあ、やくざのところに行って追い込みをかけるぞって脅しだったのかな」

「それはわかりませんけど……」筒井はずっと黙っている夏目に目を向けた。

夏目はじっとフロントガラス越しに広がる暗闇を見つめている。

「署に戻りましょうか」夏目がぽつりと言った。

「おい、あきらめるのかよ。まだ十四時間ちょっとあるぞ」

大津が言うと、それまで暗い表情をしていた夏目が笑みを漏らした。

「そう言ってくださるだろうと思って、相良の部屋の鍵を手配するつもりだったんです」

「あるかどうかわからないが担保とやらを手分けして探すか」大津が豪快に笑って筒

井の頭をポンと叩いた。

北原の部屋を捜索して相良の部屋に着いたのは明け方の五時前だった。

ドアの前で手袋をはめると大津が鍵を開けた。部屋に入っていくとさっそく三人で手分けして脅迫のネタになりそうなものを探した。

だが、三時間近くかけてあらゆるところを探してみたが、それらしいものは見つからない。

「そもそも鑑識が入っているんですから、そういうものがあったら見つけているはずですよね」筒井は落胆して言った。

「すでに相良が持ち去ってどこかに捨てちまったのかもしれねえ」大津が部屋を見回しながら溜め息を漏らした。

「もしくは部屋ではないどこかに隠したのか」

「そういえば、きちんと支払えば保管している場所を教えるって、松嶋香奈枝が言ってたな」

「そろそろタイムアップでしょうか」

夏目の声が聞こえ、筒井は部屋に置かれた時計を見た。もうすぐ八時になろうとしている。

「しかたねえな。大急ぎで報告書を書かなきゃだから行くか」大津が悔しそうに言って玄関に向かった。

大津と夏目に続いて部屋を出た。階段を下りて郵便ポストの前を通ったときに、下に置いてあったごみ箱につまずいた。

「何やってんだよ。時間がねえのに仕事を増やすなよ」

大津に叱られ、筒井は散乱したＤＭなどをつかんでごみ箱に入れた。夏目も手伝ってくれたが、しばらくして手を止めた。くしゃくしゃに丸められていた紙屑《かみくず》を広げて見つめている。

「どうしたんですか？」

筒井が訊くと、夏目が持っていた紙をこちらに向けた。

東京フリーきっぷと書かれた乗車券のようで、日付は十一月二十六日となっている。

「それが何か」

筒井の問いかけに何も答えず、夏目はせっかく片づけたごみ箱の中を漁り始めた。

「おいおい、どうしたんだよ」大津が首をひねりながら近づいてきた。

夏目はごみ箱の中からもうひとつ紙屑をつかんで差し出した。先ほどと同じ乗車券で日付は十一月二十七日となっている。

「これが何だよ……」大津が乗車券から夏目に目を向けた。

「もしかしたら相良が使ってここに捨てたものではないかと思いまして」

「一日中電車に乗り放題というきっぷだろう。こんなものどうしようって……」

大津がそこまで言ったとき、夏目が弾《はじ》かれたように立ち上がった。アパートの前に停めた車に向かっていく。

「いったいどうしたんだよ」

大津に続いて筒井も夏目の後を追った。

「近くの地下鉄の駅に行きましょう。確かめたいことがあるんです」

夏目は運転席に乗り込むとすぐにエンジンをかけた。

近くの地下鉄の駅に着くと夏目に続いて改札に向かった。だが、夏目は改札に入らずロッカーに近づいていく。

「担保はどこかの駅のコインロッカーに預けられていたのかもしれません」

「でもコインロッカーの鍵なんてどこにも……」

筒井が言い終える前に、夏目がコインロッカーを指さした。

小銭と鍵ではなく、ＩＣカード乗車券を使用する新型のコインロッカーだ。

書類を読み終えて机の上に置くと、志藤が大きな溜め息をついた。

「これですべてでしょうか」

志藤の鋭い視線にさらされ、筒井は背筋が寒くなった。だが、隣に座っている大津はそれ以上の思いを抱えているにちがいない。

「そうです」大津が答えた。

「見たところ、本部が解散した時点で揃っていた証拠と証言をただ丸写ししただけのように思えますが」

「そうです」大津が頷いた。

「目をそらすわけにはいかない真実とやらはけっきょく見つからなかったということですか」

大津は黙っていた。

「仮にも捜査一課の班長が所轄の刑事に振り回されてしまったというわけですね」

「振り回されたわけではありません。彼の言葉は聞くに足るものだと思ったから一緒に行動しただけです」

大津の口調は毅然《きぜん》としていた。

「おつかれさまでした」志藤は冷ややかに言うと手でドアを示した。

筒井と大津は立ち上がってドアに向かった。廊下に出てドアを閉めると同時に重い溜め息が漏れた。

「さあ、下目黒の本部に合流するか」

大津が吹っ切るように言って歩きだしたので、筒井も後に続いた。

「すみません」

筒井が言うと、大津が「何が？」と顔を向けた。

「検事に嫌味を言われてしまいましたね」

「しょうがねえだろう。夏目もおまえも新しい事実を出さないほうがいいと言うんだから。多数決は民主主義の原則だ」

「しかし……」

「それに真実を告げたとしても新聞に載る記事は変わらねえ。それを知ることで多少なりとも救われる人だけがその真実をわかればいいんだ」

その言葉が心に染み渡っていく。

「それにしても変わった刑事でしたね」筒井は苦笑した。

「ああ。東池袋署のヤマがうちの係に当たらないことを願ってるよ。あんなのとコンビを組まされたらかなわない」

大津はそう毒づいたが、表情はどこか清々《すがすが》しく見えた。

8

豊島区南池袋で北原哲哉さん（32）を殺害し、交通事故死した相良浩司（32）に対して、東京地検は12月3日、被疑者死亡で不起訴処分とした。

チャイムの音に我に返り、尚子は新聞記事から視線をそらした。だるいからだを何とか持ち上げてインターフォンに向かう。

「はい——」

「東池袋署の夏目と申します。突然お伺いして申し訳ありません」

その名前を聞いて、尚子は少し身構えた。

「今日は三浦さんにお話ししたいことがあってお伺いしました」

「少々お待ちください」

夏目と会うのは気が乗らなかったが、尚子はしかたなく玄関に向かった。ドアを開

ける と、夏目がひとりで立っている。

「時間のかかりそうなお話ですか」

「少し」

「息子は学校に出ていていません。散らかっていますけど、お上がりください」

「それでは失礼します」

台所に入ってテーブルを手で示し、尚子はお茶の用意をした。

「どうぞお気遣いなく」

夏目の前にお茶を出すと向かいに座った。

「とうぜんあの人のことですよね」尚子は訊いた。

「ええ」

「今日の新聞に出ていました。被疑者死亡で不起訴になったと。当たり前のことでしょうが死んだら罪には問われないんですね」

「裁判が開かれることもありません」夏目がこちらを見つめながら言った。

「お話というのは……」

「先日お話ししていた担保というものがわかりました」

尚子は少し身を乗り出した。

「正確に言うとそれは相良さんのものではないので担保という言葉は正しいものではありません。ただ、北原さんが便宜上使っていた言葉だったのでしょう」

「あの人は北原さんから脅迫されていたんですか」

尚子が訊くと、夏目が頷いた。

「ふたりが亡くなってしまっている以上、これからお話しすることの半分は想像の域を出ません。ただ、間違いなく真実も含まれています」

「いったいどんなことで脅迫されて、あの人は北原さんを殺してしまったんですか」

「その前に、事件に関して判明したことをお話しします。相良さんは事件の四ヵ月ほど前に高校時代の同級生の北原さんと再会しました。相良さんは偶然の再会だと思っていたみたいですが、実はそうではなかったんです」

「どういうことですか」わけがわからなくて訊いた。

「北原さんは半年ほど前から相良さんのことを捜していました。相良さんのお兄さんのもとを訪ねて、彼とは昔からの親友だと、刑務所から出てきているはずだが消息がわからなくて心配している、彼の力になりたいというようなことを言って、相良さんが平和島にある会社で働いていることを聞きだしたんです」

「なぜそんなことを……」

「当時北原さんが付き合っていた女性から、あることを聞いたからでしょう」

　嫌な予感が胸に広がってきた。

「その女性は相良さんと北原さんとは同郷で、ふたりとは顔見知りです。もっとも付き合っていたといっても、お互いに愛情などというものは介在しない関係だったのでしょう。その女性、風見麻衣《かざみまい》さんは四ヵ月前に急性薬物中毒で亡くなりました」

　その名前と、彼女が死んでいたことを聞かされ、尚子は息を吞《の》んだ。

　そういえば警察で事情を聴かれたときに、大津から被害者である北原の付き合っていた女性が亡くなったと聞かされた。

「北原さんは風見麻衣さんから、五年前の事件を起こす前に相良さんと肉体関係があったことや、彼の子供を産んであなたたちに引き取ってもらったことなどを聞いたのでしょう」

　あのときのことを思い出し、尚子は叫びだしそうになった。

　六年前、風見麻衣はふたりが住んでいた部屋に赤ちゃんを連れてやってきて、浩司の子供だから引き取ってくれと言った。

　ふたりがそういう関係にあったことを浩司は認めた。嘘だと思うならＤＮＡ鑑定をしてもいいという麻衣の言葉から、その赤ちゃんが浩司の子供であることは疑いがないようだった。

麻衣は子供を引き取らないならどこかに捨てると信じられないことを口にしたが、浩司も子供を養う余裕はないと言って麻衣を追い返した。

だが、翌日になると前言を翻《ひるがえ》すように、ふたりでこの子供を育てようと尚子を説得してきた。

自分の血を分けない子供を育てることに激しい抵抗があった。だけど、尚子たちが引き取らないなら子供を捨てるという麻衣の言葉を思い出して心が激しくかき乱された。

親がいない寂しさは尚子には痛いほどよくわかる。自分の子供を捨てると口にする女のもとになど置いておけないという怒りもあった。それに、人の親になることで、愛する浩司が少しでもまっとうになってくれるのを期待して、尚子は陽介の母親になる決心をした。

「北原さんは相良さんに再会すると、悩み事を聞くように装って情報を集めたのでしょう。そしてあなたたちの生活を調べて、陽介くんがあなたを本当の母親だと信じていることや、相良さんが死んだことになっているのを確認した」

夏目はそこまで話すと、バッグの中からビニール袋に入れられた化粧ポーチを取り出してテーブルの上に置いた。

「これは？」尚子は訊いた。

「北原さんが担保と言って相良さんに買い取らせようとしていたものです。この中には化粧品や風見麻衣さんの毛髪がついたブラシの他に、陽介くんと彼女が親子であると証明したＤＮＡの鑑定書と、ボイスレコーダーが入っていました」

「ボイスレコーダー……いったいどんなことが吹き込まれているんですか」

思わず化粧ポーチに伸ばそうとした手を夏目が遮った。

「聞かないほうがいい。自分のお腹を痛めて産んだ子供に向けたとはとても信じられないような残酷な言葉がまくし立てられています。陽介くんの〝真の母親〟であるあなたが聞いたら、正気ではいられなくなるでしょう」

「そんな……」

「血を分けた母親として本気でこんなことを言ったとはぼくも思いたくない。クスリを買う金に困って、北原さんと結託して相良さんにお金をせびるためにわざと言ったと考えたほうがまだ救われます。いずれにしてもこの事実を陽介くんに知らせると相良さんを脅迫したのでしょう」

化粧ポーチを見つめながら怒りでからだが震えてくる。

自分を赤子のときに捨てた母親は薬物中毒で死に、父親は人を殺した——

しかもずっと母親だと思っていた尚子は血のつながらない他人だった。

そのことを知ったら陽介はどれほどの絶望感にさらされるだろう。

「相良さんは北原さんから相当な金額を要求されていたようです。ですが、相良さんにはとてもそんなお金は払えない。高校の同級生であった北原さんは相良さんの実家が資産家であることを知っていたのでしょう。相良さんは何とかお金を工面できるように、余命わずかなお父さんのもとを訪ねて家族の縁を戻してほしいと懇願した」

どうして入院していることを知ったのかはわかりませんが、いきなり浩司が親父の見舞いにやってきたんです——

明宏の言葉を思い出した。

「でも、その願いは叶《かな》わなかった。お金の用意ができなかった相良さんは恐喝のネタを何とか奪いたいと思って、いきつけのキャバクラから出ていく北原さんの後をつけて部屋を調べたのでしょう。ふたりがこの世にいない今、それからのことは想像するしかありません。北原さんを殺すつもりだったのか、ナイフで脅して恐喝のネタさえ手に入れられればいいと思ったのかはわかりません。事実だけを述べれば、北原さんはナイフで刺されて死に、相良さんは鼻骨や数本の歯を折る大怪我を負っていたということです」

もはや想像するしかないが、殺意を持って殺したのではなかったと願いたい。

「いずれにしても相良さんが北原さんを死なせたのは間違いないでしょう。相良さんは北原さんの部屋でこれを必死に探したはずだ。だが、どこかに保管していると言っていたが、コインロッカーの鍵さえ見つからない」

夏目が今度はテーブルの上にカードを置いた。

ＩＣカード乗車券だ。キタハラテツヤと書かれている。

「相良さんは北原さんの財布の中からこのカードを見つけ、もしかしたらＩＣカード乗車券を使用するロッカーにそれを隠したのではないかと考えたようです。ＩＣカード乗車券を使用するロッカーには鍵はなく、暗証番号も必要ありません。このカードをロッカーにかざせば取り出すことができます。通常ＩＣカード乗車券のロッカーを使用するとどこの駅のどのロッカーで使用されたのかを記したレシートが出てきますが、北原さんは警戒心からレシートは捨ててしまったのでしょう。券売機でカードの履歴を確認しても、コインロッカーという表示はされません。ただ物販としか出てこないんです。そして、相良さんのアパートにあったごみ箱から、東京フリーきっぷという電車やバスに一日中乗り放題の乗車券が二枚発見されました」

「あの人はこれを見つけるために駅のコインロッカーを探し続けていたんですか？」

尚子が訊くと、夏目が頷いた。

「二十六日と二十七日の乗車券で東京中の駅を乗り降りしながら、ＩＣカード乗車券を使うコインロッカーを探し回っていたのでしょう。ただ、このロッカーの連続使用時間は四十八時間となっています。それまでに取り出されなければ保管所に預けられることになるんです。相良さんは二十八日の昼過ぎに保管所に荷物の問い合わせに来たそうです。泥酔していてどこの駅のロッカーに預けたのか覚えていないが、間違いなくこのカードでものを預けたという問い合わせでした。たしかにそのカードで預けられた紙袋に入れられた化粧ポーチが保管されていました。ただ、それを受け取るには必要な書類に記入し、身分証明書を提示しなければならない。相良さんは、今は身分証明書を持参していないのでまた伺いますと言って、あなたを直接訪ねたほうが話が早いだろうからと、対応した職員の勤務日を訊いてから帰っていったそうです。次にその職員と顔を合わせたら不審に思われると思い、勤務日ではなく、休みを知りたかったのでしょう」

「どうしてですか？」

「相良さんは免許証の北原さんの写真に似せるために、髪型や眉の細さを変え、鼻の横のほくろを取って二重まぶたにする整形手術を受けるつもりだったんです」

陽介の秘密を守るために人を殺して、自分が忌み嫌うような人物の顔に似せて整形しようとしたというのか。

だけどそうまでしようとした浩司の思いも痛いほどわかった。

自分が経験した、母親に裏切られ、母親を失ってしまうという辛い思いを陽介にはどうあってもさせたくないという一心だったのだろう。

「何て……馬鹿な人なんでしょう」尚子は顔を伏せた。

「先日、ご一緒した同僚が相良さんの最期の言葉を聞いていました」

夏目の言葉に、尚子は顔を上げた。

「頼む……と、相良さんは最期にそう言っていたようです。誰に何を頼んだのか……」

夏目が訴えかけるように、尚子を見つめてくる。

「たしかに相良さんは父親としても夫としても、そして人としても、けっして合格だったとは言えないかもしれない。だけど亡くなったときには……」

陽介のことを見守ってくれるような存在になっていたのだ。

「それではぼくはこれで失礼します」

夏目が立ち上がった。椅子から腰を浮かせかけた尚子を夏目が手で制した。

「いろいろな思いがおありでしょう。見送りはけっこうです」

夏目はかすかに笑みを浮かべて台所から出ていった。

しばらくしてドアを閉める音が聞こえてくると、今まで必死に抑えつけていた感情が胸の底からせり上がってきた。

尚子は滲む視界の中でテーブルの上にあるはずの携帯を手で探った。携帯をつかむと涙を拭《ぬぐ》いながら明宏に電話をかけた。

「今度……陽介と一緒に名古屋に伺いたいんですけど」

明宏が電話に出ると、尚子はその想いを絞り出した。

終の住処

1

安達涼子《あだちりようこ》はタクシーから降りると夏目《なつめ》とともに団地の敷地に入った。

「あそこみたいですね」

近隣住人らしい数名が寄り集まっているのが見える。近づいていくと団地の階段口に立ち入り禁止のテープが張られ、制服警官が立っていた。

涼子と夏目は警察手帳を示してテープをくぐり、階段を上った。二階と三階の間の踊り場に福森《ふくもり》がいた。鑑識と何やら話をしている。

「おつかれさまです」

涼子が声をかけると、福森がこちらを向いた。

「傷害事件とのことですけど」涼子は踊り場の床にこびりついた血痕《けつこん》に目を向けながら言った。

「ああ。そこから突き落とされて頭を打ったんだ」

福森が指さした三階を見上げた。

「被害者は樋口彰《ひぐちあきら》さんという四十一歳の男性で、病院に搬送された」

「被疑者は？」涼子は訊《き》いた。

「すでに確保している。野坂千鶴子《のさかちづこ》。八十八歳の老人で、そこの住人だ」

「八十八歳のおばあちゃんが？」

福森が頷いた。

「二〇一号室の津村《つむら》さんという女性が通報者だ。津村さんと被害者から事情を聴いてくれ。樋口さんは東池袋総合病院に搬送されたとのことだ。おれは署に戻って被疑者の取り調べをする」

「わかりました」

涼子は夏目と二〇一号室に向かった。チャイムを押してしばらく待つと、ドアが開いて四十代と思しき女性が顔を覗《のぞ》かせた。

「東池袋署《ひがしいけぶくろ》の夏目と安達と申します。警察に通報してくださった津村さんでしょうか」

夏目が警察手帳を示しながら言うと、女性が頷《うなず》いてドアを大きく開いた。

「事件を目撃したときの様子をお聞かせください」夏目が言った。

「買い物から帰って団地の階段に向かっていたときに大声が聞こえてきたんです。それで見上げたら男性が悲鳴を上げながら階段から落ちていくのが見えて……何があったのかと慌《あわ》てて階段を上っていったら、男性が踊り場に倒れていて……呼びかけても反応はないし、頭から血を流していて……」

「それで警察と消防に通報されたんですね」

津村が頷いた。

「そのとき野坂さんはどうしていましたか」

「三階の踊り場に膝《ひざ》をついて座っていました。ぼうっとわたしたちのほうを見つめながら」

「男性が突き落とされる瞬間を目撃されたんですか？」涼子は訊いた。

「いえ、その瞬間は目撃していませんが、階段から落ちる前に年配の女性の怒鳴り声が聞こえたので、おばあちゃんが突き落としたのだと……」

「どんなことを言っていたんですか」涼子はさらに訊いた。

「そうはさせるかいッ――って、怒っているようでした」

「そうはさせるかい……何に対してそんなことを言ったのでしょう」

夏目が言うと、津村がわからないと首を横に振った。

「わたしが聞いたのはその言葉だけです」

「突き落とされた男性に見覚えや心当たりはありますか。樋口彰さんとおっしゃるんですが」夏目が訊いた。

「いえ、初めて見たかたです」

「野坂さんとどういう関係かは」

「わかりません。それほど親しくはなかったので」

「野坂さんは誰かと同居していますか」

「たぶんおひとりのはずです。二年ほど前に旦那さんが亡くなったとかで」

「ありがとうございます。またお話を聞かせていただくことがあるかもしれませんが、よろしくお願いします」

涼子と夏目は津村に会釈《えしやく》して、その場を離れた。


受付前のベンチでしばらく待っていると、白衣を着た男性の医師がこちらに向かってくるのが見えた。涼子は夏目とともに立ち上がった。

「東池袋署の者ですが、樋口さんの容態はどうでしょうか」夏目が訊いた。

「脳挫傷《のうざしよう》で緊急手術をしました。今ＩＣＵにいますが意識不明の状態です」

「意識が戻る見込みはあるんでしょうか」涼子は訊いた。

「わかりません」

苦々しい表情で首を横に振る医師を見ながら、涼子は暗澹《あんたん》とした思いになった。

「ご家族のかたにお知らせしたんでしょうか」夏目が訊いた。

「ご家族がいらっしゃるかどうかはわからなかったので、とりあえず名刺にあった職場に連絡してみました」

「どちらにお勤めなんでしょう」

「地域包括支援センターという自治体がやっている機関でケースワーカーをされているそうです」

「具体的にどんな仕事をされているんでしょう」

名前を聞いただけではどういう仕事かわからず、涼子は問いかけた。

「そこまではわたしもわかりません。もうすぐ職場のかたがいらっしゃると思うので」

「樋口さんの意識が戻ったらご連絡ください」

夏目が名刺を差し出すと、医師は頷いてその場を離れた。

しばらく受付で待っているとリノリウムの床を打つ音がして、涼子は入り口のほうに目を向けた。

眼鏡をかけた女性が長い黒髪を振り乱してこちらに走ってくる。

「こちらに樋口彰さんが搬送されたと連絡を受けたんですが！」

その言葉を聞いて、夏目とともに近づいた。

「樋口さんの職場のかたですね」

夏目の呼びかけに、女性がこちらに顔を向けた。

五十代半ばぐらいに思える優しい顔立ちの女性だが、こちらに向けた眼差しは険しかった。

「東池袋署の夏目と安達と申します。少しお話を聞かせていただきたいのですが」

「警察？」

女性は一瞬訝《いぶか》しそうな表情になったが、すぐに状況を飲み込んだように小さく頷いた。

「その前に、樋口さんの容態は？」女性が訊いてきた。

「脳挫傷で緊急手術を行いました。今ＩＣＵにいますが意識不明の状態だそうです」

「そんな……」呆然《ぼうぜん》としたように呟《つぶや》いた。

「樋口さんのご家族は？」

「大阪にお父さんがいます。病院から連絡を受けてすぐに、電話でお知らせしました」

「そうですか。とりあえずそちらのカフェテリアでお話を聞かせてください」夏目が先導するように歩きだした。

カフェテリアに入ると涼子は女性に飲みたいものを訊いて、セルフサービスのカウンターで注文した。三人分のコーヒーを載せた盆を持ってまわりに人が少ない奥の席に向かう。女性と向き合う形で夏目と並んで座った。

「お名前をお聞かせいただけますか」

夏目が言うと女性は「長谷川《はせがわ》です」と答えて鞄《かばん》から名刺を取り出した。

自治体名と『地域包括支援センター』という名称の下に長谷川紀代美《きよみ》という名前が記されている。肩書は所長とあった。

「樋口さんは正午頃に団地の階段から突き落とされました。それで頭を打ってしまって」

「いったい誰がそんなことを……」

「野坂千鶴子という八十八歳の女性です。雑司《ぞうし》が谷《や》団地に住んでいるんですが」

「野坂さんが!?」紀代美が信じられないというように大きく目を見開いた。

「ご存じですか」

「ええ。だけど、どうして野坂さんがそんなことを……」理解できないというように何度も首を振った。

「お仕事で関係されていたんですね」

夏目が訊くと、紀代美が頷いた。

「失礼ですが、地域包括支援センターとはどういうお仕事なのでしょうか」涼子は訊いた。

「高齢者のために日常生活のさまざまな相談を受けています。介護や健康や金銭トラブルなどいろいろな相談に乗って対処します。いわば、高齢者向けのよろず相談所みたいなものでしょうか」

紀代美の話によると、二〇〇五年の介護保険法改正によって設置が進められた公的機関だそうだ。

「樋口さんはケアマネージャーをしていて、担当のひとりが野坂さんでした」

「樋口さんは野坂さんから何か恨みを買っていたということはありませんか？」紀代美に視線を据えながら夏目が訊いた。

「それは考えられません。樋口さんは仕事熱心で、真剣にみなさんの相談に乗っていました。自分の休みを犠牲にしてまで毎日担当のかたがたのために駆けずり回るような人です。特に野坂さんに対しては、亡くなったお母さんに面影が似ていると言って、より親身になっていました。恨みを買うなんてとんでもないです」

「しかし野坂さんは樋口さんを突き飛ばす際に『そうはさせるかぃッ！』と怒鳴っていたそうです。ふたりの間に起こったトラブルに何か心当たりはありませんか」

「まったく見当がつきません。野坂さんが本当にそんなことをしたというのなら、正気ではなかったということでしょう。本来の野坂さんは樋口さんに信頼を寄せていたと思いますから」

「本来の、とは？」

ふたりして首をひねった。

「野坂さんは認知症を患《わずら》っているんです」

「なるほど……」夏目が溜《た》め息を漏らした。

認知症ということは刑事責任を問えるかどうかもわからない。

「今日、樋口さんが野坂さんの自宅を訪ねたのはどういう理由からでしょう」夏目が訊いた。

「朝の報告会で、野坂さんと区役所に行くと言っていました。生活保護の申請をするために」

「生活保護の申請は野坂さんのほうから望まれたんでしょうか」

そのことが事件の動機につながっているのではないかと夏目は考えているようだ。

「樋口さんが提案したみたいです」紀代美が答えた。

「野坂さんは申請するのが嫌だったということは」

「好んで生活保護の申請をする人はあまりいないでしょう。ただ、仮にそれが嫌だったとしても野坂さんはそうせざるを得ない状況にありました」

「経済的に逼迫《ひっぱく》していたということですか？」

「もちろんそれもありますが、ひとりで生活するのが難しい状況でした。わたしたちが野坂さんと関わりを持つようになったのは半年ほど前のことです。野坂さんが入院していた病院から相談されたことがきっかけでした。野坂さんは自宅で熱中症による極度の脱水症状と栄養失調で倒れているところを近所の人に発見されて病院に搬送されました。ただ、その病院は急性期の治療、つまり命に関わる脱水と栄養失調の治療が終われば退院させるという方針をとっていました。高齢者の長期入院は診療報酬上のメリットがないので、医療行為がなくなった患者は早く自宅に戻ってもらうか介護施設に移ってもらいたいということです。だけど、野坂さんは自宅に帰ることができません」

「認知症を患っていますしね」夏目が頷きながら言った。

「それに入院生活で足腰がかなり弱くなっていますので、団地の階段の上り下りさえ困難でしょう。さすがに無理やり退院させることは病院もためらったようです。ただ、二ヵ月以上そういう状態が続いて、うちに相談の電話が来たんです」

「野坂さんのご主人は二年ほど前に亡くなられたという話ですが、お子さんや頼れる親戚のかたなどはいらっしゃらないんですか？」涼子は訊いた。

「樋口さんの話によるといないとのことでした。樋口さんは家族に代わって野坂さんが退院した後に身を寄せられる施設を探し回りましたが、絶望的な状況だったようです。一番理想的なのは特別養護老人ホームに入所することです。民間の施設に比べて費用が格段に安いですし、看取りを行っているところもありますので、亡くなるまで他の施設に移らなくて済むかもしれませんから。ただ、圧倒的に数が少なくて三、四年待たなければ入れません。お金があれば有料の老人ホームに入るという手もありますが、野坂さんは貯えも五十万ほどしかなく、あとは年金だけで細々と生活していましたから。樋口さんは何とか数週間だけでも入れる施設を探してきて、期限が来たらまた次のところを探してと、綱渡りのようなことをしながらしのいでいました」

「生活保護を申請すれば入れる施設があるということでしょうか」

夏目の言葉に、紀代美が頷いた。

「生活保護を受給させれば地方にあるサ高住に住まわせることができるだろうと」

「サコウジュウとは？」

「サービス付き高齢者向け住宅のことで、介護と医療の環境が整ったバリアフリー住宅です。一週間前、野坂さんはそれまでいた施設から出て行かなければならず、かといって新しい行き場所も見つからず自宅に戻ってきました。樋口さんはそのことを心配して、この一週間いろいろなところを探し回っていました。昨日ようやく生活保護を受けられれば経済的に入居できる埼玉にある施設を見つけてきたんです。それなのに……そこまで野坂さんのために尽くしてきたというのにどうして……」紀代美がやり切れないというように嘆息《たんそく》した。

「ひとつよろしいでしょうか」

夏目の言葉に、紀代美がうつむきかけていた顔を上げた。

「樋口さんの特徴を教えていただきたいのですが。外見でも、しゃべりかたでも、癖でも、何でもけっこうですので」

「生活保護を受けるのが嫌であんなことをしたんでしょうか」

刑事課の部屋に向かいながら涼子が問いかけると、夏目が曖昧《あいまい》に首をひねった。

「それが恥だと考える人はたしかにいると思います。少しも恥ではないことですが。ただ、それが理由とは……」

取調室のドアが開いて福森が出てくるのが見えた。

「野坂千鶴子の取り調べはどうでしたか」

涼子が声をかけると、福森がお手上げだというように大仰《おおぎよう》に両手を広げた。

「ダメだ。何を訊いても、自分はそんなことはやっていない、樋口なんていう男は知らない、早く家に帰せの一点張りだ」

「引き続きぼくたちが取り調べをしてもいいですか」夏目が訊いた。

「ああ。だけど高齢で、からだもそうとうきついみたいだから三十分だけだ。その後は監視つきで病院に移す」

「わかりました」

夏目とともに取調室に向かった。ノックをしてドアを開けると、いつもよりかなり低い位置に老女の眼差しがあった。

車椅子《いす》に乗った野坂千鶴子は、涼子でも夏目でもないところに視線をさまよわせている。

「野坂さん、喉《のど》が渇いたんじゃないですか？」

夏目が穏やかな口調で問いかけたが、千鶴子は反応を示さない。

夏目はいったん取調室から出ていくと、プラスチックの茶碗を持って戻ってきた。

千鶴子の手に自分の手を添えながら茶碗を持たせる。千鶴子は夏目に腕を支えられながら茶碗を口もとに運んだ。

千鶴子はお茶をひと口飲んで、少し落ち着いたようにかすかに表情を緩《ゆる》ませた。

「もう少しだけお話を聞かせてもらえますか。とりあえずここに置きますが、お茶が飲みたくなったらいつでも言ってください」

夏目は千鶴子の手から茶碗を取って机の上に置いた。夏目が千鶴子の向かいの席に座ったのを見て、涼子もドアの横にある席について調書を開いた。千鶴子のほうに目を向ける。

「野坂さんは樋口さんという男性をご存じですよね」

夏目が問いかけると、千鶴子の眉間《みけん》に皺《しわ》が寄った。

「そんな男は知らないねえ。何なんだい、その男は……」

「よくご存じでしょう。関西弁をしゃべるかたですよ。普段はできるかぎり標準語で話しているみたいですけど、たまに『ほんまでっか？』って言ってしまう」

千鶴子の眉間の皺が瞬時に消えた。

「ああ、よく知ってるよ。きみまろみたいにずけずけとものを言うけど、根は優しい人でねえ。わたしは足腰が弱いもんだから、よくおぶってくれるんだよ。いい年をしてちょっと恥ずかしいけどねえ。あの人は今どこにいるんだい？　最近ぜんぜん会いに来てくれないけど」

「今日のお昼頃に会っていたじゃないですか。ふたりで区役所に行く約束をしていたでしょう」

「そうだったかねえ」千鶴子が首をひねった。

「家を出て階段を下りる直前に樋口さんの背中を押しませんでしたか？」

「そんなことはしないよお。何でわたしがそんなことをしなきゃいけないんだい」

「そうはさせるかいと言って怒ったそうじゃないですか。いったい樋口さんはどんなことをしようとしていたんですか」

「あの人が何かしようとしてたのかい」

「そうじゃないんですか？　それであなたは腹を立ててしまった」

「そんなことはないよ。あの人はいい人だよ。腹を立てるわけがない。そんなことより早く家に帰しておくれよ。わたしにはもう時間がないんだよ」

「時間がないというのは？」

「わたしはもうそんなに長く生きられないんだから」

「そんなことはないでしょう。じゅうぶんお元気そうだ」

「あんたもわたしぐらいになったら見えるようになるよ」

「何が見えるんですか」

「自分の中にある砂時計だよ。だから少しでも一緒にいなきゃいけない」

「誰と一緒にいたいんですか」

夏目が問いかけたが、千鶴子は何も言葉を返さない。

その答えを探すようにしきりに首をかしげている。

2

涼子と夏目は団地の階段を上った。踊り場の床に目を向けたが、昨日こびりついていた血痕はきれいに拭《ぬぐ》われている。

涼子は千鶴子の部屋である三〇一号室のドアの前に立ち、ポケットから手袋を取り出してはめた。

鍵を開けて部屋に足を踏み入れた瞬間、異臭が鼻をついた。

廊下にいくつものごみ袋が放置されている。鼻をつまみたい衝動を抑えながら廊下を進んでいくと台所があった。台所も雑然としていて食べ残した食器などが流しに散乱したままになっている。からだが弱っていて片づけをすることもできなかったのだろう。

台所の奥にふたつ部屋がある。襖《ふすま》のひとつを開けるとこちらにも衣類などに混じってごみ袋の山があった。とても人が寝られるスペースはない。

もうひとつの襖を開けると正面の立派な桐のタンスが目に入った。他に家具はなく、布団が敷きっぱなしで周囲には衣類が散らばっていた。タンスの向かいの畳の上に男性の遺影と骨壺《こつつぼ》が置かれている。

千鶴子の夫だろう。柔和《にゅうわ》な笑みをこちらに向けている。

遺影の横にコップが置いてあった。いけられていた花はかさかさに枯れ、中に入れていた水は蒸発してしまったのか水垢《みずあか》だけが付着している。

夏目が桐のタンスの前に立った。

「場違いなほど立派なタンスですね」

「そうですね」夏目がタンスをしげしげと眺めて頷いた。

一見すると新品に思えるきれいな桐のタンスだが、それぞれの取っ手のまわりはひ

ど く汚れている。

「せっかく立派なタンスがあるんだからこの上に遺骨や遺影を置けばいいのに。畳の上に置きっぱなしじゃあまりにも……」

「お供え物なんかを持ち上げるのが大変だからじゃないでしょうか」

たしかに涼子の背の高さ以上ある大きなタンスだ。この上に物を置くのは千鶴子にとって重労働だろう。

一番上の引き出しを開けて中のものを調べていた夏目が巾着《きんちゃく》袋を取り出した。銀行の通帳とカードが入っていた。カードの裏面にはマジックで四桁の数字が書かれている。

「暗証番号ですかね」

「不用心ですがしかたないでしょう」

夏目は通帳をぺらぺらとめくって巾着袋に戻すと、タンスの上に置いた。さらに引き出しの中を調べていく。

涼子は室内を見回しながら千鶴子の生活に思いを巡らせた。

千鶴子はここでどれだけ孤独な思いをしていただろうか。夫に先立たれてひとりで生活し、熱中症と栄養失調で倒れるまで誰にも頼ることができなかった。

「野坂さんはしっかりとしたかただったんですね」

その声に、涼子は夏目に目を向けた。

夏目がさきほどとはちがう通帳を見ていた。片手にその口座のものらしいカードも持っている。

「どういうことですか?」

「この一年ほどは記帳していませんがそれまでの記録を見ていると、野坂さんは年金が振り込まれるこちらの口座で家賃と光熱費を引き落として、残りの二万円を先ほどの巾着袋に入っていた通帳の口座に振り込むようにしていたみたいです。わざわざ手数料を払って」夏目が通帳とカードを差し出した。

こちらのカードの裏面にも四桁の数字が書かれていた。通帳を見ると、たしかにこの口座に年金が振り込まれ、家賃や光熱費が引き落とされている。それ以外は月に二万円しか引き落とされていない。一年前の記録であるが残高は五十万円ほどあった。

「二万円で一ヵ月暮らしていたということですか……」

「そのようですね」

その金額では頻繁に弁当や出前に頼れないだろうし、からだが弱っているから家事も満足にこなせなかったのではないか。栄養失調になるわけだ。

「でも、どうしてわざわざ他の口座に振り込んでいたんでしょう」

「家賃などの引き落としと生活費の口座を一緒にしていると、お金を使い過ぎてしまうかもしれないと思ったんでしょう。もしかしたら物忘れや勘違いが激しくなったと自覚してそういう方法にしたのかもしれません。実際、年金が入ってくるこの通帳は引き出しの奥深くに隠すようにしまってありましたから」

「真面目なかただったんですね」

だが、そんな真面目で善良であるはずの人間が罪を犯してしまった。

「ひとつ思ったことがあるんですけど」

こんな想像を話すのははばかられるが、刑事として切り出した。

「何でしょうか」

「昨日、長谷川さんは野坂さんには五十万円ほどの貯えがあると言っていましたよね。樋口さんがそのお金を勝手に引き出したということはないでしょうか。カードには暗証番号らしきものが書いてあります。それに気づいて怒った野坂さんが……」

「昨日の長谷川さんの話を聞くかぎりあまり考えたくはありませんが、一応調べたほうがいいでしょうね」

涼子はタンスの上に置いてあった巾着袋に通帳とカードを入れると、夏目とともに部屋を出た。

向かいの三〇二号室のチャイムを鳴らした。表札には『井上』と出ている。

「はーい」

中から女性の声が聞こえた。

「東池袋署の者ですが、少しお話を聞かせていただけませんか」

夏目が声をかけると、ドアが開いてぽっちゃりとした中年の女性が出てきた。

「もしかして野坂さんのことかしら」

こちらが切り出す前に女性が訊いてきた。

「ええ。昨日の事件については……」

「もう、びっくりしちゃったわよ。旦那と喧嘩《けんか》してね、わたし昨日は実家に泊まってたから知らなかったの。今朝戻ってきて近所の人たちからその話を聞いて腰が抜けそうになっちゃった。おばあちゃんは今どうしているの？　やっぱり留置場や刑務所に入れられてしまうのかしら？　警察に行けば面会とかはできるの？」

身振り手振りを交えながら一方的に話しかけてくる。

「基本的には弁護士以外のかたはまだ面会はできません」

「そうなの？　やっぱり腕のいい弁護士とか頼んであげたほうがいいのかしら。だけど、おばあちゃんはそんなお金の余裕なんかないだろうし、うちも子供ふたり抱えてそれどころじゃないしねえ……」

「野坂さんとは親しくされていたんでしょうか」女性が息をつく瞬間を見計らったように夏目が訊いた。

「野坂さんは五年ほど前にここに引っ越してきたんだけど、ご夫婦ともかなりご高齢だったから……いろいろと心配だしね」

「こちらにいらっしゃる前は？」

「南大塚《みなみおおつか》のほうにいたみたいよ」

「どうしてこちらに移られたんでしょう」涼子は訊いた。

「さあ、あまり話をしないご夫婦だったから。外で会って話しかけてもすぐに家に入っちゃうし。もしかしたらご主人の体調がよくなくて塞《ふさ》いでいたのかもしれないけど」

「野坂さんは認知症を患っているそうですが、ご存知でしたか？」

「えっ、そうだったの？」女性が驚いたように訊き返した。

「変わったところがあると感じませんでしたか」

「そんなに顔を合わせなかったから。ただ、そういえば一年ぐらい前だったかしら、あまりにもおばあちゃんのことを見かけなくなって部屋の前で呼びかけてみたことがあったの。いっこうに返事がなかったから心配になってね、ドアノブを回してみたら鍵が開いていたから入ってみたの。そしたらタンスに向かってぶつぶつひとり言を呟いてた」

「タンスって、大きな桐のタンスですか？」

涼子が訊くと、女性が頷いた。

「わたしに気づいたら気まずそうに顔をそらしたけど、その頃からそういう状態だったのかもしれないわね」

「もしかして野坂さんが熱中症で倒れたときに通報されたのはあなたですか」夏目が訊いた。

「救急車を呼んだのはわたしじゃないけど、暑い日が続いた頃にまた見かけなくなって呼びかけてみたら返事がなくてね。そのときは鍵が閉まってたから念のために管理人さんに連絡して発見されたの」

「このかたをご存じありませんか。樋口彰さんとおっしゃるんですが」

夏目が樋口の写真を示すと、女性が頷いた。

「一度おばあちゃんの部屋の前で見かけたことあるわ」

「いつ頃でしょう」

「一週間ぐらい前だったかな」

「何か揉《も》めているような、もしくは険悪な雰囲気はありませんでしたか」

夏目が訊くと、女性が手を振った。

「そんなことなかったけど。むしろいつもありがとうって、おばあちゃんは深々と頭を下げてその人のことを見送っていたわよ」

「最後の質問ですが、野坂さんと生活保護について話をされたことはありませんか」

「生活保護？」

いきなり話題が変わって少し戸惑ったようだが、すぐに女性が頷きかけた。

「生活保護を受けたらどう、みたいな話を一度したことがあったわ。スーパーで見かけるとだいたいその人の食生活ってわかるでしょう。かなり質素な生活をしているみたいだったから。だけど、これ以上人様に迷惑をかけるわけにはいかないからって」

「これ以上とは、どういう意味なのでしょう」夏目が問いかけた。

「さあ……昔《むかし》気質《かたぎ》の人なんでしょう」

「また何か思い出されたらご連絡ください。ありがとうございます」

夏目とともに頭を下げて階段に向かった。

銀行に行って千鶴子の預金を確認すると、年金が振り込まれる口座に五十万円が残っていた。

「動機はちがっていましたね」夏目が少し安堵《あんど》したように言った。

「だとすると、やっぱり認知症の影響であんなことをしてしまったんでしょうか」

銀行から出ると、目の前を通りかかった人物を見て夏目が驚いたように立ち止まった。

「裕馬《ゆうま》くん――」

夏目が声をかけると、キャップをかぶった高校生ぐらいの青年が振り返った。夏目はうれしそうに青年に近づいていき話しかけた。少し立ち話をして、「じゃあ、がんばってね」と肩を叩くと涼子のもとに戻ってきた。

「誰ですか？」涼子は訊いた。

「友人です」

夏目が歩きだしたときに、後ろから「夏目さん――」と呼びかける声がした。

涼子たちが立ち止まって振り返ると、先ほどの青年がじっとこちらを見つめている。どんよりと暗い眼差しだった。

「あのときの……あのときの話がしたいんだけど」

おずおずとした青年の声に、夏目が涼子に目を向けた。

「ちょっといいですか」

涼子が頷くと、夏目が青年のほうに駆け寄っていった。

ここからでは会話は聞こえないが、話をしている青年に向かって夏目がしきりに大きく頷きかけていた。話が終わったようで、夏目はふたたび青年の肩を叩くと手を振りながら涼子のほうに戻ってきた。

「どんな話をしていたんですか」どこか晴れやかな表情で戻ってきた夏目に訊いた。

「内緒です。ところで何の話でしたっけ」

「認知症の影響であんなことをしてしまったんでしょうかという話です」

「もちろんその影響があったのは否定できないと思います。野坂さんは動機自体思い出せない状況ですから。ただ……」夏目がそこで言葉を切った。

「何ですか？」

「いくら認知症だといっても、何の理由もなく人に危害を加えるものかと釈然としない思いがあります。どういう人間でも、行動にはその人なりの理由があるのではないかと。たとえまわりから見て理にかなわないことであったとしても」

「それは何なんでしょうね」

「まだわかりません」夏目が首を横に振った。

「これからどうしましょう」

「区役所に行って野坂さんが以前住んでいたところを調べて聞き込みをしましょう」


署に戻るとパソコンのデータベースにアクセスした。

夏目とともに五年前に起きた事件の情報に目を通していく。

千鶴子が以前住んでいた周辺での聞き込みで、千鶴子の息子が五年前に殺人事件を起こして逮捕されたことを知った。

おそらくその影響で南大塚から離れることになったのだろう。

息子の誠《まこと》は事件当時五十三歳で、広告会社を経営していたという。友人から未公開株の話を持ちかけられて多額の出資をしたが、それが詐欺だったことから会社は倒産し、誠も自己破産した。誠は妻とふたりの子供とも離れ離れの生活を余儀なくされ、そのことに恨みを持って友人の家を調べ出して刃物でメッタ刺しにした。誠には懲役二十三年の刑が言い渡されている。

野坂夫婦はそれまで住んでいた南大塚の一軒家を手放して、雑司が谷の団地に移った。

「息子の弁護費用がそうとうかかったんでしょうかね」涼子は問いかけた。

家を売ったということはかなりの現金があったはずだ。

「さすがにそこまではかからないと思います。家を売ったお金をどうしたのかはわかりませんが、野坂さんが生活保護を受けるのをためらう理由は少し察せられましたね」

「これ以上人様に迷惑をかけるわけにはいかない」

涼子が言うと、夏目が頷いた。

「野坂さんご夫婦は息子の起こした事件でかなり肩身の狭い思いを強いられたでしょう。親戚や息子の元奥さんに頼ることができなかったんじゃないですか」

「殺人事件を起こした人間の家族が生活保護を受けているとまわりに知られたら、どんなことを言われるかわかりませんしね」

「係長、行ってきます――」

その声に、涼子はドアに目を向けた。

福森がドアの外に立っている。すぐ横に車椅子に乗った千鶴子の姿があった。

「どちらにいらっしゃるんですか」涼子は訊いた。

「地検だ。早々に野坂を送検することになった。おれたちの仕事はここでおしまいだ」

3

「野坂が犯行を自供したそうだ」

福森の声に、涼子は顔を上げた。

「本当ですか」

「樋口さんを階段から突き落としたという事実は認めたと志藤《しどう》検事から連絡があった」

千鶴子の担当は志藤なのか。その事実を認めさせるのはさすがだと思うが、あまり思い出したくない顔だ。

「動機は何と言っているんですか？」隣の席にいた夏目が訊いた。

「それに関してはわからない。ほとんど支離滅裂《しりめつれつ》な供述をしているらしいが、日によって症状の軽重があるようでな、区役所に行くために部屋を出て、野坂をおぶって階段を下りようと樋口さんがしゃがんだときに突き飛ばしたと供述したそうだ。今日もう一度事情を聴いて今後の判断をするらしい」

夏目が顔を伏せて小さな溜め息をついた。

「もやもやしてんのか」

福森が言うと、夏目が顔を上げた。

「そうですね。我々の仕事ではないかもしれませんけど、もう少しだけ野坂さんのことを見つめるべきなのではないかと」

「今のところ平和な一日だ。ねえ、係長？」

福森がそう言いながら目を向けると、菊池が苦々しい表情を浮かべた。

「こういう平和なときに書類を書かなくていつ書くんですか」

「残業させりゃいいですよ。なあ」

福森の言葉に、夏目がにやりと笑って頷いた。

「しょうがないなあ。今日だけですよ。あと、事件が起きたらすぐに呼び出しますから」

菊池の最後の言葉を聞かないうちに、涼子と夏目は立ち上がってドアに向かった。

商店街を進んでいくと、戸山悦子《とやまえつこ》が住んでいるアパートの住人から教えられたクリーニング店があった。

店内に入るとチャイムが鳴って、「いらっしゃいませ」と奥から五十代と思える細身の女性が出てきた。

「こちらに戸山悦子さんはいらっしゃいますか」夏目が訊いた。

「わたしですが……」

見知らぬ人物に訪ねてこられ、目の前の女性が窺《うかが》うような視線で答えた。

「わたしたちは東池袋署の夏目と安達と申します。野坂千鶴子さんのことについて少しお話を伺いたいのですが」

「警察のかたがお義母さんのことで？」悦子が怪訝《けげん》そうな表情を浮かべた。

「お仕事が終わった後でもかまいませんが」

「今日は夜の八時まで勤務なんです。今の時間はひとりでやっていますし、お客さんがいない間であればここでも。いったいどうしたというんですか……」

「実は四日前、野坂さんが傷害の容疑で逮捕されました」

夏目が告げると、悦子が驚いて手で口を覆った。

「傷害って……お義母さんはもうすぐ九十ですよ」

「野坂さんを担当していたケアマネージャーの男性を階段から突き落としたんです。

男性は今も意識不明です。野坂さんは自分が突き落としたことは認めていますが、認知症を患っていてその動機が判明していません。少しでも手がかりを得たくて伺いました」

「手がかりといってもお義母さんとはもう何年も会っていません。認知症になったというのも今初めて知ったことです」

「最後に会われたのはいつ頃でしょうか」

夏目が訊いたが、悦子は言いよどむように口を閉ざしている。

「誠さんのことがあってからお会いになられましたか」

夏目が言うと、そのことを知っているのかという表情で悦子が小さく頷いた。

「あの人の裁判でお会いしたのが最後です」

「誠さんのお父さんが亡くなられたことはご存知ですか」

「ええ。しばらくしてお義母さんから手紙をもらって知りました。あの人のことがあったから葬儀は行わなかったことと、知らせるのが遅くなって申し訳ないという詫《わ》びが書いてありました」

「それ以外に連絡を取り合ったりはしなかったんですか」

夏目が訊くと、悦子が口もとを歪《ゆが》めて頷いた。

「裁判の途中から顔を合わせたくなくなりまして、それ以来……」

「それはどうしてでしょう」

「わたしはお義父さんとお義母さんと、ずっと裁判を傍聴してきました。事件を起こしてしまうまでの誠さんの苦しさを多少なりともわかってあげられるのはわたしたちしかいないと感じて……。詐欺に引っかかるまでは家族四人で本当に幸せに暮らしていたんです。だけどあの男のせいですべてぶち壊されてしまいました。もちろん誠さんがしたことは許されることではないと理解しています。でも、そもそものきっかけを作ったのはあの男です。それなのにお義父さんとお義母さんは誠さんの情状酌量《じようじようしやくりよう》を求めるどころか、検察側の証人として出廷したんです」悦子が悔しそうに唇を噛み締めた。

「どんな証言をされたんでしょう」

「わかりません。おふたりが証人に出ると知って退席しましたから」

「野坂さんは南大塚の家を売りに出されたのですが、弁護費用などに充てられたんでしょうか」

夏目が訊くと、悦子が険しい表情になって首を横に振った。

「あの人は国選弁護でした。お義父さんとお義母さんは被害者のご遺族への弁済に充てたようです。家だけでなく家財道具のいっさいを売り払ったと聞きました」

「誠さんはあなたや野坂さんと手紙のやり取りや面会などはされていたんでしょうか」

「お義母さんとはないでしょう。わたしは刑務所に入った最初の一年ぐらいは面会に行っていました。ただ、わたしや子供たちのためにならないから、自分のことはもう忘れてくれと言われて……」

「最後にひとつだけ訊かせていただきたいのですが、南大塚のご実家には行かれたことはありますか」

悦子が頷いた。

「野坂さんは立派な桐のタンスをお持ちでしたか」

夏目に訊かれ、悦子が首をひねった。

「そんなタンスは見たことありません」

検察庁の建物に入った涼子たちはまっすぐ受付に向かった。

「東池袋署の夏目と申します。志藤検事にお会いしたいのですが」

受付の女性が電話をかけた。相手と一言二言話をすると電話を切り、「すぐにまいりますのでお待ちください」と答えた。

しばらく待っていると、志藤検事の事務官の笹本《ささもと》が現れた。

「突然お伺いして申し訳ありません。野坂千鶴子のことについて少しお伺いしたいのですがお時間はありますか」夏目が訊いた。

「ちょうど昼休みに入ったところなので少しでしたら大丈夫ですよ。さあ、どうぞ」

笹本が柔和な笑みを浮かべてエレベーターに誘導した。

エレベーターを降りて廊下を進んでいく。笹本が立ち止まりドアを開けた。部屋に入ると、正面の机に向かっていた志藤が顔を上げた。

「お忙しいところ時間を取っていただいてありがとうございます」夏目が志藤に近づきながら頭を下げた。

「あなたはつくづくノーアポがお好きなようだ」

志藤が苦笑を漏らしながら、机の前に置いたパイプ椅子を手で示した。

「申し訳ないです」

夏目とともに椅子に座ると、笹本がふたりの前にコーヒーを出した。

「野坂千鶴子のことで話があるとのことですが」

「犯行を自供したそうですが、動機はわかりましたか」

夏目が訊くと、志藤が首を横に振った。

「あいかわらずです。ただ、親身になって自分を助けてくれていた樋口さんを傷つけてしまったことは自覚して泣いていました。あの人はもともとまっとうな人だ」

「もしかして息子の誠の事件を担当したのは志藤検事ですか？」

「それが何か」

「野坂とご主人は検察側の証人として出廷していますよね。どんなことを話したのか覚えていますか？」

「どうしてそんなことを……まあ、いいですかね。ふたりともだいたい同じような証言でした。あなたがやったことはどんな言い訳も通らない。あなたがやったことでどれだけの人間が苦しみに苛《さいな》まれているか。被害者にも妻と子供がいた。あなたはその人たちにとってかけがえのない家族の命を奪ったのだ。その罪の重さを死ぬ瞬間まで嚙み締めながら踏ん張りなさい。だいたいこんな話でした」

五年前のことだというのによどみなく話す志藤を見ながら、尋常ではない記憶力の持ち主だったのを思い出した。

「このことが動機の解明につながるかもしれないんですか？」

志藤が探るような眼差しを向けて訊くと、夏目が曖昧に首を振った。

「どうでしょう」

珍しく自信がなさそうな表情だった。

「ただ、いくら事件を調べても結果は変わりませんよ」

「不起訴ということでしょうか」

夏目の言葉に、志藤が頷いた。

「詐病の証拠でも見つからないかぎり」

「不起訴になった後はどうなるんでしょう」涼子は訊いた。

「精神科病棟に入ることになるでしょう。彼女の年齢と状態からいって、おそらくそこが終《つい》の住処《すみか》になるのではないでしょうか」

「ありがとうございました」

夏目が立ち上がったので、涼子も席を立った。

「時間があるんでしたら飲んでいったらどうですか」

志藤がふたりの前にあるコーヒーを手で示しながら立ち上がった。部屋の奥に向かい冷蔵庫の扉を開けた。

「じゃあ、お言葉に甘えて」

椅子に座り直してコーヒーに口をつけたときに、隣から振動音が聞こえてきた。

「ちょっと失礼します」

夏目が上着のポケットから携帯を取り出した。しばらく相手と話して電話を切ると涼子に目を向けて微笑《ほほえ》んだ。

「樋口さんの意識が回復したそうです」

「本当ですか」涼子は安堵の溜め息を漏らした。

「よかったですね」

その声に、涼子は目を向けた。志藤が立ったままゼリー飲料を飲んでいる。

「もしかしてそれがお食事ですか？」夏目が訊いた。

「ええ。あと十分で次の聴取が始まりますので」

「お食事の時間をつぶしてしまってすみません」

「慣れてますから」

夏目が鞄を手に取って中から紙袋を取り出した。

「よかったらこれを食べてください」

夏目が志藤の机の上に紙袋に入っていたパンを並べた。

「ツナポテトパンにチキントマトチーズパン……他にもいろいろあります。妻の手作りですが」

志藤と笹本が机に近づいてきてパンを見つめた。

「せっかくですからいただきましょうか」志藤が笹本に目配せした。

病室のドアをノックすると、「はい――」と女性の声が聞こえた。

ドアが開くと長谷川紀代美が立っていた。

「先生から樋口さんの意識が回復したと聞きまして。お話しできる状況でしょうか」

涼子はベッドに目を向けた。頭に包帯を巻いた樋口がこちらを見ている。

「東池袋署の刑事さん」

紀代美の言葉に、樋口が小さく頷いた。

「どうぞ、お入りください」

病室に入ると紀代美がベッドの横にもうひとつパイプ椅子を用意した。

「ちょっと外に行ってくるわね」紀代美が樋口に告げて病室を出ていった。

ドアが閉まると、涼子と夏目はパイプ椅子に座った。

「意識が戻られて本当によかったです」夏目が樋口に声をかけた。

「そうですね……リハビリをしなければならないし、仕事に復帰するのもそれなりに時間がかかるでしょうが、重い後遺症は残らないだろうと医者から言われています。

野坂さんに安心するように伝えてください」

「彼女に対して恨みはないのですか？」

樋口の言葉が意外で、涼子は思わず問いかけた。

「恨みがないと言ったら嘘になります。ただ、刑事さんも同じでしょうが、わたしもそれなりの覚悟を持って今の仕事に就いています。今回のことで辞めたいとは思いません」

「野坂さんは樋口さんにしてしまったことを重く受け止めているみたいです」夏目が言った。

「そうですか……」

「事件のときのことを覚えてらっしゃるでしょうか」

夏目が訊くと、樋口が頷いた。

「ところどころはっきりとしないところはありますがだいたい覚えています」

「では、あなたが野坂さんの部屋に行ってからのことをお聞かせください」

「あの日、わたしはもう一度野坂さんを説得しようと思って部屋に行きました」

「もう一度といいますと？」夏目が訊いた。

「前日、ふたりで埼玉にある施設に見学に行ったんですが、帰り道であそこには行きたくないと言われたんです」

「理由は何ですか」

「わかりません。ただ嫌だと」

「野坂さんはある理由から生活保護を受けることをためらっていたと思われます」

「たしかにそういう面はあったかもしれません。ただ、施設に行く間にわたしなりに説得して、生活保護を受けてあの団地から移る気持ちに変わっていったように思えました」

「では、あくまでも施設への不満だったんでしょうね」

「そうでしょうね。野坂さんを自宅に送り届けて一晩考えましたが、どう考えてもあの施設に行くことが野坂さんにとって一番いい選択なのだという結論に至りました。あの日は是が非でも野坂さんを説得して施設に入所してもらおうという決意で部屋に伺ったんです」

「でも、野坂さんはやはり嫌だと言い張った」

夏目の言葉に、樋口が頷いた。

「わたしは必死に説得しようとしましたが野坂さんは聞き入れてくれませんでした。ご主人の遺影を見つめながら死ぬまでここにいるから放っておいてくれと。わたしも少し強引だったかもしれないが、野坂さんの手を引いて何とか部屋の外に出しました。あの部屋の状況と野坂さんのからだのことを考えれば、あそこに留まることが野坂さんのためになるとはとても思えなかった。一時の混乱で拒絶しているだけで、後になったらその選択が正しかったと感謝してくれるだろうと思っていました。部屋の鍵を閉めて野坂さんをおぶって階段を下りようとしゃがんだときに……」

「そうはさせるかい――と、野坂さんに後ろから突き飛ばされたんですね」

「そうです」樋口が無念だという表情で小さく頷いた。

「その高齢者向け施設のパンフレットはこちらにありますか？」

夏目が訊くと、樋口が棚のほうを指さした。

「その棚の上に置いてある鞄の中に入っています」

「拝見させてもらってよろしいでしょうか」

「『サンマーク狭山《さやま》』という施設です」

夏目が立ち上がって棚に向かった。鞄の中からその施設のパンフレットを選び出すとこちらに戻ってきて開いた。

涼子は横からパンフレットを覗いた。

パンフレットを見るかぎり、なかなか快適そうな部屋だった。一部屋が四畳半と狭いが、ベッド以外に備え付けの家具やテレビがあり、からだに不調を感じたらボタンひとつで管理人や医師が駆けつけてくれるという。

少なくともあの殺風景な部屋でひとり孤独に暮らすよりははるかによさそうだ。

「野坂さんはこれからどうなるんでしょう」

樋口の問いかけに、涼子は夏目に視線を向けた。

「おそらく不起訴になると思います。その後、精神科病棟に入る可能性が高いでしょう。おそらくそこが……」

「安らかな最期を願います」樋口が静かな口調で言った。

「樋口さんとしては野坂さんのことを思ってしたことだったのに、残念な結果になりましたね」

病室から出ると涼子はやり切れなくて言った。

信頼していた人を傷つけてしまってまであの部屋に留まることを望んだが、結果的にはおそらく二度と戻ることはできないだろう。

「どうして野坂さんはあの団地にいることにこだわったと思いますか」涼子は夏目に問いかけた。

「はっきりとはわかりませんが、愛着のようなものではないでしょうか」

「やっぱり夏目さんもそう思いますか。わたしも樋口さんの話を聞いて、取り調べをしたときの野坂千鶴子の言葉と結びつきました」

「だから少しでも一緒にいなきゃいけない、という言葉ですか？」

「そうです」

樋口の話を聞いていた千鶴子は、ちらっと夫の遺影に目を向けてここを出るのは嫌だと言ったという。

「だけど、ご主人の遺骨や遺影なら新しい住まいにも持っていくことができます」夏目が釈然としないというように言った。

「思い出ですよ。ご主人との思い出を嚙み締めながら最後の時間を過ごしたいというのが彼女の希望だったんじゃないですか」

腕時計に目を向けるともうすぐ五時になろうとしている。

「そろそろ署に戻らなければですね」

涼子が言うと、夏目がこちらを見た。

「最後に埼玉にある施設に行ってみませんか？」

サンマーク狭山は狭山市駅から歩いて十分ほどのところにあった。二階建ての建物の前には家族がいつでも来られるよう、大きな駐車場が備えられている。

建物に入っていくと玄関の両脇に大きな靴箱がある。涼子と夏目は靴を脱いで来客用のスリッパを履くとすぐ目の前にある受付に向かった。

「すみません」

夏目が声をかけると、奥のほうから制服を着た女性が出てきた。

「アポイントもとらずに申し訳ないのですが、少し中を見学させていただくことはできますか？」

夏目が言うと、女性が「大丈夫ですよ」と頷いた。

女性に案内されながら施設の中を見て回った。一階には大きな食堂と談話室があり、各々がテレビを観たり楽しそうにしゃべったりしている。

個室に風呂はないそうだが、男女に分かれた大きな浴室があった。介助が必要な人には職員がサポートしてくれるらしい。

一階を一通り見て回ると、個室があるという二階に向かった。

「どう？」夏目が涼子に声をかけてきた。

何か不満な点を見つけたかどうかということだろう。

「住みやすそうなところだと思いますけど」涼子は答えた。

「ご入居される予定のかたはどちらの親御さんなんですか？」

すっかり夫婦に間違われ、涼子は「いやあ……」と頭をかきながら言葉を濁《にご》した。

女性が個室のドアを開けて涼子と夏目を中に促した。

四畳半の部屋の大部分がベッドに占拠されているので、女性は外で待っていた。

涼子は室内を見回した。たしかに狭くて窮屈だが、ベッドの反対側には家具やテレビが備え付けてあり、なかなか機能的な部屋だ。

「寝るだけだったらこれでじゅうぶんですよね」

涼子と同様の感想を抱いたようで、夏目が頷いた。

しばらく室内を見回していた夏目が弾《はじ》かれたように涼子に目を向けた。

「タンス……」夏目が呟いた。

「タンス？」

「野坂さんの部屋に行ってみましょう」夏目が血相を変えて部屋から出ていった。

4

廊下を進んでいくと、病室の前の椅子に座っていた男性が涼子たちに気づいて立ち上がった。

「東池袋署の夏目と安達と申します」

背広姿の男性の前で立ち止まると、夏目が告げた。

「東京地検の上山《かみやま》です。噂はかねがね聞いております」

「今日は勝手なことをお願いして申し訳ありません」夏目が深々と頭を下げた。

「どうせ、ついでですから」上山が椅子から立ち上がりドアを開けた。

病室に入っていくと、ベッドで上半身を起こしていた千鶴子がびくっとして仰け反った。

「これから移動します」

上山の言葉に、千鶴子の形相が険しくなった。

「わたしをどこに連れて行くつもりだい！　早く家に帰せ！　このやろう！」

千鶴子がまくし立てて、サイドテーブルの上にあったプラスチックのコップをこちらに投げつけた。だが、コップは涼子たちのほうまで届くことなく床に落ちた。

「看護師の話によると日に日に苛立《いらだ》って暴力的になっているそうです」上山が涼子と夏目にだけ聞こえる小声で言った。

「野坂さん、これから自宅に行くんですよ。だからおとなしくしてくださいね」夏目がベッドに近づきながら穏やかな口調で話しかけた。

「本当かい？」

微笑みながら頷いた夏目に、千鶴子が表情を和らげて安堵の溜め息を漏らした。

その後に精神科病棟に送らなければならないことを思うと、千鶴子の安らかな表情が胸に突き刺さって痛かった。

昨日、夏目は志藤のもとを訪ねて、千鶴子を精神科病棟に入れる前に少しだけ時間がほしいと懇願した。志藤は訝しそうな表情で夏目の訴えを聞いていたが、部下を同席させることを条件に了承した。

千鶴子を車椅子に乗せると病院を出て車に向かった。

夏目がからだを支えながら千鶴子を車に乗せる。夏目と千鶴子は後部座席に、涼子は助手席に座ると上山が車を走らせた。

団地に向かう車中は沈黙に包まれていた。

雑司が谷が近づいてくると千鶴子がドアのほうに寄りかかった。顔を窓にくっつけるようにしながら外の景色を見つめている。

自分たちが暮らしていた街を懐かしんでいるのか、もしくは必死に思い出そうとしているのか、涼子にはわからなかった。

団地の前で車が停まり、最初に夏目が降りた。千鶴子のからだを支えながら車から降ろし、うしろ向きにしゃがんだ。

夏目が千鶴子を背負って団地の階段に向かっていく。

「逃亡の恐れはないでしょうからわたしはここで待っています」

上山の声に、夏目が振り返った。

「感謝します」

「志藤検事からの指示です。おいしいパンの借りを早く返しておきたいからと。もっともこれから何をされるのか気になっているみたいでしたが」

「後で報告に上がります」

夏目はそう言うと階段を上っていった。涼子も後をついていく。三階にたどり着くと涼子は鍵を取り出してドアを開けた。千鶴子の靴を脱がせて玄関に置き、夏目の靴紐をほどいた。

夏目は靴を脱ぐと千鶴子を背負ったまま奥の和室に向かった。千鶴子を床に降ろし、座椅子を用意して座らせる。

夏目が千鶴子の向かいであぐらをかいた。涼子は立ったままふたりの様子を窺うことにした。

「送ってくれてありがとう。もう帰っていいよ」千鶴子が言った。

「まだ帰るわけにはいかないんです。あなたにお話ししなければならないことがあるので」

「話って、いったい何だい」千鶴子が猜疑心《さいぎしん》をはらんだ眼差しで夏目を睨《にら》みつける。

「樋口さんが意識を回復されました。樋口さんのことはおわかりでしょうか」

「ああ……」千鶴子が辛そうに唇をきゅっと結んで顔を伏せた。

「樋口さんは重い後遺症は残らないだろうから安心してくださいと、あなたに伝えてほしいとおっしゃっていました。ただ、どうしてあなたがあんなことをしたのかがわからず悩んでおられました。自分としてはあなたにとって最良のことをしたつもりだったのにと」

「どうしてあんなことをしてしまったんだろうね。自分でもわからない……人様に迷惑をかけるぐらいなら、いっそすぐにでも死んでしまいたいよ」

「ぼくたちにはその理由がわかりました」

夏目の言葉に、千鶴子がはっと顔を上げた。

「知りたいですか」

千鶴子がすがるような眼差しを向けている。

「あなたがご自身の生を最期までまっとうされると約束してくださるなら教えましょう」

その言葉の意味を考えているのか、千鶴子は夏目を見つめたまま反応を示さなかった。やがて小さく頷いた。

「あなたはどうしてもここで最期を迎えたかったんです。この桐のタンスがある場所で」

夏目が手でタンスを示すと、千鶴子の視線がそちらに注がれた。

「昨日、あなたの息子さんに会ってきました」

千鶴子が大きく目を見開いた。

息子のことはまだ記憶にあるのだと、涼子は少し安堵した。

「誠さんは自分が犯してしまった罪を悔悟し、被害者やそのご遺族への謝罪の気持ちを抱き続けながら、真面目に刑期を務めています。からだのほうもいたって健康だとのことですのでご安心ください」

「わたしにはもう息子なんかいないよ」千鶴子が吐き捨てるように言った。

「誠さんへの返信にそう書かれたそうですね。この部屋を捜索しましたが誠さんからの手紙は見つかりませんでした。捨ててしまわれたんでしょうか」

千鶴子は反応を示さない。

「もしかしたら覚えてらっしゃらないかもしれないから、誠さんから聞いた話をさせてもらいます。誠さんはあなたに出した手紙の中で、被害者とそのご遺族のかた、そしてあなたとご主人への懺悔を綴《つづ》ったと言っていました。自分の罪はどうあっても赦《ゆる》されるものではないし、おそらくあなたがご存命の間に刑務所を出ることはないだろうと。今の自分が償いなどという言葉を口にするのはとてもはばかられるし、これから先のことを考えると絶望的な気持ちに苛まれるけど、何とか踏ん張っていきますと」

夏目の言葉を聞きながら、千鶴子の唇が小刻みに震えだした。

「覚えてらっしゃるんですね。あなたは先ほど言ったような誠さんへの訣別《けつべつ》の手紙を書いて出された。誠さんはその返信として、わたしもおふたりのことは親とは思わないように努めます。ただ、安らかな生活を送られることを切に願っていますと書かれた。さらに、今は被害者の冥福《めいふく》を祈りながら刑務作業で任されている桐タンスの製造に従事しています。今は取っ手を取りつけることしかできないけど、技術を少しでも磨いて、いつの日か被害者のご遺族のために生かせるようにしたいと」

じっと千鶴子を見つめていた夏目が桐のタンスに目を向けた。

「本当は、あなたもご主人も誠さんに励ましの手紙を送りたかったんじゃありませんか？　だけど、被害者やご遺族のことを思うとそれはできなかった。あなたとご主人はそうする代わりに、誠さんの手が加わっているにちがいないこの桐のタンスを購入することにした。二度と会うことも、連絡を取り合うこともしないと決心したが、せめてこのタンスを息子さんの代わりにしようとした。刑務所作業製品の展示ルームで確認したところ、あなたがたは千葉刑務所で作られているオーダーメイドの桐タンスを注文しています。誠さんが服役している刑務所です。出来上がってこちらに配送されたのはご主人が亡くなる少し前だったようですね」

「そんな……そんな話はしたくない……誠はどこにもいない……」千鶴子が膝の上に置いた両手をぎゅっと握りしめた。

「取っ手のまわりの汚れを見れば、あなたの誠さんへの思いは察せられます。おそらくあなたはずっと誠さんが取りつけたあたりを撫でながら、息子さんが更生するのを願っていたのでしょう。あなたは息子さんのことや桐のタンスのことは忘れても、心のどこかでここに留まらなければならないと思っていたのではないでしょうか。高齢者向け住宅の部屋にはこのタンスはとても入らない。このタンスにあなたの最期を看取らせたかったのか、もしくは自分の命の灯が消えるその瞬間までこのタンスを通して息子さんに何かを訴えたかったのか、ぼくにはわかりません。ただ、あなたは最期までこのタンスがあるここにいなければならないと思って、樋口さんにあんなことをしてしまった。そうではありませんか？」

千鶴子が身を縮ませて震えている。

樋口に施設を勧められた千鶴子は夫の遺影を見つめながら、死ぬまでここにいるから放っておいてくれと、出ていくことを頑《かたく》なに拒んだ。

無意識ではあったかもしれないが、夫の遺影と、遺影のガラスに反射して映る桐のタンスを見つめていたのではないか。

あんなところに遺影を置いていたのは、亡き夫にも息子の分身を見せていたいという想いだったにちがいない。

「これから息子さんに会いに行きませんか」

夏目の言葉に弾かれたように千鶴子が顔を上げた。

「息子さんが出所されるときはおそらくひとりでしょう。ご自身の言葉で、これからまっとうに生きていく力を与え、真の償いの意味を伝えるのが、親の最後の責任ではないでしょうか」

「誠に……誠に会ってもいいんでしょうか……」千鶴子が震える声で言った。

「ぼくはそうするべきだと思います」

千鶴子の目から一滴の涙がこぼれた。

刑事の約束

1

「今日はバジルチーズパンとツナポテトパン」

美奈代《みなよ》がテーブルの上に紙袋を置いた。

「ありがとう」

夏目信人《なつめのぶひと》はリビングから出ていく美奈代に言った。

食べ終えた食器を持って立ち上がると流しで洗った。紙袋を鞄《かばん》に入れ、上着を羽織ったときに、ドアが開いて身支度を整えた美奈代が顔を覗《のぞ》かせた。

夏目は美奈代に頷《うなず》きかけると、鞄を持ってリビングを出た。

玄関まで来ると美奈代が振り返ったので、夏目はグーの手を出した。美奈代はパーだ。夏目は靴箱の上にある小物入れから車の鍵を取ると、靴を履いて家を出た。

マンションの駐車場にたどり着くと、夏目は運転席のドアを開けて乗り込んだ。助手席に美奈代が座るとエンジンキーをひねって車を出した。

「そういえば昨日、吉沢《よしざわ》からメールがあったよ。隆太《りゅうた》くん、志望校に合格したって」

「本当？　よかったね」

美奈代の弾《はじ》けた声が聞こえた。

「お祝い、何がいいかな」

「あの年頃の男の子が欲しがりそうなものはよくわからない。あなた考えてよ」

「そうだなあ……」

思案したがこれというものが浮かばない。

「それとなく吉沢に探りを入れておくよ」

「それにしても、もうそんな年齢なんだね」美奈代が感慨深そうに言った。

「そうだよ。絵美《えみ》と同い年なんだから」

マンションから五分ほどで病院に着いた。駐車場に車を停めて、美奈代と一緒に病室に向かう。病室のドアを開けるとまっすぐベッドに近づいた。

「絵美、おはよう」

夏目は絵美の顔を見つめながら頭を撫《な》でて目の前のパイプ椅子に座った。美奈代とともに絵美の手や足の筋肉をほぐしながら、束の間の家族団欒《だんらん》を楽しんだ。

「そろそろ行かなきゃじゃない？」

美奈代の声に、夏目は壁の時計を見た。七時半になろうとしている。

揉《も》んでいた絵美の右手を布団の中に入れて立ち上がると、もう一度頭を撫でてから鞄を手にした。

「行ってきます」

病室のドアを閉めてエレベーターに向かって歩きだすと、「あなた！」と叫ぶ声がした。

「どうした？」

何事だろうと病室に戻ってドアを開けた。ベッドの上で絵美と顔を向かい合わせていた美奈代がこちらを見た。

「今、呼びかけに反応した」

その言葉に、夏目はベッドに駆け寄った。美奈代を押しのけるようにして絵美に顔を近づける。

「絵美、絵美、わかるか……お父さんだぞ。わかるか？」絵美の顔を見つめながら必死に問いかける。

かすかではあるが、頷《うなず》いているように見えた。

「たしかに反応しているよね」

夏目は美奈代に目を向けて何度も頷いた。

「もうすぐ目を覚ますかもしれない」美奈代が目を潤《うる》ませながら見つめ返してくる。

「そうだな」

「今日は大きな事件が起こらないといいね」

「ああ」

いつも思っていることだが、今はさらに強く願っている。

2

煙草を吸いながらドアを見つめていると、ガラス越しに彼女の姿が見えた。

店内に入ってきてすぐにぼくを見つけたようで、まっすぐこちらに向かってきた。

ぼくの席にたどり着く間に、フロアにいるほとんどの客から視線を浴びせかけられている。

「お誕生日おめでとう」

向かいに座った彼女に言うと、こくんと頷いた。

ウエイトレスが水を持ってやってきた。

「ホットミルクをください」

彼女が注文すると、ウエイトレスが引きつった笑みを浮かべて立ち去った。

「七時に高田馬場《たかだのばば》駅前のロータリーで待っているように言ってある。おそらく八時には終わるだろう」

「やっぱりわたしも途中から行っちゃだめ？」彼女がすがるような目で訊《き》いてくる。

「だめだよ。約束したじゃないか」

ぼくは彼女の目をじっと見つめて言い聞かせた。

「本当にいいの？」

「きみこそいいの？」

彼女が頷いた。

「ちょっとそのままで」

ぼくは手を伸ばした。黒髪はかわいそうだから白髪を選んで何本か抜くと、ナプキンに包んでポケットに入れた。

ウエイトレスが盆を持ってやってきた。彼女の前にホットミルクを置くと伝票を置いて去っていった。

彼女がカップに口をつけた。すぐに苦しそうな表情になって口もとを手で押さえながらカップを置くと立ち上がった。そのままトイレに向かっていく。

このままでは彼女もぼくも死んでしまう。

震える手でメニューを取ると、自分を奮い立たせてくれるものを求めてページをめくっていった。

あった。

ぼくは手を上げてウエイトレスを呼んだ。

3

傷害事件の聞き込みを終えて署に戻る途中に、ポケットの中で携帯が震えた。

「先ほど、殺人事件が発生しました」

菊池《きくち》の声を聞きながら、夏目は溜《た》め息を飲み込んだ。

場所は雑司ケ谷《ぞうしがや》霊園の近くにある空き地で、駐車した車の運転席から女性の刺殺体が発見されたという。

夏目は電話を切ると、同行していた安達《あだち》に事件の概要を伝えて現場に向かった。

空き地の前に停めた警察車両の後部座席に福森《ふくもり》の姿があった。隣に座った中学生ぐらいの男の子の肩に手を添え、なだめているようだ。第一発見者だろう。

空き地の中に目を向けると奥のほうにワゴン車の後部が見えた。鑑識が車を取り囲むようにブルーシートの壁を作っている。

五年前まで銭湯があったが取り壊されて更地《さらち》になった場所だ。草木が生い茂っているがテニスコート一面分ぐらいの広さがあるので、昼は子供たちの格好の遊び場所になっている。

以前はこのあたりも民家やアパートが多く立ち並んでいたが、この数年で次々となくなり外灯の乏しい一角になっている。この付近に防犯カメラは設置されていない。

車のドアが開いて福森が出てきた。こちらに向かってくる。

「ついてないよなあ。学習塾からの帰りに催《もよお》してどうしても我慢できなくなって空き地に入ったんだってさ。車が停まっているから人が乗ってたらちがう場所まで我慢しようと思って見たら、運転席でぴくりとも動かない被害者を見つけちまったんだ。何度かドアを叩いてもまったく反応を示さないから警察に通報したそうだ」福森が顔を歪《ゆが》めながら説明した。

「発見したのは？」

「八時十五分頃だ。犯人らしき人物は目撃していない。おれはもう少し話を聞くから周辺の聞き込みに回ってくれ」

「わかりました」

夏目は頷いて、安達とともにその場を離れた。

一時間ほど近隣住民や通行人に聞き込みをしたが、犯人につながりそうな情報を得ることはできなかった。ただ、七時過ぎに空き地の前を通ったという主婦から、その時間には車がなかったと証言を得た。

現場に戻ってくると空き地の前に野次馬が群がっていた。

夏目と安達は非常線のテープをくぐり空き地に入った。三人の捜査員が立ち話をしているブルーシートのほうに向かう。近づいていくと福森と捜査一課の藪沢《やぶさわ》と長峰《ながみね》だった。

「おつかれさまです」

夏目たちが声をかけると三人がこちらを向いた。

「どうだった？」

福森に訊かれ、夏目は聞き込みの結果を報告した。

「犯行時刻は七時過ぎから八時過ぎまでの間か」藪沢が言った。

「ちがう場所で殺害してからこの車の運転席に移動させたという可能性はありませんか」

夏目が訊くと、藪沢が首を横に振った。

「被害者はかなり大柄な女性だ。移動させるのはかなり大変だし、いくら人気の少ない夜だといってもそんな危険なことをする必要はないだろう」

「中に入れますか？」

安達が訊くと、福森が頷いて「おれたちはもう見たから」と言った。

夏目は手袋をすると安達とともにブルーシートの中に入った。

真っ先にナンバープレートが目に留まった。わナンバーのレンタカーだ。車内の様子が見えやすいようにすべてのドアが開け放たれている。運転席の茶髪の女性に目を向けた。たしかに大柄な女性だ。年齢は四十代前半に思えた。ピンクのスウェットにジーンズを着ているが、胸から腹にかけて赤黒く染まっている。さらに両腕にも防御《ぼうぎょ》創《そう》らしきものがいくつかあった。

犯人は助手席から被害者を襲ったのだろう。

かすかな異臭に導かれるように助手席のフロアマットに目を向けた。かなりの量の吐《と》瀉物《しゃぶつ》がまき散らされている。

夏目は手を伸ばして指先で触れた。柔らかい。吐瀉物を指でなぞって顔に近づけた。食べてから間もなく吐き出されたようで、米と肉と卵だと確認できた。

「被害者を殺害している間か後に犯人が吐いてしまったんですかね」

安達の言葉に、夏目は軽く頷きかけた。

それからしばらく被害者と車内の様子を確認するとブルーシートから出た。

「被害者の身元はわかっていますか」夏目は訊いた。

「免許証を持っていた。岡崎真紀子《おかざきまきこ》。三十九歳。現住所は埼玉県所沢市西住吉──コーポ豊川二〇一号室だ。持っていた携帯のアドレスにひとつだけ『あおい』と名前だけのものがあった。家族じゃないかと思われるが電話が使えなくなっている。長峰、被害者の家に行って家族がいるかどうか確認してくれ」

「夏目さんに同行してもらっていいですか。家族がいたら遺体の確認をしてもらわなければならないので、所轄のかたが一緒のほうがいいでしょう」

「帳場が立ったらどうせコンビを組みたいと言うんだろう」藪沢が同意して頷いた。

「夏目さん、行きましょう」

長峰に言われ、夏目は頷いた。


アパートの前で車を停めると、夏目は長峰とともに車から降りた。

二〇一号室の窓から明かりが漏れている。在宅しているようだ。

長峰がチャイムを鳴らしてしばらくすると、「はい……」と、か細い声が聞こえた。

「夜分遅くに申し訳ありません。警察の者ですが」

ドアが開いて、うつむいて痩《や》せた女性が出てきた。肩口まで垂らした髪の四分の一ほどが白かった。

「岡崎真紀子さんのご家族のかたでしょうか」

長峰の言葉に、こちらを見上げた女性の顔を見て思わず息を吞《の》んだ。

頰が削げ落ち、目もとも深く落ち窪《くぼ》んでいる。長袖のワンピースを着ているが、激しくやせ細っているのが服の上からでも察せられる。顔つきから小、中学生ではないとすぐに思ったが、十代後半なのかそれとも四、五十代なのかわからなかった。はっきりしているのは重度の拒食症ということだ。

「ええ」女性が弱々しく頷いた。

「真紀子さんとはどのようなご関係なのでしょう」

長峰がなかなか次の言葉を発しないので、夏目が代わりに訊いた。

「娘です。母が何か？」

「実は……先ほど雑司が谷でお母さまと思われる遺体が発見されました」

夏目が告げると、女性の肩が大きく揺れた。

「遺体のご確認をお願いしたいのですが、署のほうまでご足労願えないでしょうか」

女性の名前は岡崎葵《あおい》。

後部座席に座った長峰が葵に事件の状況を説明した。

母親の状況を聞かされた葵は泣くことも取り乱すこともなく、終始うつむいたまま黙りこんでいた。

署に着くと葵を連れて建物の裏手にある死体安置所に向かった。

顔を見せて確認を求めると、葵は「母です……」と呟《つぶや》いた。

しばらく母親の顔を見つめていた葵が全身を覆った布をつかんだ。めくろうとした葵の手を夏目はとっさに押さえた。

「やめておいたほうがいいです」夏目は葵の目を見つめながら首を振った。

「母がされたことを見ておきたいんです。だめでしょうか」

出会ってから初めて見せる強い眼差しに、夏目は葵の手を放した。

葵が布を剝《は》がして母親の裸体があらわになった。胸から腹にかけて十数ヵ所の深い創傷のあるからだを葵は唇を嚙み締めながらじっと見つめていたが、やがてゆっくりと目を閉じた。目を開けるとうっすらと涙が滲《にじ》んでいる。

「ありがとうございました」葵が夏目たちに頭を下げて母親のからだに布を被《かぶ》せた。

「ご心痛はお察ししますが、早く犯人を捕まえるためにもこれからお話を聞かせてください」

長峰の言葉に、葵が小さく頷いた。

取調室に入ると葵を椅子に座らせ長峰が向かいに腰を下ろした。夏目もドアの横の席につくと調書を開いた。

長峰はまず葵の簡単な経歴を訊いていった。

葵の生年月日を書き留めて気づき、夏目は同情の思いで彼女に目を向けた。

今日は葵の二十歳の誕生日だ。

葵は感情を窺《うかが》わせない眼差しを向けながら、長峰に訊かれたことに抑揚《よくよう》のない声で答えていた。

「葵さんの他にご家族はいらっしゃいますか」

長峰が訊くと、葵が首を横に振った。

「お父さんは？」

「いません」

「お亡くなりになられた？　もしくは離婚されたんですか？」

「生まれたときから父のことは知りません」

「そうですか……お母さんと最後に会ったのはいつですか」

「今日の昼過ぎです」

「何時頃でしょう」

「三時前後だったと思います」

「お母さんが亡くなっていたのはレンタカーの中でした。これからどこに行くとか、誰に会うとかいう話は聞いていませんか？」

「特に何も聞いていません」

「お母さんと親しかった人や知り合いなどを教えてもらえますか」

「わかりません」

その動作だけでも辛いというように、葵が弱々しく首を横に振った。

「まったく心当たりがないですか？」

「一ヵ月ほど前から一緒に暮らし始めたばかりなので母のことはよく知りません」

「どうして離れて暮らしていたんですか」

「刑務所に入っていたので」

「お母さんがですか？」

葵が頷いた。

「どういった罪で」

「覚醒剤取締法違反です」葵がかすかな吐息を漏らしながら答えた。

「そうだったんですか……お疲れでしょうから最後の質問にさせていただきます。今日の夜六時頃から九時頃の間、あなたはどちらにいらっしゃいましたか」

「家にいました」

「お話を聞かせていただくかた全員にお伺いすることなのでご容赦ください。またお話を聞かせていただきますが、今日はとりあえずお帰りください」

長峰が席を立つと、葵がこちらに視線を向けた。二、三秒ほど目を合わせた後、全身の力を込めるようにしながら立ち上がった。

よろけそうになり、長峰が葵の肩を支えた。驚いたようにとっさに手を離したが、葵は机に手をついていて倒れなかった。

「署の者に家まで送らせましょう」長峰が言った。

「大丈夫です。タクシーで帰りますので」

一階の受付でタクシーを待って葵を見送ると、夏目と長峰は階段に向かった。

「触れただけで壊れそうなからだでした」

長峰の心配そうな声音に、夏目は頷きかけた。

「今回のことで症状がさらにひどくならなければいいですが」

講堂の前に藪沢が立っていた。

「どうだった？」

藪沢の言葉に、長峰が首を横に振った。

「手がかりはありません」

長峰が葵から聞いた話を報告すると、藪沢が頷いた。

「被害者の免許証の情報を照会したら逮捕歴が出てきた。ふたりはそのままコンビを組んでくれ」

「わかりました」

夏目と長峰は同時に言って講堂に入った。

講堂の中はほとんどの席がすでに埋まっている。長峰と並んで座ってしばらくすると、幹部たちが入ってきて捜査会議が始まった。

最初に刑事課長が立ち上がった。

「それでは今までにわかっていることを報告します。被害者は岡崎真紀子さん、三十九歳。無職。岡崎さんの遺体が発見された車はレンタカーで、高田馬場の営業所で本日午後六時から六時間の契約で借りられています。借りたのは岡崎さん本人で、時間と燃料の減り具合からほぼまっすぐ事件現場に向かったと思われます。また、岡崎さんには二〇〇八年八月と二〇一一年六月に覚醒剤取締法違反で逮捕歴があります。二度目は懲役二年六ヵ月の実刑を受け服役しており、二ヵ月前に出所したばかりです。岡崎さんは逮捕されるまで無職で、生活保護を受けたにもかかわらず覚醒剤を常習的に使用していたことから、麻薬の売買を収入源としていた可能性を疑われていました。過去二回の事件ではそれらのことは立証できませんでしたが、麻薬がらみの怨恨《えんこん》の線も考えられることから、過去にさかのぼっての交友関係を洗い出していただきたい。以上」

「次、被害者の関係者」

その声に、長峰が立ち上がった。

「先ほどまで岡崎さんの娘である葵さんから話を聞いていました。岡崎さんは一ヵ月ほど前に葵さんと暮らし始めましたが、母親の交友関係についてはまったく把握していないとのことです。葵さんが最後に母親に会ったのは本日の午後三時頃だそうですが、母親がレンタカーを借りた目的、また誰と一緒にいたかなどはわからないと言っています。以上」

その後も次々と報告があり、捜査会議が終了した。明日からの班分けがなされ、夏目と長峰は被害者の関係者を調べる鑑捜査班になった。

夏目は講堂から出るとそのまま階段を上って屋上に向かった。

深夜一時を過ぎている。寝ていたら悪いとためらったが、絵美のその後の様子がどうしても気になって美奈代の携帯に電話をかけた。

テレビ電話にしてスピーカーにする。

「もしもし……もしかして帳場が立ってしまったの？」

画面に美奈代の姿が映し出された。どうやらまだ病室にいるらしい。

「ああ。残念ながら願いは打ち砕かれてしまった」夏目は携帯に向かって肩をすくめた。

「着替えはあるの。持っていったほうがいい？」

「いや、とりあえず数日分はロッカーに入れてるから。それよりもまだ病院にいるのか？」

「もしかしたらこのまま目を覚ますんじゃないかと予感がして、看護師さんに無理を言っちゃった。今夜はここに泊まっていくわ」

美奈代の姿が画面から消えた。代わりに絵美の寝顔が映し出された。

「朝よりもさらに反応が大きくなってる気がする」

美奈代の声が聞こえた。

「絵美、絵美、聞こえるか？　すぐに帰るからな。そのときにはお父さんにもっと笑顔を見せてくれ」

画面を見つめながら呼びかけると、絵美の口もとが少し動いた。

「おやすみって言ってるのかしらね……」

「そうだな。明日はお互いに早いから今日はこれで切るよ」夏目は名残惜《なごり》しい思いで言った。

「おやすみなさい」

「おやすみ。あまり無理しないようにな」

電話を切って下に戻ろうと振り返ると、ドアの近くに立って長峰が煙草を吸っていた。

「別に聞き耳を立ててたわけじゃないですよ。下の喫煙所が混んでたんで……奥様ですか？」

「ええ。普段はあまり署から連絡をしないんですが、ちょっと気になることがあって」

「気になることって？」

「朝、娘に呼びかけたら頷きかけてくれたんです。それで……」

「ちょっと気になるどころの話じゃないでしょう。行かなくていいんですか？　病院はそう遠くないでしょう」

「いや、みなさんここに泊まらなければならないというのにそれは……それにゲンを担いでいるんです。被害者やそのご遺族の無念を晴らして帰ったときに娘は目を覚ますと」

「そうですね。明日のために飯食って寝ますか」

朝の捜査会議が終了すると、長峰とともに講堂を出た。

夏目と長峰は鑑捜査班でも岡崎真紀子の身内を当たることになった。

「葵さんを訪ねる前に少し寄りたいところがあるんですが」廊下を歩きながら夏目は言った。

「どこです？」

「ぼくの大学の友人で心理カウンセラーをやっている女性がいるんです。目白《めじろ》にあるオフィスの一員なんですが、週の半分はスクールカウンセラーとして池袋東高校に行っています」

「葵さんの卒業校ですか」

「もしかしたらその頃の葵さんから母親の話を何か聞いているかもしれません」

建物から出ると、夏目は歩きながら携帯を取り出した。田辺久美子《たなべくみこ》の携帯に電話する。

「もしもし、夏目くん……こんな時間に何？」

少し迷惑そうな口調だった。

「申し訳ない。急な話だけど、できたら今日の午前中に時間を取れないかな」

「まったくいつも急よね。十時までだったら何とか時間を作れる。わたしの朝食がなくなるけど」

「今度おごるから。どっちに行けばいい？」

「目白」

夏目は電話を切ると車に乗り込んだ。目白のカウンセリングオフィスに向かう。

十分ほどでカウンセリングオフィスに着いたが、まだ始まっていないようで鍵がかかっている。ガラスドアを叩くと奥のほうからサンドイッチを頬張りながら久美子がやってきた。

「まったくもう……」

怒り口調でドアを開けた久美子が、夏目の隣にいた長峰に気づいて口を閉ざした。

「警視庁の長峰さん」

夏目が紹介すると久美子が愛想笑いを振りまいて、サンドイッチを後ろ手に隠した。

久美子に促されてオフィスに入った。受付の前に六人ほど座れるソファ席があり、その奥にふたつの個室のドアがある。

「十時まで誰も来ないから、ここでいいかしら」

夏目は頷いて受付の前のソファに座った。長峰も隣に座る。

「コーヒーでも淹《い》れてくるね」

「いや、缶コーヒーを買ってきたから」

鞄から缶コーヒーを三つ取り出すと、久美子が向かいに座った。

「警視庁のかたがご一緒ということはきっと事件がらみなのよね」久美子がげんなりした表情で言った。

「岡崎葵さんという女性に心当たりはないかな。今二十歳で、池袋東高校の卒業生だ。拒食症を患《わずら》っている」

「知ってるわ」

そうとう記憶に残る生徒だったのか、久美子が即答した。

「彼女がどうしたの？　まさか、彼女が事件に巻き込まれたんじゃ……」

「昨夜、葵さんのお母さんが殺された」

夏目が告げると、久美子がびくっとして身を引いた。

「えっ……刑務所から出ていたの？」

「そのことは知っているんだね」

夏目が訊くと、久美子が頷いた。

「彼女が高校三年生のときの出来事だし、学校内でも話題になったから」

「一ヵ月ほど前から一緒に暮らし始めたそうだ。葵さんのお母さんとは会ったことがある？」

「ええ。もともとわたしのところに相談に来たのはお母さんだから。中学生のときから拒食症の気があったけど、高校に入ってさらにひどくなったから何とかしてほしいって」

「それでカウンセリングをすることになったのか。拒食症の原因は何だったんだ？」

「わからない。どんなに問いかけても彼女は何も話してくれなかった」

「お母さんに原因があったとは考えられないか」

「今となってはその可能性も想像できる。だけど、あの時点ではお母さんが覚醒剤をやっていたということをわたしは知らなかったから。むしろ子供想いの母親に思えた。その頃のお母さんは生活保護を受けるぐらいだから経済的な余裕はなかったはずなのに、わたしに相談するだけでなく精神科にも通わせていたし、少しでも葵さんが食べてくれそうなものを必死に探してたから。でも言い訳になっちゃうね。高校に入るまでの情報を集めなかったわたしの落ち度だから」久美子が肩を落とした。

「あなたのせいではないと思いますよ」

長峰が声をかけると、久美子がかすかに笑った。

「葵さんは母親が逮捕されてからどうなったんだ？」夏目は訊いた。

「それまで住んでいたアパートから施設に移ってそこから高校に通って卒業した。卒業してからは一時期事務の仕事をしていたんだけど半年くらいで辞めたわ」

「どうして卒業してからのことを知ってるんだ？」

「半年ほど前に電車の中でばったり彼女と再会したの。別人みたいに変わっていて、すぐには気づけなかったけど」

「拒食症がひどくなっていたってことか」

久美子が頷いた。

「ということは、母親が原因ではなかったということですかね」長峰が言った。

「彼女のお母さんが刑務所に入ってから加速度的にひどくなっていることを考えれば、そう言えるかもしれません。お母さんが生活を見ていたことで多少なりともブレーキになっていたんじゃないでしょうか。もっとも覚醒剤をやっていたわけですからとてもいい環境とは思えませんが。彼女と再会したときに精神科に行くことを勧めたけど、どうして病気でもないのに病院に行かなきゃいけないのかと言い返されました」

拒食症は極端に体重が減っていっても自覚症状がない場合が多いという。

「むしろ今の自分は働かなくても生活保護で住むところを得られるからラッキーだって。たぶん何を言っても病院には行かないだろうと思って、ここに来てもらうことにしたの。もちろんカウンセリングという名目ではなく、お金も取らない。わたしの話し相手になってと頼んで一週間に一回来てもらっていたの。さりげなく話をしているうちに少しでも改善すればいいと思っていたんだけど……」

「さらにひどくなっていくばかりというわけか」

「特に二、三ヵ月前の彼女は、見ていて生命の危険すら感じた。この一ヵ月ほどはほんの少しだけだけど体重が増えているようだった。今思うとお母さんが帰ってきたおかげだったのかもしれない。そのお母さんが殺されたとなったら……」久美子が頭を抱えた。

振動音が聞こえて、長峰に目を向けた。電話がかかってきたらしい。

「ちょっと失礼します」長峰が立ち上がってオフィスから出た。

「ところで裕馬《ゆうま》くんは元気にしてるかな」

話題を変えたほうがいいと思い、夏目は訊いた。

「この三ヵ月ほど来てないの」

「そうなのか?」

前田《まえだ》裕馬は自分が捜査した事件の犯人のひとり息子であり、同時に母親に殺されかけた被害者でもあった。

母親の前田恵子《けいこ》は、自分が住んでいたアパートに放火して内縁の夫を死なせた放火殺人の容疑で逮捕された。だが彼女が本当に殺そうとしたのは内縁の夫ではなく息子であったと夏目は見抜き、恵子に自供させた。

恵子は裁判でもそのことを認め、懲役二十二年の刑が言い渡された。裁判での恵子はいっさいの弁解をせず、死ぬまで自分が犯した罪を見つめながら贖罪《しょくざい》に努めると、控訴はせずに刑が確定した。

だが事件が解決しても、夏目は裕馬のことが気がかりでならなかった。

裕馬は母親の逮捕をきっかけに父方の親戚の家で新しい生活を始め、学校を変わったことは知っている。元気にしているだろうかと気にはなるが、かといって連絡を取るのはためらわれた。

自分と顔を合わせることで、忌《い》まわしい過去を思い返させてしまうのではないかと恐れた。

そこでカウンセラーの久美子に彼の様子を見てもらおうと思い、引き合わせた。事件のあった雑司が谷からそれほど離れていない目白に来させることに多少の抵抗があったが、久美子は夏目が最も信頼できるカウンセラーだから彼女に任せたほうがいいだろうと思った。

「夏目くんは定期的に会ってるの？」久美子が訊いた。

「いや、きみと引き合わせた後は二回しか会ってない」

四ヵ月ほど前、それまでは連絡を取ることをためらっていたが、あるメッセージを届けるために裕馬に会うことにした。

刑務所にいる前田恵子から手紙が届いた。夏目と裕馬に宛てたものだ。裕馬への手紙は読んでいないためわからないが、夏目への手紙には現在の自分の状況が淡々と記されていた。

恵子は乳がんに罹《かか》り一般の女子刑務所から医療刑務所に転所となったという。すでに骨や肝臓にも転移している末期の状態で、手術をすることはできない。具体的な余命などは記されていなかったが、本で調べたかぎりそれほど長くないのではないかと察した。

恵子は裕馬に手紙を渡してほしいとも、余命わずかである自分の状況を伝えてほしいとも書いていなかった。ただ、自分の状況や思いを伝える相手が夏目以外に思いつかなかったのかもしれない。

夏目は数日悩んだ末に、裕馬に母親が置かれている状況を伝え、手紙を渡すことにした。

母親によって殺された心をよみがえらせることができるかもしれない最初で最後の機会だと感じたからだ。

そして、母親に自分の想いを伝えてみてはどうかと提案した。直接会うことができないのであれば、夏目がそのことを恵子に伝えてもいいと言ってその場を後にした。

「最近では一ヵ月ほど前に雑司が谷で会った」

事件の捜査で立ち寄った銀行から出たときにばったりと会ったのだ。

「雑司が谷で？」久美子が驚いたように少し身を乗り出してきた。

たしかに夏目も裕馬と会ったときには驚いた。事件現場となった雑司が谷周辺は、彼にとって立ち入ることさえおぞましい場所にちがいないはずだからだ。

少し立ち話をして去ろうとしたときに、裕馬からあのときの話がしたいと呼び止められた。

裕馬は今の自分の想いを母親に伝えてもいいと、ためらいがちに切り出してきた。だが、直接母親に会うことはやはり耐えられないから、そのときがきたら代わりに伝えてくれないかと夏目に頼んだ。

そのときとはいつだろうかと思ったが、母親に伝える想いがまだ定まりきっていないのだろうと察して訊かなかった。

夏目が了承すると、「ひとつだけ約束してほしいことがあるんだ」と、裕馬が切り出してきた。

たとえ恵子にとってどんなに辛いことであったとしても、自分の本当の想いを伝えてほしい。

その約束を絶対に守ってくれるのであれば、夏目を介して恵子に自分の想いを伝えてもいいと。

もうすぐ死んでしまう人に遠慮して、自分の心に嘘をついているかぎり一生救われないだろうという裕馬の切実な想いに触れ、夏目はそのことを約束して別れた。

「雑司が谷にいたっていうことは、自分の過去と必死に向き合おうとしているのかもしれないわね」

夏目もそう強く思っている。

「いろいろ忙しいと思うけどもう少し彼と会ってあげたら？　夏目くんのこと、父親の代わりのように思っているみたいだから」

そうしたほうがいいのだろうかと迷いながら、夏目は曖昧《あいまい》に頷いた。

チャイムを鳴らしてしばらく待つと、静かにドアが開いてうつむいた葵が出てきた。

「お疲れのところ大変恐縮ですが、もう少しお母さんのことで話を聞かせていただけないでしょうか」

長峰に言われ顔を上げた葵を見て、かすかな違和感を抱いた。

それが何であるかと考えてすぐに、葵の目もとの隈《くま》が昨日よりも若干薄くなっていることに気づいた。

「散らかっていますけど、どうぞ……」

夏目と長峰は部屋に入った。玄関を入ってすぐのところが台所になっている。体力がないせいか掃除が行き届かないようで、床や壁に埃《ほこり》が溜まっていて、レトルト食品や菓子などが詰め込まれたスーパーの袋が投げ出されていた。冷蔵庫や炊飯器はなかったが、床の上に真新しい電子レンジが置いてある。

葵が台所の奥にある部屋に入っていった。その部屋も敷きっぱなしの布団や衣類などが散乱している。

「すみませんが、お茶もないんで……」葵が恐縮しながら布団の上に座った。

「お気になさらないでください」

長峰が葵の前でしゃがみ込んだ。物にあふれていて腰を下ろすだけのスペースがない。

夏目は部屋の外からふたりの様子を見ることにした。

「お母さんは昨日の午後二時五十五分にご自身の携帯から電話をかけていました。この番号なのですが、心当たりはないでしょうか」長峰が電話番号を書いた紙を葵に渡した。

　葵が布団の上に投げ出していた携帯を取って操作した。すぐに「わかりません……」と首を横に振った。

「そうですか。昨日のお話ですと三時前後までお母さんと一緒にいらっしゃったということだったので、もしかしたら会話を聞いていないかと思いまして」

「電話をしているところは見ていません。ここを出てからかけたんじゃないでしょうか」

　何気なく台所を見回していた夏目はシンクの上に目が留まり近づいた。シンクの上に卵と鶏肉とレトルトごはんのパックとケチャップが乱雑に置いてあった。シンクの中にまな板と包丁と皿とフライパンが汚れたまま放置されている。

「ところで……昨夜、お母さんの携帯にあった『あおい』というかたに連絡してみたんですが電話が使えなくなっていまして。あなたのものではなかったんですかね」

　長峰の声が聞こえ、夏目はふたりのほうに戻って視線を向けた。

「たぶんわたしの番号です。母が刑務所に入った後、お金に困って解約しました。これは半年ほど前に契約したものです」

「そうだったんですか。お住まいが変わっていたので、出所したお母さんとどうやって連絡を取り合ったのかと思いまして」

「そろそろ出所した頃ではないかと思ってわたしのほうから連絡しました。そのときは更生保護施設というところにいるとのことでした」

「面会にはいらっしゃってなかったんですか？」

「ええ。一度も行ったことがありません。外に出るのがあまり好きではないので」

「お母さんの携帯代金はあなたがお支払いしていたんでしょうか」

長峰が訊くと、葵が首を横に振った。

「自分の携帯を解約するぐらいですから。誰か知人に頼んでいたのかもしれません。わたしはわかりませんが……」

「そうですか。最後にお母さんの手帳や日記や手紙などはありませんか」

「母の荷物はそこにある鞄だけです。調べてくださってかまいませんが」

葵が夏目の足もとを指さした。視線を落とすとそばに大きめの黒い鞄があった。

「それでは失礼します」

夏目は葵に断ってしゃがみ込むと、鞄を開けて中を調べていった。衣類と化粧道具だけで、それらしいものは入っていない。夏目は長峰に目を向けて首を横に振った。

「お疲れのところありがとうございました。見送りはけっこうですので、どうぞお休みになってください」長峰が立ち上がりながら言った。

「ところで料理はお母さんが作っていたんですか？」

夏目が葵に訊ねると、長峰がかすかに首をひねった。

「いえ。母は昔からまったく料理ができませんから」

「そうですか。どうもお邪魔いたしました」夏目は葵に会釈《えしやく》して玄関に向かった。

葵の部屋を出て長峰とともに階段に向かう。

「葵さんは母親を求めていたのか、それとも母親から離れたがっていたのか……」階段を下りながら長峰が呟いている。

どうやら自分と同じ疑問を抱いているようだ。

携帯を解約し、池袋から離れた所沢に移り住み、面会にも行っていないことから、母親から離れようとしていたと思えなくもない。

だが、もしそうであるとしたら、どうして葵のほうから連絡を取って母親と一緒に暮らすことにしたのかという疑問が残る。

それに母親と一緒に暮らし始めた一ヵ月前から、ほんの少しだが体重が増えたようだと、久美子が言っていた。

「どうでしょうか。この一ヵ月のふたりの様子が知りたいですね」夏目は言った。

「でも、できれば葵さんには悟られたくない。出かけるかどうかわからないけど、少し車の中で待ってみますか。ちょうど昼時ですし」

「コンビニで何か買ってきますよ。何がいいですか？」夏目は訊いた。

「じゃあ、適当なおにぎりを。目立たないところに車を移動しておきます」

「出てきましたね——」

長峰の声に、夏目は少し先にあるアパートに目を向けた。

部屋の鍵を閉めた葵がふらふらした足取りで階段に向かっていく。手すりを握りしめながら一歩ずつ踏みしめるようにして一階にたどり着くと、駅のほうに向かっていった。

「行きましょうか」

葵の姿が見えなくなると夏目たちは車から降りた。

長峰とともにアパートまで駆けていくと、とりあえず葵の部屋の下の一〇一号室のチャイムを鳴らした。何度か鳴らしてみたが留守のようで反応がない。隣の一〇二号室も鳴らしてみたが応答はなかった。

階段を上って隣の二〇二号室のチャイムを鳴らすと、「はい——」と男性の声が聞こえた。

「警察の者ですが、少しお話を聞かせていただけないでしょうか」

長峰が告げるとドアが開いて三十前後に思える男性が顔を出した。

「警察って……何かあったんでしょうか」

長峰が示した警察手帳を見ながら、男性は戸惑っているようだ。

「実はこちらの二〇一号室にお住まいのかたがある事件に遭《あ》われまして。そのことで捜査をしております」

「ある事件って？」

「昨夜、殺害されまして」

長峰が言うと、男性が驚いたように目を見開いた。

「殺害されたって……どちらが？」

「お母さんです」

「お母さんってどっちですか？　ふたり住んでますよね」

「大柄なかたです」

「あっちがお母さんだったんだあ」

今まで判断がつかなかったというように、男性がしきりに頷いている。

「お隣とは交流があったんでしょうか」

長峰が訊くと、男性が首を横に振った。

「交流なんかないですね。娘さんのほうは何か薄気味悪い感じだし、大柄な人は近所迷惑な人だったから」

「近所迷惑といいますと？」

「それまでは住んでいるかどうかわからないほど静かだったけど、あの大柄な人がやってきてから毎日うるさくて」

「誰かが訪ねてきたりしていたんですか」

「そういうことはないですけど……娘さんを叱責するような怒鳴り声がよく聞こえてきました。文句を言いたいところだったけど大柄で厳《いか》つい感じの人だから」

「どんなことを言って怒鳴っていたんでしょう」長峰が興味を持ったように身を乗り出した。

「あんたにはもう期待してないけど、せめて少しは働けるようになれ……みたいなことを言ってましたね」

長峰がこちらに目を向けた。

「食事をとることを強要するような感じではなかったですか？」

夏目が訊くと、男性が頷いた。

「そうですね。何でもいいからとにかく食べろ、みたいな声がよく聞こえました」

4

住宅街の勾配《こうばい》を上っていくと高い塀が見えてきた。

これが八王子《はちおうじ》医療刑務所だろう。

立ち止まって見上げたが、高い塀に阻まれて中は見えなかった。塀に沿って歩いていくと、ところどころでいくつかの建物が見えた。

それらのどこにあの人がいるのかはわからない。ましてやあの人が今どんな姿でいるのかなんてまったく窺い知ることができない。

だけど、おそらくあの人はこの中にいる。そして、もうすぐ消えてなくなろうとしているのだ。

ぼくにそのことを報《しら》せたのは夏目だった。

夏目はあの人が逮捕された後しばらく、事件の真相を知って打ちひしがれていたぼくを気にかけてくれた。カウンセラーを紹介してくれ、その帰りになぜだかぼくを病院に連れていった。

夏目が入っていった病室の光景を見てぼくは愕然《がくぜん》とした。ベッドで寝ている女の子は鼻からチューブを差し込まれ、身動きひとつしていなかった。

夏目の娘だという。

十年ほど前に通り魔によって頭をハンマーで殴られ、それからずっとこの状態だそうだ。

夏目はベッドの横のパイプ椅子にぼくを促した。布団を剥がして娘の足のマッサージをはじめ、ぼくに手伝ってくれないかと声をかけてきた。

ぼくは娘の細い腕に触れ、夏目を見ながら恐々とした手つきでマッサージをした。触れただけで折れそうな細い腕と、十年間も眠ったままでいることからあらぬ方向に曲がっている足を見つめながら、ぼくと同じだと思った。

他人の身勝手な欲望のために心を殺された。

彼女はベッドで寝かされたまま息をして、ぼくは手足を動かしているけど、ふたりとも亡骸《なきがら》であることに変わりはない。

娘のマッサージを終えると、夏目は病院の近くの公園にぼくを連れ出した。

もしかしたら、ぼくのほうがまだ生きているだけ幸せだと言いたくて病院に連れてきたんですか？

夏目から渡された缶コーヒーを握りしめながらぼくは訊いた。

夏目はぼくをじっと見つめながら、そうではないと首を横に振った。

娘は生きている。ただ、今は困難なことにぶち当たってしまい、立ち止まっているだけなんだと。

だけど、娘は必死に前に進もうとしている。今は真っ暗かもしれないけど、いつか明るい光に包まれると信じてがんばっている。きみの心にもいつか必ず光が差し込むときが来るから、自分を信じて踏ん張るんだ。きみはひとりじゃない。

そう訴えかけてきた夏目の姿に、小学校のときに亡くなった父親の面影を重ねて感情が昂《たかぶ》ったが、涙がこみ上げてくることはなかった。

ぼくは涙を流すことができなくなっていた。

あれからどんなに悲しいことや辛いことや苦しいことがあっても、ぼくの視界はいつも乾いている。

母親から殺されかけたという以上の絶望はない。

四ヵ月ほど前、夏目がぼくの前に現れた。

夏目から伝えられたことに激しく心をかき乱されながら家に帰ったぼくは、迷いながらあの人からの手紙を読んだ。

手紙にはぼくへの謝罪の言葉が延々と綴《つづ》られていた。

死ぬ前に一目でいいからぼくに会って直接謝りたい。それが叶《かな》わないのであれば、ぼくがこれから幸せになることをただひたすら願うことを残りの人生の糧《かて》にしたい。

手紙を読んで激しく心が震えた。これからどうしていいのかわからず混乱した。

こんなに近くにいるのに、もう二度とあの人に触れながら自分の想いを伝えることができない。

塀の上からかすかに見える建物をじっと見つめていると、ポケットの中で携帯が震えた。

彼女からの着信だ。

「もしもし……」

電話に出ると、彼女の声が聞こえた。

昨日会ったときより、少しだけ生気を取り戻したような声だった。

「昨日は寝られた？」ぼくは訊いた。

「うん。裕馬くんは」

「だめだった」

「そう……お別れだね」

彼女の言葉に、ぼくは何も言えなかった。

「ありがとう。さようなら」

とっさに呼びかけようとしたが、電話が切れた。

ぼくは携帯をじっと見つめた。

二度と彼女と会うことはないとわかっていても、やはり涙はこみ上げてこなかった。

5

「岡崎さんが最後に通話したのは事件当日の午後二時五十五分でしたが、その携帯の契約者から事情を聴くことができました。契約者の名前は福井司《ふくいつかさ》、三十六歳。ただ、福井の話によるとその携帯は闇金の借金のかたに契約させられた、いわゆるトバシで、今は誰が使っているかわからないとのことでした。以上――」

目の前に立っていた捜査員が着席した。

「やっぱり麻薬がらみってことかな」隣の長峰が誰にともなく言った。

「次、鑑識――」

「被害者の胃の内容物を調べましたが、当日ラーメンを食べていたとみて間違いないでしょう。消化の具合から殺害される一時間ほど前のものだと思われます。助手席のフロアマットにあった吐瀉物に関してですが、こちらは米、玉ねぎ、卵、鶏肉、ケチャップが検出されていることからオムライスではないかと思われます。消化の具合から同時間帯に食べた可能性があります」

鑑識が座るのと同時に捜査一課長が立ち上がった。

「引き続き被害者の交友関係の割り出しと、犯人と被害者が一緒に食事をしていた可能性があることから、池袋と高田馬場周辺でラーメンとオムライスを出す店を……」

捜査一課長がそこで言葉を切った。

視線を追って振り返ると、本部ではない捜査員が入ってきて捜査一課長に近づいていく。

「何だ、会議中だぞ」

「それが……」

捜査員が耳打ちすると、捜査一課長が表情を変えてこちらに目を向けた。

「今、犯人が自首してきたそうだ」

捜査会議が終了すると藪沢がこちらに向かってきた。

「取り調べを頼む」

夏目と長峰は「わかりました」と同時に頷くと席を立った。

講堂を出て取調室に向かう。

「何かこの事件、一筋縄《ひとすじなわ》ではいかなそうな感じがするなあ」

長峰の言葉に、夏目も同調して頷いた。

「当たりがソフトだから夏目さんに任せたほうがいいかもしれない。くしゃみをしただけで飛んで行ってしまいそうな相手だから」

「わかりました」

第一取調室のドアを開けると、葵がうつむいたまま座っていた。

「代わりましょう」長峰が監視のためにドアの横の机にいた捜査員に告げた。

机の上には葵が所持していたらしいナイフと携帯がビニール袋に入れられ置いてある。

夏目は葵の向かいの席に座った。葵はうつむいたまま何の反応も示さない。後ろを振り返ると長峰が調書を開いてペンを握った。

「それでは始めます。まず訊きますが、あなたはお母さんを殺害する前に何を食べましたか？」夏目は訊いた。

「オムライスです」

「どこで食べたんですか」

「家です。自分で作りました」

「本当ですか？」

「本当です」

髪に隠れて葵の表情がまったく窺えない。

「共犯者がいるんですか」

「わたしひとりでやりました」

「どうしてお母さんを殺したんですか？」

夏目が訊くと、葵が顔を上げた。

「むかつくからです」葵が鼻で笑うように言った。

昼に会ったときとは別人のように、表情の変化が大きくなっている。

「あなたには期待していないというようなことを言われたから？」

夏目が言うと、葵の瞳孔《どうこう》がかすかに反応した。だが何も答えない。

「出所したお母さんに連絡を取って一緒に住むことにしたのは、お母さんを殺すためだったんですか」

「そうです」葵が即答した。

「お母さんと離れて暮らし続けることだってできたはずだ。どうして殺すなんて……」

「あの女がこの世に生きていると考えただけで虫唾《むしず》が走る。だからいっそのこと殺すことにしたんです」

「どうしてそこまで……」

「理由なんて特にないです。とにかくずっと昔からあの女のことが憎かった。ただそれだけ」

「お母さんがレンタカーを借りたとき、店の従業員は同行した人を見ていないと証言していますが、あなたはどういう経緯であそこに行き、お母さんを殺したというんですか？」

「あの時間にあそこにいることは知っていましたから」

「どういうことでしょう」

「夜七時半頃にあそこでクスリを買うと言って出かけたから。だから近くで様子を窺ってました。売人がやってきてクスリを渡して立ち去ると、わたしは空き地に入って車に近づいていきました。池袋で遊んでいたので家まで送ってくれというと、何の警戒心も見せずに車に乗せてくれました。それで刺し殺しました」

「母親が娘にクスリの売買のことを話すというんですか」

葵の話を信じていない。

「そういう馬鹿な親なんです」

「車内からクスリは見つかっていませんが」

「わたしが捨てました」

「どこに」

「近くの公園の公衆トイレに流しました。それから大塚駅まで歩いて電車で家に帰りました。わたしが母を殺したことを疑っているみたいですね。こんなからだだから人を殺すこともできないと思ってるんですか？」葵が挑発するような視線を向けた。

夏目は何も言わなかった。

「憎しみは自分でも想像できないほどの力を与えてくれるんです」

そう言って薄笑いを浮かべた葵を、夏目はじっと見つめた。

葵を留置場に連れていくと、長峰とともに講堂に向かった。

「どう思います？」

長峰に訊かれ、夏目は目を向けた。

「怪しいと思います」

「そうですよね。葵のからだで被害者を殺すのはやはり難しいでしょう。一突きか二突きで致命傷を与えたならともかく、被害者の両腕には防御創がたくさんあった。被害者はかなり抵抗したはずだ。たとえナイフがあってもあのからだじゃとても太刀打ちできないでしょう」長峰がビニール袋に入ったナイフをかざした。

「それに彼女があの吐瀉物を出すだけの量を食べられたとは思えません。そもそも吐き癖のある彼女が、これから人を殺そうという前にどうして食事をとったのかという矛盾《むじゅん》もあります。それから、母親を殺すために一ヵ月前から一緒に生活していたのであれば、どうしてもう少し早く実行しなかったのか。犯行日は葵の二十歳の誕生日です」

「たしかに。二十歳になれば少年法は適用されないから、同じ罪を犯しても刑の重さはかなり変わってしまう」

「どうだった――」

その声に我に返って顔を上げた。藪沢が近づいてくる。

「葵はひとりで母親を殺したと言っていますが、とても信じられません。ナイフを持っていることから犯行に関与したか、もしくは関与している者から預かったのは間違いないでしょうが……」長峰が報告した。

「地取り班にお願いしたいことがあるんですけど」

夏目が言うと、藪沢がこちらに目を向けた。

「何だ？」

「葵のアパートの周辺のスーパーや金物屋を当たってほしいんです。台所にはたしかに料理を作った形跡がありました。ただ、食べることに対してまったく執着のない葵が重いフライパンを使って自分でオムライスを作るとは思えません。それに葵の台所には冷蔵庫も炊飯器もありませんでした。真新しい電子レンジがありましたが、おそらく母親が来てから買ったものでしょう。話を合わせるために、犯行時刻の後にフライパンや包丁を買ってオムライスを作った可能性があります。コンビニ弁当やレストランで食べれば目撃情報やレジの記録などから、犯行時刻とのズレがばれてしまう恐れがありますから」

「それが証明されれば共犯者がいるか、犯人をかばっているということだな」

夏目は頷いた。

「明日から葵の交友関係を当たってくれ」

「わかりました」

長峰がビニール袋から葵の携帯を取り出して操作した。

「事件当日の午後四時四十七分に着信が入ってますね」長峰がそう言って携帯をこちらに向けた。

携帯画面に目を向け、夏目は眉をひそめた。

前田裕馬と表示されていた。


昨夜から気持ちが落ち着かない。

裕馬も葵も久美子のクリニックに足を運んでいるから、ふたりが友人であっても不思議ではない。ただ、事件発生の数時間前に連絡を入れていたというのがどうにも気になる。

たまたまその時間に裕馬が葵に連絡しただけだろうと思うようにしているが、それでも嫌な胸騒ぎを抑えることができず、昨日から何度も彼の携帯に連絡しようとしているがつながらない。

「何かあったんですか？」

助手席から長峰の声が聞こえた。

「え、別に何もありませんよ」夏目は答えた。

「昨日の夜から様子がおかしいですよ」

「そんなことないですけど」

「あなたは嘘を見抜くのはうまいけど、嘘をつくのはつくづく下手ですよね。前田裕馬は知り合いなんですね」

「ええ」

裕馬と対面すればわかることだ。

「パートナーとして事情を知っておきたいんですけど」

夏目は裕馬との関係を説明した。

「そうですか……あの事件の犯人の息子さんだったんですね。知り合いや身内であってもあなたの眼差しがぶれることはないと信頼していますが、たまたま電話しただけだといいですね」

「そう確信しています」

夏目が言うと横から強い視線を感じた。

「夏目さんが断言するなんて珍しいですね」

「彼はオムライスが食べられないでしょうから」

前田恵子は裕馬の好物であったオムライスに睡眠薬を入れ、眠っている間に彼を殺そうとしたのだ。

日曜日だから学校ではなく、裕馬が身を寄せている親戚の家に向かった。

裕馬の父親である孝一《こういち》の兄の家だ。裕馬と同世代の兄妹がいる四人家族で、久美子から聞いた話によると、家族仲が良く、自分にも優しく接してくれると裕馬が語っていたという。

前田家のチャイムを鳴らすと、ドアが少し開いて年配の女性が顔を覗かせた。前田の妻だろう。

「夏目と申しますが、裕馬くんはいらっしゃいますか？」

夏目が問いかけると、女性が「おりませんが」と即答した。

「どちらに出かけているんでしょう」

「出かけているというか、高校を辞めてここを出ていったんです」

「どうしてですか！」

自分の反応があまりにも大きかったせいか、女性が怪訝《けげん》そうな表情を浮かべた。

「あの……裕馬くんとどういったご関係のかたでしょうか」女性が訊いてきた。

「失礼致しました。東池袋署の者で、前田恵子の事件を担当しておりました。裕馬くんとも面識があります」

「そうですか……」

警戒心を解いたようで、女性がドアチェーンを外してドアを開けた。

「高校を辞めて出て行ったということですが……今は？」夏目は気を取り直して訊いた。

「それがわからないんです。これからひとりで生きていくから心配しないでくれとメールを残していなくなってしまったもので……。たまにメールで連絡を取ることはできるんですけど、どこかの期間従業員や日雇い派遣の仕事を転々としているみたいで。住民票はここから移されていないのでどこかに部屋を借りているのではないと思いますけど」

「いなくなったのはいつ頃ですか」

「三ヵ月ぐらい前ですね」

「何かあったんでしょうか」

「いきなり出て行ったものですから、何か気に入らないことがあったのだろうかとわたしたちも戸惑っているんですけど、いくら考えても心当たりがないんですよ。あんなことがあって不憫《ふびん》だから、せめて自分たちができることはしてやろうと……学費を出して大学にも入れるつもりでしたし」

「学校のほうでは？」

「娘が同じ学校なんですけど、いじめやいやがらせを受けたりはしてなかったみたいです。ただ、友達はほとんどいなかったみたいですね。それまでは活発な子でしたけど、あの事件があってからは極度の人間不信に陥ったみたいで……」

「彼と連絡が取れたらぼくに連絡をくれるよう伝えていただけますか。心配しているからと」

「わかりました」女性が頷いてドアを閉めた。

自分に優しく接してくれると語っていたのに、裕馬はどうしてここを出て行ってしまったのだろうか。

「学校は休みだからとりあえず署に戻りましょうか」

長峰の言葉に、夏目は目を向けて頷いた。

講堂に入るとまっすぐ藪沢のもとに向かった。

「前田裕馬から話は聞けたか？」

藪沢に訊かれ、長峰と同時に首を横に振った。

「三ヵ月前に親戚の家から出て行っています。今は派遣のような仕事をしているみたいです。住民票は移されていないので、職場の寮かネットカフェなどで生活しているんじゃないかと」

長峰が言うと、藪沢が腕を組んで唸った。

「他の捜査はどうなっていますか？」長峰が訊いた。

「いくつか収穫があった。葵が事件当日の夜に駅の近くのスーパーでフライパンや包丁やオムライスに必要な食材なんかを買っていたのが確認された」

「時間は？」長峰が興奮したように身を乗り出した。

「八時半過ぎだったそうだ」

岡崎真紀子の死体が発見された直後だ。

「葵は何と言っているんですか？」

「減らず口を叩いている。たしかにフライパンは買ったがそれでオムライスを作ったわけじゃなく、電子レンジで作って、食材に関してもそれ以前に購入していたものを使ったと」藪沢が鼻で笑った。

「その供述を崩したいですね」

長峰が言うと、藪沢が「時間の問題だ」と返し、机の上にあった保存用のビニール袋をつかんだ。

「被害者の近くに落ちていた毛髪だ」

夏目は目を凝らしてビニール袋の中を見た。七、八本の白髪が入っている。

「ＤＮＡ鑑定の結果、これらは同一のものだと確認されている」

「葵のものですか？」長峰が訊いた。

「今鑑定中だ。車内に残されていた吐瀉物のＤＮＡとも照合している。これであの車内にいたのが葵か、また他の人物がいたのかがはっきりするだろう。さらについさっき新しいネタが飛び込んできた」

「何です？」

「麻薬がらみで実刑をくらったやつらに話を聞いていた捜査員から電話連絡があったんだが、どうやら被害者は子供を売ってたらしい」

「売春させていたということですか？」

長峰が訊くと、藪沢が頷いた。

「実際に買ったというやつはいないが、被害者からそういうことをほのめかされたというやつが何人かいる。葵が中学生の頃からだそうだ」

「そういえば、あんたにはもう期待してないけど、せめて少しは働けるようになれって母親が葵に怒鳴っていたと、隣の住人が言っていましたね。あんなからだになってしまったら買う男がいないから、何でもいいから仕事をしろという意味だったのかもしれない」

長峰が同意を求めるようにこちらを見たが、夏目は頷ききれなかった。

それを認めてしまえば、裕馬が犯行に関わっている可能性が一気に濃くなってしまうように思えたからだ。

自分と同じように親から虐《しいた》げられている、いや、親のせいで死にかけている葵を救うために殺人に手を貸したと。

「そうであれば葵が拒食症に陥った原因も理解できます。がりがりに痩せてしまえば商品価値は低くなる。それに母親が何とか拒食症を治そうとしていた理由も」

「取り調べを頼めるか」

「わかりました」長峰が頷いた。

講堂を出て長峰と取調室に向かう。

「今日は長峰さんにお任せしてもいいでしょうか」夏目は言った。

「わかりました。裕馬くんのことも訊きます。ただ、夏目さんにとって耳障《みみざわ》りな振りかたもすると思いますが」

取調室に入ると、夏目はドアのそばの席についた。調書を広げてペンを握ると葵のほうに目を向ける。

葵と目が合って怯《ひる》みそうになった。今までに自分が見たことがないほどに深い絶望を湛《たた》えた眼差しに思えた。

「きみが事件を起こしたという日の午後五時前に、前田裕馬くんから連絡があったよね。どんな話をしたんだ」長峰が訊いた。

「話はしてない。着信はあったけどいろいろと忙しかったから出なかった」

「裕馬くんとはどういう関係だったんだ」

「肉体関係はなかった。ただの知り合い」葵が薄笑いを浮かべた。

「ただの知り合いにしてはかなり頻繁に連絡を取り合っているね」

「他に話し相手がいなかったから」

「裕馬くんに母親を殺してくれと頼んだんじゃないのか？」

あらかじめ言われていたが、その言葉が胸に突き刺さった。葵の表情を注視する。

「そんな楽しいことを他人に分け与えるわけないじゃない」

その言葉が本当なのか嘘なのか判断がつかない。

「事件当日は電話に出なかったと言ったが、その前日にきみのほうから電話をかけてるよね。裕馬くんと話したのか」

「その日は話した」

「どんな話をしたんだ」

「仕事がだるいっていうような話」

「どういう仕事をしてると?」

「その日は冷凍倉庫で働いていたと言ってた。日雇い派遣だから日によってぜんぜんちがうみたいだね」

「彼はどこに住んでるんだ」

「ほとんど蒲田《かまた》のネットカフェにいるみたい。日雇い派遣の事務所もそこらへんにあるから楽だって」

「そうか」

長峰がちらっと夏目を振り向いた。すぐに葵に向き直る。

「ところでもうひとつ訊きたいんだが……きみはお母さんから変なことを強要されていたんじゃないのか」

長峰がそう言った瞬間、葵の肩がかすかに揺れた。

「変なことって何？」葵が訊いた。

「売春をさせられていたことだ」

「わたしってそんなに魅力的かしら」

「お母さんがきみに対して、もう期待してないけどせめて少しは働けるようになれと怒鳴っているのを、近所の人が聞いてる。きみはそんなことをさせられるのが嫌だったから、食べることを拒絶して自分から性的な魅力という価値を奪おうとしたんじゃないのか？　きみが殺したというなら、それがお母さんへの殺意につながったんだろう」

くぐもった笑い声が響いた。

「あの人は薬中でどうしようもない馬鹿だけど、そんなことさせられたことは一度もない」

「じゃあ、どうして殺したんだ」

「前も言ったじゃない。ただむかつくだけだって」

「どうも腑《ふ》に落ちない……」

講堂に向かいながら長峰がしきりに首を振っている。

「売春を強要されたことを認めないからですね」

夏目が言うと、長峰が頷いた。

「だってそうでしょう。葵は母親を殺したことはあっさり認めてる。母親から売春を強要されていたとなれば、情状酌量《じょうじょうしゃくりょう》の材料になるはずなのに」

「たしかに」

「でも、この取り調べで裕馬くんが事件に関係ない可能性が強くなりましたね。共犯や彼をかばっているのであれば裕馬くんの居場所に関してあんなにペラペラ喋《しゃべ》らないでしょうし」長峰が微笑《ほほえ》みかけてきた。

6

記事に目を通すと、ぼくは新聞を放り投げた。

煙草に火をつけ、リクライニングソファを倒した。天井に向けて煙を吐き出す。

三ヵ月前にあの家を出てからずっとこのあたりを徘徊《はいかい》している。

クッションが破れてスプリングが飛び出したソファで休もうが、賞味期限を過ぎた弁当にしかありつけなかろうが、いっこうに関係ない。

どんなにふかふかの布団の中で目を閉じても、殺されてしまうのではないかと怯えてすぐに目を覚まし、何を食べても睡眠薬が入っているのではないかとからだが勝手に吐き出してしまうのだから。

ぼくは死人だ。

この狭い個室の中で何日もじっとしていると棺桶《かんおけ》に入っているみたいで気が休まり、ほんの少しだけでも休むことができる。

煙草を灰皿に押しつけ、ぼくは目を閉じた。

自首して四日が経つが、彼女は悪夢にうなされることなく寝られているだろうか。

彼女と初めて会ったのは三ヵ月半前、カウンセリングオフィスの待合室だった。

あのときのぼくはどうしようもない絶望感に打ちひしがれていた。

彼女を一目見たとき、ぼくと同じような苦しみの中で生きているのではないかと察した。彼女もぼくを見てそう思ったようだ。

ぼくは勇気を出して彼女に声をかけてみた。それからすぐにあの家を出ることになったけど、週に一、二度は彼女と会った。

彼女は会うたびにさらに痩せ細っていた。別れ際には次に会うことができるのだろうかと本気で心配になるほどだった。

そんな彼女を見るにつけ、もしかしたらぼくの心を生き返らせてくれる唯一の存在になるかもしれないと強く思うようになった。

彼女もそうだったにちがいない。ぼくこそが彼女を救える存在なのだと思ったからこそ、ふたりで約束をしたのだ。

それをすることによって彼女は間違いなく救われるだろう。だけど、ぼくのほうはわからなかった。

そんなときに雑司が谷で夏目と再会して、ぼくの中の迷いがすべて吹っ切れた。

約束を交わしてからの彼女は少しずつではあるが血色がよくなっていき、体重も増えていっているようだった。体力をつけなければならないと無理して食べていたのかもしれない。

そこに彼女の強い意志を感じてぼくは少し戸惑ったが、何とかいい形で彼女との約束を果たすことができた。

彼女も間違いなく約束を果たしてくれるだろう。

夏目はぼくとした約束を果たしてくれるだろうか——

7

履歴書の束をめくっていた男性が手を止めて顔を上げた。

「ああ……この子か。たしかにうちに登録してますね」

「二十六日の勤務はどうなっていますか」夏目は身を乗り出して訊いた。

「ちょっと調べてみます」

他の書類をめくっていく男性の手もとを夏目は前のめりになり見つめた。

この近辺の勤務先で夜まで仕事をしていたとなれば裕馬のアリバイは成立するだろう。

「その日は働いていませんね」

「そうですか……」夏目は落胆して椅子にもたれた。

「よほど人がいないときしか頼まない子なんです。体力もないし、暗いし、病んでる感じがするからどこの職場もほしがらないんですよ」

「夏目さん、行きましょうか」

隣にいた長峰に目を向け、夏目は頷いた。

「時間を取ってくださってありがとうございました」夏目は男性に会釈をしながら立ち上がった。

派遣会社から出ると、夏目は漏れそうになる溜め息を飲み込んで歩きだした。

葵から裕馬のことを聞いた翌日から二日間、長峰とともに蒲田周辺を歩き回っている。

ここも入れて三軒の派遣会社に登録しているが事件時に裕馬は働いていなかった。裕馬に対する感想も同様のものだ。同時にネットカフェも回っているが事件時に裕馬を確認したという証言はない。

「どうして親戚の家に戻らないんでしょうね」

長峰の言葉に、夏目は目を向けた。

「二日間聞いて回ったかぎり、親戚の家を出てからの三ヵ月間は彼にとってとても苦しいものだったんじゃないですかね。孤独で、肉体的にも過酷な……」

頷こうとしたときにポケットの中の携帯が震えた。

「失礼」

夏目は長峰に断って携帯を取り出した。だが着信画面を見て電話に出るのをためらった。

美奈代からのテレビ電話だが、勤務中の私用電話は控えている。

「出ないんですか？」

「妻からの着信なんです」夏目は答えた。

「いいですよ、別に」

長峰に肘《ひじ》をつかれてボタンを押した。

「あなた！」

スピーカーにしているわけでもないのに美奈代の絶叫があたりに響き渡った。長峰が何事かと夏目の携帯を覗き込んでくる。

「絵美が、絵美が……目を覚ましたの！」

その言葉の意味が一瞬わからず長峰に目を向けた。すぐに携帯画面に視線を戻すと、絵美が映っていた。目を見開いてこちらを見つめながら口を動かしている。すぐにスピーカーに切り替えた。

「あーあ、あん、あ、れー……」

食い入るように画面を見つめているが、それが本当に現実のものなのか、それとも毎日見ている夢の続きなのか区別がつかない。

画面に顔を近づけて絵美の頬のあたりを指先で撫でているうちに、少しずつだがそれが現実であると認識し始める。それと同時に、視界が滲んできて絵美の姿が見えなくなった。

肩を思いっきり叩かれ、夏目は顔を向けた。

「病院に行ってきてくださいよ」

顔はよく見えないが長峰の声が聞こえた。

「でも……」

「今行かなくていつ行くんです。ただし夜の捜査会議までには帰ってきてください」

「ありがとうございます」夏目は手で目尻を拭い、駅に向かって走りだした。

病院の前でタクシーが停まると、夏目は釣りを受け取らないまま車から飛び降りた。そのまま病院の中に駆け込んでいく。

エレベーターを待つのももどかしく、絵美の病室がある三階まで階段を駆け上った。

病室の前にたどり着きドアの取っ手をつかむと、開けるのが急に怖くなってその場に立ちすくんだ。

自分は長い夢を見ているだけかもしれない。

ドアを開けた瞬間、この十年間見続けてきた現実にまた引き戻されてしまうのではないかと不安に怯えている。

夏目はひとつ息を吐き、ドアをノックした。

「はい」

美奈代の声が聞こえた。

「ぼくだ……」

「うん。入って」

「きみのほうから開けてくれないか。ドアを開けた瞬間、この夢から覚めてしまうんじゃないかと……。何百回も夢に見た光景なんだ」

「恐れないで自分の足で入ってきて。いつだってそうしてきたでしょう？」

夏目はゆっくりとドアを開けた。ベッドの手前に医師と看護師がいた。その奥からこちらを見つめる美奈代と目が合った。美奈代の目が真っ赤に充血している。

一歩ずつ足を踏み出してベッドに近づいていく。唇を嚙み締め、あふれてきそうになる涙を必死にこらえた。

目覚めた絵美に最初に見せるのは笑顔だと決めているからだ。

そう心に決めていたはずなのに、ベッドから夏目を見つめる絵美と目が合った瞬間、胸の底から激しい感情がせり上がってきて涙を抑え切れなくなった。

視界が一気にかすんで、とっさに絵美の手を握った。温かい手が握り返してくる。

「がんばったな……」

夏目は涙を拭ってしっかりと絵美を見つめた。

「あーあ、あん、あ、れー……」

こちらを見つめ返しながら絵美が必死に口を動かしている。

パパ、がんばれ――

きっとそう言っている。

「そうだな」

夏目は絵美に大きく頷きかけると、美奈代に目を向けた。

「仕事に戻らなきゃならない」

夏目が決然と告げると、美奈代が微笑んで頷いた。

「絵美と帰りを待ってる。がんばって」

絵美の頭を撫で、医師と看護師に「よろしくお願いします」と伝えると、夏目は病室から出た。

一階まで降りてタクシーを呼ぼうと携帯を取り出したとき、手に振動があった。

着信画面の『前田裕馬』の文字を見て、夏目はすぐに電話に出た。

「もしもし……裕馬くんか」

「うん。おばさんからのメールを見たんだけど、ぼくのことを捜しているの？」

「岡崎葵さんを知ってるよね」夏目は訊いた。

「うん」

「彼女の事件のことは？」

「新聞を読んでびっくりしちゃった。もしかして、警察の人からぼくが何か疑われてるの？」

「そうじゃないんだ。ただ、岡崎葵さんのことでいくつか話を聞かせてほしいんだ」

「警察でってこと？」

「きみが疑われているというわけじゃないんだ。ただ、形式的なことで」

「別にいいけど。その前に夏目さんとふたりきりでどうしても話したいことがあるんだ。例の話で……」

「お母さんのことかい？」

「うん。夏目さん、今どこにいるの」

「板橋《いたばし》だ」

「もしかしてお嬢さんの病院？」

「ああ」

「そっちに行くよ。昔話したあの公園でどう?」

「わかった。待ってる」夏目は電話を切った。

8

公園に入ると、奥のほうのベンチに座っている夏目を見つけた。

あのとき座ったベンチだ。

ゆっくりとそちらに向かっていくと、ぼくに気づいたようで夏目が立ち上がった。近づいていくにつれ、夏目の表情が引きつっていくのがわかった。目の前に立ったときには、呆然《ぼうぜん》としたようにぼくの顔を凝視《ぎょうし》していた。

「缶コーヒーでよかったかな」夏目が気を取り直したように言って缶コーヒーを差し出した。

夏目から缶コーヒーを受け取るとベンチに座った。

「その顔、どうしたんだい?」夏目がぼくの隣に座りながら訊いた。

どちらのことを言っているのだろう。

事件直後の一年半前から二十キロ近く痩せたことか。それとも顔中にできた引っかき傷や痣《あざ》のことか。

「ちょっとね……」

どちらかわからなかったので、ぼくははぐらかした。

「寒くないかい？」

そう訊いた夏目の視線をたどった。ぼくの手を見つめている。温かい缶コーヒーを握っているのにぼくの手は小刻みに震えていた。

「今日は冷えるね。どこか喫茶店にでも入らないか」

ぼくは首を横に振った。

「ここがいいよ。ふたりきりで話がしたいから」

「そうか。ところで、どうして伯父さんのところから出ていったんだい。何か不満があったのかな」

「そういうわけじゃないよ」

「じゃあ、どうして……」

缶コーヒーのプルタブを開けようとしたがそれをする力もない。夏目が見かねたようにぼくの手から缶コーヒーを取ると、プルタブを開けて渡した。

「ここにいると昔のことを思い出すね」

たった一年半前の出来事なのに、はるか遠い昔のことのようにぼんやりとかすんでいる。

夏目はあのときのことを覚えているだろうか。

「お嬢さんの様子はどうなの？」ぼくはすぐ近くにある大きな病院を見上げた。

「意識を戻した」

その言葉に思わず缶コーヒーを地面に落とした。

「びっくりしちゃった。そう……よかったね」

「もう一本買ってこようか」

立ち上がろうとした夏目の袖口をつかんだ。

「いいよ。飲んでもすぐに吐いちゃうんだ。それよりも一ヵ月前に夏目さんとした約束、覚えているかな」

夏目が頷いた。

「言ってくれますか？」

「たとえ彼女にとってどんなに辛いことであっても、裕馬くんの本当の想いを伝える」

「約束、絶対に守ってくれる？」

「ああ。きみの伝えたい想いを聞かせてくれるかな。それともまだ……」

ぼくは首を横に振った。

「もう大丈夫だよ。葵の母親を無事に殺すことができたから」

そう告げた瞬間、こちらを見つめていた夏目の両目が大きく見開かれた。

しばらく何も言えないようで、ただぼくに視線を据えている。その眼差しが激しく揺れていた。

「ぼくと葵で殺したんだ」

ぼくはポケットから携帯を取り出した。自分のものではない携帯だ。

携帯を差し出したが、全身を硬直させたように夏目はそちらに目を向けることができないでいる。

「葵の母親が最後にかけてきた携帯だよ」

夏目がようやくぼくが握った携帯に視線を移した。

「葵の母親は警察に捕まったときのために、クスリの売人の携帯番号をどこにも記録せずに葵に覚えさせていたんだ。娘に覚えさせて安心したのかムショから出て、葵にちがう番号を教えられても気づかずにこの電話にかけてきたんだ」

母親は葵の部屋に来てすぐ売人の番号を教えろと荒れ狂ったそうだが、彼女は二十歳の誕生日を迎えるまで耐えてくれた。

「きみたちがトバシの携帯を用意したというのか?」

信じられないという表情で訊いてきた夏目にぼくは頷きかけた。

「前の売人から顧客データの入っている携帯を譲り受けて商売してるって言ったんだ。レンタカーを借りさせて高田馬場駅前のロータリーで待ち合わせした。ぼくの顔を見た葵の母親は、あんた筋金入りのジャンキーだねって言ってきた。疑うそぶりも見せなかった」

「そんな……嘘だ……」夏目が頬を震わせながら呟いた。

「本当だよ。あとはあの空き地に車を停めさせて死なない程度に刺して、最後は近くに隠れていた葵とふたりで息の根を止めたんだ」

「どうして……そんな……」夏目が絞り出すように言った。

「人を殺したかったんだ」

生きるためだ——

「ちがうだろう。葵さんを守るためだったんじゃないのか」夏目が少しばかり冷静さを取り戻したように言った。

「どうしてぼくがあの女のことを守らなきゃならないんだよ」

「葵さんは母親からずっと売春を強要されてきた。そのせいで彼女は拒食症になってしまって、親から殺されそうになっている。きみは自分と似た境遇の彼女を救いたかったんじゃないのか？　だけどいくら彼女を守るためとはいえ人を殺すことに強い抵抗を抱いた。だから、あの夜きみは口にすることさえおぞましいオムライスを食べて、あのときの母親に対する憎しみをよみがえらせようとしたんじゃないか。どうしても大切な人を救いたいという思いから。そうじゃないのか？」

葵と接するうちに、彼女があれほどまでに自分を苦しめなければならない理由を知った。彼女は幼い頃から母親に暴力で支配され続け、心に拭いようのない恐怖を植えつけられていた。たとえ隣で母親が寝ていたとしても自分の手で殺すこともできないほどの恐怖だ。

彼女は中学生の頃から母親のクスリ代のために男たちに弄《もてあそ》ばれてきた。彼女は食べないこと、痩せ細っていくことでしか母親に抵抗できなかった。

離れて暮らしていてもその恐怖心は消えず、母親の出所の日が近づくにつれてどんどんと自分の身を削っていった。

そんな彼女を見ているうちに、葵こそがぼくの心を生き返らせてくれる唯一の存在なのだと強く思うようになった。

ぼくは自分の過去を彼女に打ち明け、一緒にこれからふたりが生きられる方法を探そうと言った。

いろいろと話し合っているうちにひとつの方法が思い浮かんだ。

「ぼくが女なんていう生き物を大切に思えるわけないでしょう。利用価値があったから協力し合っただけだよ」

「利用価値？」

その言葉で夏目が何かに気づき始めたようだ。

「そうだよ。彼女の願いを叶えるのはそれほど難しくないけど、ぼくの願いを叶えるにはひとつ問題があった。だけど夏目さんと会ったときに決心がついた」

夏目がじっとぼくのことを見つめながら考えている。

「夏目さんがあの約束をしてくれたから、葵だけでなく、ぼくも救われると確信してふたりで協力することにしたんだ」

9

今まで不可解に感じていたさまざまなことが、裕馬の言葉で結びつき始めている。

どうして葵は二十歳の誕生日になってから母親を殺害したのか。

なぜ、母親から売春を強要されていたことを頑《かたく》なに認めなかったのか。そのことを正直に供述すれば裁判で情状酌量を認められて、執行猶予が付く可能性だってあるかもしれないというのに。

それに、母親を殺害してすぐにそれを認めるのであれば、どうして簡単に殺害できそうな自宅ではなく、わざわざ雑司が谷を選んだのか。

たとえ恵子にとってどんなに辛いことであったとしても、自分の本当の想いを伝えてほしい——

どうして自分にそんな約束をさせたかわかりかけていたが、どうにも認めたくなかった。

夏目は目を閉じて唇を嚙み締めた。

ふたたび目を開けて裕馬の姿が映ったときに視界が潤みかけたが、意志の力で何とかこらえた。

「葵さんを医療刑務所に入れるためだったのか」夏目は言った。

裕馬が頷いたのを見て、深い絶望が心を覆った。

「ぼくは葵の母親を殺すのを手伝う。その代わり、葵はあの女の心を殺す。葵の状況であれば普通の刑務所ではなく医療刑務所に入ることになるでしょう」

二十歳になる前に罪を犯したら医療少年院に入る可能性が高くなってしまう。

「あの人にあなたのせいで、ぼくは人を殺したのだと伝えてもらう約束をしたんです。そしてあなたが死んでからも心を失ったぼくは人を殺し続けますよと。いつかあの女を殺すことだけが、ぼくが生きていく唯一の心の支えだった。だけど、あなたが報せてきたあのことによって、それは永遠に叶わないものだとわかった」

深い絶望に打ちのめされながらも、裕馬から視線を外さなかった。

「医療刑務所といっても、刑務所であることに変わりはないでしょう。持ち物を調べられ、監視つきで会っても、あの女を殺すというぼくの切なる想いを遂げることはできない。ぼくにできることは、あの女が願っているという、ぼくのこれからの幸せを自分の手で打ち壊すことだけだったんだ」

「それで……あの約束をさせたのか」

裕馬が頷いた。

女性が入れる医療刑務所は前田恵子が入っている八王子ともうひとつ大阪にある。もし葵が恵子とちがう医療刑務所に入ったときのために、自分にあんな約束をさせたのだ。

「夏目さん……約束を守ってくれますよね」

裕馬が問いかけてきたが、言葉を返すことができなかった。

「あのときあなたと会ったことでぼくの迷いは吹っ切れたんです」

「どういうことだ？」

「葵とその約束をしたけど、ぼくの中には少しばかりためらいがあった。そりゃそうだよね。人を殺すんだから。ぼくは自分の中の怖気《おじけ》を振り払うために、あの日雑司が谷に行ったんだ。ぼくが殺されかけたアパートは取り壊されて、駐車場になっていた。あの現場に立ってもぼくはまだ迷っていた。その帰り道で夏目さんと会ったんだ」

裕馬の話を聞きながら、夏目はあのときのことを思い出した。

「この公園で、ぼくはひとりじゃないから踏ん張れと励ましてくれた。だけど、夏目さんはぼくのことなんかちっとも見てくれていなかった。ここで夏目さんと別れてからぼくはずっとひとりだった。雑司が谷で会ったとき、ぼくはあの事件のときから十五キロ以上体重が落ちていたというのに、夏目さんはそんなことはまったく気にも留めずに立ち去っていこうとした」

夏目は奥歯を嚙み締めた。激しい後悔が胸に押し寄せてくる。

「葵が捕まってからすぐに出頭してもよかった。だけど……夏目さんに今のぼくの絶望を見てもらいたかった。この数日間、ぼくのことを捜し回っていたんでしょう。ぼくのまわりに光なんかあったかな？　踏ん張るなんていうことは、しょせん誰かに見守られている人間だけができることなんだ」

何か言わなければならないと思っていても、言葉が見つからない。

「ぼくのこと、とんでもない人間だと思っているでしょう」

裕馬に訊かれたが、答えることができない。

「とんでもない人間どころじゃないか。畜生……いや、ぼくは死人です。心をなくしたままただ生きている。あなたのお嬢さんと同じだ」

その言葉にかろうじて反応した。

「娘は死人なんかじゃない。それにきみ自身も——」

強い口調で告げると、裕馬が「そうでしょうか？」と感情を窺わせない空虚な笑みを浮かべた。

「夏目さんは直接犯罪の被害に遭ったわけじゃないからわからないんだ。あんな経験をしたら心は死んでしまう。ものを食べてもすぐに吐き出してしまい、寝ている間に殺されるんじゃないかとすぐに目を覚ましてしまう。夏目さんにもいずれわかるでしょう。たとえお嬢さんが目を覚ましても、これからさまざまなハンディに苦しみ、謂《いわ》れなき差別を受け続ける。その苦しみは当人にしかわからない」

夏目は絵美のこれからに思いを巡らせた。

絵美の意識が戻ったと言っても手放しで喜ぶことができるだろうか。

これから絵美にとって、そして自分や美奈代にとっても、厳しい現実が待っているにちがいない。

だけど……。

「人を憎むことでしか生きられない、人を殺すことでしか生きられない心をなくした人間だっているんだ。ぼくのようにね」

本当にそうだろうか。本当に目の前の裕馬は心をなくしてしまったというのか。

外灯に照らされて白く光った裕馬の髪が目に入り、ひとつの光景が脳裏をかすめた。

「ぼくはこれからも人を殺して生きていくよ。あの女にそう伝えてください。おまえがぼくの心を殺したからこんなふうになってしまったんだと！」

「きみは本当に心をなくしてしまったんだろうか」夏目は言った。

藪沢から見せられた数本の毛髪が脳裏に浮かんでいる。

「そうですよ。そうじゃなきゃこんなに残酷で狡猾《こうかつ》なことを思いつきますか？」

「たしかにきみは母親への憎しみに支配されているんだろう。だけど心をなくしたわけじゃない」夏目はそう確信しながら言った。

「夏目さんはあいかわらずお人よしだね。さすがに息子を殺そうとした母親を気にかけるだけのことはある。あの女もどうしようもない鬼畜《きちく》だけど、ぼくも同じだよ。さらにあの女を超えてみせます。今のぼくは人を殺すことなんか何とも思わない。刑期が終わって社会に戻ってきたらまたやってやりますよ」

「殺害現場の車内から葵さんのものらしい毛髪が数本採取されている」

「それがどうしたっていうんだ」わけがわからないというように裕馬が首をひねった。

「七、八本の毛髪すべてが白髪だった。葵さんにはたしかに白髪があるが、全体の四分の三ほどは黒髪だ。採取された毛髪がすべて白髪というのはどう考えても不自然だ。考えられることはひとつ。黒髪を抜くのはかわいそうだと思ったきみが葵さんの白髪だけを抜いて、殺害した後に車内にばらまいたということだ」

ここに来てから初めて裕馬が視線をそらした。

「そのとき葵さんは車内にいなかった。ふたりで殺したということにしなければこの計画は成功しないかもしれない。たしかに葵さんがきみに殺害を依頼したということにしても罪には問われるけれど、実刑になるためには葵さんも一緒に殺したというほうがより確実だろう。さっききみが言ったように、死なない程度に相手を痛めつけてから最後にふたりで刺すこともできたはずだ。葵さんはそれを求めていたんじゃないのか？」

裕馬はこちらを見ようとしない。

「葵さんはお母さんと一緒に暮らすようになってから、少しだけだが体重が増えたそうだ。恐れ、忌み嫌っている母親と一緒に暮らし始めてから体重が増えたということにぼくは違和感を抱いている。葵さんはきみに助けられながらでも、自分の手で母親を殺したいと思って、体力をつけるために無理してでも食べようとしていたんじゃないのか？」

「一緒に殺したんだよ！」裕馬がこちらに視線を戻して叫んだ。

「葵さんは遺体確認のときに母親の傷跡をわざわざ確認した。自分で殺したならそんなことをする必要はない。きみは人を殺したけど、人に……葵さんに殺させるようなことはしたくなかった。きみは利用価値があったというだけで葵さんと一緒にいたわけじゃない。きみに心があるから、葵さんのことを大切に思っているから一緒にいたんだ。そうじゃないのか？」

裕馬の眼差しが大きく揺れた。葵に対する何らかの感情を必死に抑えようとしているのを察した。

「葵さんが前田恵子にそのことを伝えたとしても、きみも彼女も救われない。むしろ心の傷を広げていくばかりじゃないのか。きみは大切に思っている彼女にそんな未来を求めるのか？」

こちらを見据えていた裕馬の目から一滴の涙が垂れた。

裕馬は自分の涙に気づき、激しく動揺しながらすぐに袖口で拭った。

「ふざけるな！　じゃあ、ぼくの無念を……あいつに対する憎しみをどうやって晴らせっていうんだ！」裕馬が絶叫した。

「ぼくが伝える」

夏目が決然と告げると、裕馬が呆然としたように見つめ返してくる。

「きみとの約束を守ろう」

廊下を歩いていた刑務官が立ち止まり、部屋のドアを開けた。

「一番奥のベッドです」

刑務官に言われ、夏目はドアのそばからそちらのほうを覗いた。

前田恵子がベッドの上で上半身を持ち上げ、窓の外を見つめている。

「立ち会いなどは？」夏目は訊いた。

「この病棟の患者は逃走の恐れはないので大丈夫です」

刑務官が去っていくと、夏目はひとつ息を吐き部屋に入った。一番奥のベッドに近づいていく。気配を感じたようで恵子がこちらを向いた。

恵子と目が合い、夏目は息苦しさを覚えた。

かなり病状が悪化しているようで、一年半前とは別人のような顔つきになっていた。

「わざわざご足労いただいてありがとうございます」辛そうながら恵子が深々と頭を下げた。

「いえ……」

夏目は近くにあったパイプ椅子を持って恵子の近くに置くと座った。

「来ていただけるとは思っていませんでした」

「今日はお話ししたいことがあってまいりました。あなたにとって、辛い話になります」

夏目が言うと、恵子が覚悟したように唇を引き結んだ。

「裕馬くんが殺人の容疑で逮捕されました」

夏目が告げると、恵子が目を見開いた。

夏目は裕馬との約束どおり、事件についてだけではなく、裕馬が恵子に抱いている感情も含めて包み隠さず話した。

恵子はからだの震えを必死に抑えようと、布団から出した手を強く握りしめながら、夏目の言葉に耳を傾けている。

「わたしのせいで裕馬は人殺しになってしまったということですね……」

恵子が呟いたが、夏目はどう言葉を返していいかわからず黙っていた。

この部屋に入ったときよりも一回りも二回りも恵子が小さくなった気がした。

「あの子の罪はどれぐらいになるんでしょう」恵子が訊いた。

「わかりません。わたしがあなたにこの話をすると知り、葵さんは子供の頃から母親にさせられてきたことについて供述し始めています。殺人という取り返しのつかない重罪を犯したことは間違いありませんが、裕馬くんにも情状酌量の余地はあるでしょう。それでも数年は……」

「わたしは、もう二度と会えませんね」

夏目は頷けなかった。

「もっとも、少しでも会えるかもしれないと考えたわたしが浅はかだったのですが。今のわたしにできるあの子への罪滅ぼしは……あの子がこれから幸せになることを、死ぬ瞬間まで願うことしかありませんでした。まさか、それが原因で人を殺してしまうことになるなんて……それほどわたしを憎んでいるということですね」恵子が深い嘆息《たんそく》を漏らした。

「裕馬くんが葵さんの母親を殺したのは、あなたに対する憎しみだけが原因ではないと思います。ただ……」夏目は言葉を濁した。

「あの子は本当にこれからも罪を重ねていくつもりでしょうか。わたしへの復讐のために」

「残念ですが、それはぼくにもわかりません。あなたにとっては辛い話でしょうが、彼はぼくにこう言いました。あなたはどうしようもない鬼畜で、自分も同じだと。取調室で対峙したとき、正直なところぼくもあなたに対してそういう感情を抱きました。申し訳ありませんが」

「いえ、たしかにあのときのわたしは鬼畜にも劣る人間でした。夏目さんがわたしの中に巣食っていたおぞましい心をあぶりだしてくださっていなかったら、今でもそうだったかもしれません。普通の人間の顔をしながら……」

「きっと誰の心の中にも憎しみや、欲望や、怒りや、冷酷さ……そういうものが宿っていると思います。普段は気づかなくても、何かのきっかけでそれらが現れ、増殖し、自分の理性では歯止めが利かなくなるぐらいに暴れ出してしまう。あなたや裕馬くんがそうであったように、それは誰の心の中にも、ぼくの心の中にもあります」

「夏目さんにもそういう感情がおありなんですか？」恵子が意外そうな目を向けた。

「ええ……」

自分もかつて激しい憎しみに心を支配されていた時期があった。

「だけど、人間はそれらのおぞましい感情を打ち消す力も持っていると信じています。どんな人間であっても……」

「どうすればそんな感情を打ち消せるんでしょうか？」恵子がすがりつくような眼差しで訊いた。

「そうですね……」

夏目は恵子の切実な問いに何とか答えようと考えた。

絵美の事件があってからのことを思い返しているうちに、ひとつの答えに行き着いた。

人——ではないだろうか。

あまりにも深い絶望に打ちひしがれていたときに、自分のそばには美奈代がいた。一緒に苦しみ嘆きながらも、前を向いて生きていく気持ちを与え合ってきた。自分のまわりにはいつも励ましてくれる吉沢たち友人や、同僚、そして何より、どんな困難にぶち当たっても懸命に生きようとしている絵美がいた。

それらの存在が自分の心の中に巣食った憎しみを少しずつ鎮め、前に踏み出す勇気を与えてくれたのだ。

「人……ではないでしょうか」

夏目が言うと、こちらをじっと見つめていた恵子が深く納得したように、瞼《まぶた》を閉じて頷いた。

「……あの子はそういう人に巡り合えるでしょうか？」

目を開けて不安そうに問いかけてきた恵子に、夏目は頷きかけた。

「今日、ぼくがここに来たのは裕馬くんとの約束を果たすのと同時に、あなたともひとつ約束をするためです」

「わたしと、約束……？」恵子が小さく首をかしげた。

「どれだけの時間がかかるかわかりませんが、裕馬くんが失いかけた心を取り戻すまで必ず見届けます」

絵美に対する思いも同じだった。

たとえこれからどんなことがあろうとも、この世界に生きていくことを幸せに思えるまで、ずっと寄り添っていたい。

解説

温水ゆかり（ライター）

本書『刑事の約束』は、『刑事のまなざし』『その鏡は嘘をつく』に続く、東池袋署勤務の刑事「夏目《なつめ》信人《のぶと》シリーズ」の第三弾である。夏目の初お目見え作となった短篇集『刑事のまなざし』は同タイトルで連続ドラマにもなったので（TBS　二〇一三年）、〝ああ、椎名《しいな》桔平《きっぺい》が演じたあの刑事ドラマね〟と憶えていらっしゃる方も多いかもしれない。

この第三弾を読んで、私は手放しで驚嘆した。このシリーズがわずか三作でここまでの深度に達したことに。嬉しい悲鳴でこう言いたくなる。早すぎやしないか？　大盤振る舞いし過ぎてやしないか？

ある事件が起こる。一人の人間が隠し持つ心理の複雑さが夏目によって掘り起こされ、それにつれて事件の性質がプリズムのように様相を変える。そして、真相は思いがけないところに着地する。ミステリーとしてのキレもいいが、人間ドラマとしても最上級。粒揃いの短篇集に仕上がっているのだ。

しかし本題に入る前に、夏目信人なる男について、ここであらためておさらいをしておきたい。というのも、このシリーズは、夏目のキャラクターがこうでなければ、この事件はもっと表層の解決で終わっていただろうと思わせられるほど、彼の目の付け所や思考の道筋、人間観などが、事件の真相を掘り起こす鍬《くわ》の役目を果たしているからだ。

夏目信人の経歴は一風変わっている。大学の教育学部で教育心理学を専攻したのち大学院に進学。法務省に入省後、少年鑑別所で罪を犯した少年達の心と向き合う法務技官の仕事をしていたが、三十歳で警官に転職する。国家公務員から地方公務員へ、心理の専門職から一括募集のノンキャリアへ。生涯賃金とか出世とか家族の安泰みたいな現世ご利益の観点からすると、〝どういう選択なんだ?〟とツッコミを入れたくなるところだが、夏目自身が犯罪被害者の家族になってしまったことがきっかけだった。当時幼女の娘が、未成年とおぼしき若者にハンマーで頭を殴打され、この通り魔的な犯行によって植物状態に陥ってしまったのだ。

夏目は警官に転職した理由を、大学院の学友でスクールカウンセラーになった田辺久美子(シリーズの常連脇役)にはこう語っている。半分は犯人を追うため、あとの半分は逃げた、と（『刑事のまなざし』所収の「傷痕」より）。

「逃げた」というこの言葉は、とてつもなく重い。未成年の更生に寄り添う法務技官の仕事は、いわば〝罪を憎んで人を憎まず〟の理念で成り立っているような仕事だ。しかし、一人の父親に戻れば、何の罪もない可愛い盛りの娘を襲った男を、どうして憎まずにいられよう。夏目は通り魔のその少年を憎いと思った自分を、はっきりと自覚したに違いない。

それまで自分が非行少年達に「憎しみにばかり支配されてはいけない」だの「どんな困難があろうと自分の力でいくらでも切り拓くことができる」だのと言ってきたことは、なんだったのか。当事者になってみれば、砂上の楼閣だった自分の職業倫理。夏目は自分の偽善に耐えられなくなって、「逃げた」のだ。犯罪者を憎み、罰を与えるためにその者を狩り出すことが正義である職場へ、と。

とはいえ、人間の思考はなにかをきっかけにオセロのように白から黒へときっぱり反転するものではない。誰かを恨む日もあれば、自分を責める日もある。実際は〝まだら〟だ。夏目もそんな状態だったのではないかと思う。

いま〝思う〟と書いたのは、このシリーズは夏目信人が主人公であるものの、彼が一人称で内省する文体にはなっておらず、他者との会話の断片などから彼の心の状態を想像するしかないからだ。しかし、それゆえ、だからこそ、『刑事のまなざし』の最終話に当たる表題作で、ある事件から瓢簞《ひょうたん》から駒が出るように娘を植物状態にした犯人が判明したとき、夏目が犯人に投げかけるセリフが目にしみるのである。夏目自身が長く苦悩した果てに出したであろう感動のその結論は、直接作品に当たっていただくとして、私にとってそれは、この主人公になぜ「信人」という名前が与えられたのか、薬丸岳が名付けに込めた願いがストンと胸に落ちた瞬間でもあった。

長身でやせ型、優しげな目を持ち、傍目にはぼーっとしている、おおよそ刑事には向いていそうにもない男。そんな男が刑事を続けていられるのはなぜなのか、刑事という仕事を続ける中で、夏目自身は自分の中のどんな資質を目覚めさせ、あるいは変質させないままでいるのか。長々と夏目信人個人に触れてきたのは、このシリーズがミステリーとしての興趣のほかに、家庭人としての苦悩を抱えながら生きる職業人の姿を描いているという点でも読者を引き付けてやまないということを書きたいためだった。

さて、ようやく本書、本題である。五話が収められている。順にご紹介していこう。

「無縁」——DVD販売店で強盗傷害事件が発生したとの報で、東池袋署の生活安全課少年係の福地《ふくち》啓子《ひろこ》が現場に駆けつける。小学五、六年生くらいの男子がR-15のDVDを万引きしたうえ、だんまりを決め込み、手を焼いた店員が警察に通報しようとすると、催涙スプレーを浴びせて逃走したという。少年はタクシー運転手によって蒲田で警察に突き出されるものの、東池袋署に移されてからも石の地蔵を貫き通す。少年は母親ではない女性と二人暮らしで、その存在自体を秘匿《ひとく》するかのように、小学校にも通っていなかった。物騒な護身道具を持ち、昔のグラビアアイドルがヌードになった出演作に執着を示し、自分の名前すら言おうとしない頑固なこの少年はいったい何者なのか？

　この篇は、福地啓子という家庭を持つ女性の目から夏目の姿が捉えられているのがなんとも楽しい。退署時間がきたらあっという間に姿を消し、署内のパソコンで朝からR-15のDVDに見入る夏目は、仕事と家庭の両立に悩む啓子から見たら実にふざけた男だ。周囲の高い評判を聞くにつけ、啓子は〝嘘でしょ〟と、鼻であしらう。そんな教条的なところのある啓子に、夏目がこう言うのが印象的だ。「戸籍があって、親と一緒に暮らして、贅沢《ぜいたく》をして生きていくことだけが幸せだとはかぎりません」。では、幸せとは？　同じ食卓に座って、互いの顔を見ながら同じ物を食べるような日常にあるのではないだろうか。少なくとも薬丸岳は、コンビニの唐揚げ弁当に託して、この作ではそう言っている。

単純な遺棄児童に見えた少年。タイトルとはうらはらに、親子の情愛が無言のうちに電気信号のように通い合うラストに、動物の子別れにも似た愛ある非情を思う。


「不惑」——都内の、とあるホテル。ビデオ製作ディレクターの窪田《くぼた》大輔《だいすけ》は、結婚式のビデオ撮影の打ち合わせを進める中、ある計画を胸に秘めてトイレにナイフを隠す。同じフロアでは、窪田の高校の同窓会も開かれることになっていた。その同窓会に出席するために現れた同級生の夏目は、ふと結婚式の新郎の名前に目を留め、胸騒ぎを感じる。窪田が結婚を約束した女性は、自殺未遂の後遺症で十三年間眠り続けている。新郎はその原因を作った当時未成年の男、つまり窪田の十三年間も奪った男だ。窪田はいったい何を企んでいるのか？

『刑事のまなざし』の「休日」に登場した同級生の吉沢《よしざわ》が再登場し、夏目と一緒に窪田の復讐劇を阻止すべく、ホテル内を動き回る。たいへん映像的な作で、ハイスピードのデッドリミット・サスペンスを思わせる趣向も面白いが、話はそこで終わらない。夏目は〝未来を奪われた悲劇の男〟という位置に安住した窪田自身の自己欺瞞をも暴く。

復讐、罪悪感、贖罪、そして長い軛《くびき》より解放されたときに人が見つめていかなければならないものとは。〝重荷〟が〝人生の宿題〟に変わる瞬間を描いて鮮烈な作だろう。


「**被疑者死亡**」——殺人容疑の逮捕状を取って、相良浩司《さがらこうじ》のアパートに踏み込んだ本庁の大津と筒井以下、所轄の刑事達。気配を察して逃げ出した相良は勢いあまって車道に飛び出し、トラックにはねられてこと切れる。「頼む」という意味不明の言葉を遺《のこ》して。相良は高校時代の友人・北原《きたはら》に借金をしていたが、返済できずに彼を殺害。髪型も眉の形も変え、美容整形にも予約を入れて逃亡しようとしていた。犯人逮捕には至らなかったが、被疑者死亡で書類を検察庁に送れば一件落着するはずの事件。しかし大津と筒井は書類作成の手伝いに回されてきた夏目の着眼点に促され、たかが書類のために、再捜査に近い聞き込みをするはめになる。

苦虫をかみつぶしたような本庁の刑事達の姿もどこかユーモラスだが、この篇では〝ほほ笑みながら強引〟という夏目のアクティブな面が読み所だろうか。本庁の刑事達も夏目の熱にいつしか引き込まれる。離婚した妻、相良の兄など、誰から話を聞いてもろくでなしだった相良。だが、彼にも全存在を傾けて守りたいものがあった。夏目が顕微鏡を覗く科学者の目で一枚一枚薄皮を剝《は》ぐようにして辿り着いた真実に、人間は誰もが善なる光を内部に蓄えた存在であるのだと思い知らされる。

「終の住処」――雑司が谷の団地に住む八十八歳の野坂千鶴子《のさかちづこ》が、四十一歳のケアマネジャー樋口《ひぐち》を階段から突き落とし、脳挫傷で意識不明の重体に至らしめる。樋口を突き落とす寸前「そうはさせるかいッ！」と千鶴子が怒鳴っている声を団地の住人が聞いていた。千鶴子は二年ほど前に夫を亡くし、独居のうえ認知症の症状も出始めている。千鶴子に亡き母親の面影を見ていた樋口は、千鶴子の生活保護を申請し、受給者が入れるサ高住（＝サービス付き高齢者向け住宅）を見つけてくるなど、親身になってケアしていた。千鶴子の部屋の金具の取っ手の箇所だけがひどく汚れた立派な桐のタンス、向かい合うように畳の上に置かれた夫の遺影と骨壺、千鶴子が取調室で夏目に向かって放った「わたしにはもう時間がないんだよ」「だから少しでも一緒にいなきゃいけない」と叫んだ言葉の謎を、夏目は足で解き明かしていく。

シリーズ第二弾の長篇『その鏡は嘘をつく』で、シリーズの常連キャラになると予感させた東京地方検察庁の志藤清正《しどうきよまさ》検事が登場する（「被疑者死亡」でもチラリ）。志藤検事と夏目刑事は好敵手というより、それぞれの職責と職務の範囲内で、真実を追求することを止めない〝同類〟である。ゼリー飲料をランチ代わりにする志藤に、妻の手作りパンを差し出す夏目。千鶴子が決して明かそうとしなかった切なる願いに辿り着いた夏目が、志藤検事に特別な計らいを願い出たとき、おいしい手作りパンのお返しだとしてそれを許可する志藤。〝同類〟の間になにかが通い合って〝同志〟になったとき、私達はそれを男の友情と呼ぶ。

「刑事の約束」——雑司ヶ谷霊園の近くの空き地に停まった車の中から、女性の刺傷死体が発見される。免許証にあった自宅を訪ねると、息をのむほど極端にやせ細った娘の岡崎葵《おかざきあおい》が出てきて、警察で遺体は母の真紀子《まきこ》であると確認する。葵は父を知らずに生まれ、母の真紀子は覚醒剤取締法違反で刑務所に入り、つい先頃出所してきたばかりだという。売人とのもつれだろうか？　しかし、葵が自首してきて、事件は二転三転し始める。

本書の白眉であり問題作でもあるこの篇は、衝撃的なシーンから幕を開ける。植物状態だった夏目の娘絵美が、夏目夫妻の呼びかけに反応したのだ。十年の長き眠りから目を覚ますかもしれない希望の兆し。しかし事件は待ってくれない。帳場が立つ。

その過程で、夏目は岡崎葵と、過去の事件をきっかけに、その存在をずっと気にかけるようになっていた前田裕馬《まえだゆうま》との間に接点があったことを知る。裕馬は、実母に殺されかけた少年だ（『刑事のまなざし』所収「オムライス」）。葵の拒食症には、母の真紀子が娘を売っていたという不穏な噂の影が感じられる。親として絵美の奇跡に希望を見る夏目は、その一方で、親に精神を毀損された子供達の底知れぬ絶望と向き合うことになる。薬丸岳はなんと酷い取り合わせでこの表題作を書いたことか。

実を言えば「オムライス」は、産む性に生まれたものとして生理的に受け入れ難いものがあった。日本推理作家協会賞の短篇部門の候補作にもなった作品に、傷があると言いたいわけではない。ただ〝嘘も方便という言葉があるじゃないか、それなのに、暴いたことをそこまで伝えるか〟と、男性原理に貫かれた夏目の正義感にざらついた感情を抱いてしまったのだ。この表題作で、あのとき感じたなにかが歪んだ花となって咲いたことに、深い悲しみをおぼえる。裕馬との約束を守って、死期の間近な母親に容赦のない〝真実〟を伝える夏目は、ここでも男らしい。

この『刑事の約束』に収められた各篇を繋ぐテーマを言葉にするなら、〝表層と深層〟だろうか。大事なものは目に見えない。ミルフィーユ状になった人間の感情の層を下っていって、初めて真相という真実が見えてくる。

本シリーズの今後を、私はまだもらっていない飴玉をなめるようにして夢見る。例えば夏目と似て、自分の時間を割いてまで真相を追求する猟犬タイプの志藤検事。彼の実父・前原健一郎《まえはらけんいちろう》は優秀な雑誌の記者で、元警察官僚の政治家・神谷茂《かみやしげる》の不正を追うさなか自殺した。志藤は偽装殺人だったと信じて疑わない。検察官になったのも〝あの男〟を倒すためだ。このシリーズが、短篇（集）、長篇、短篇（集）と来たからには、次の第四弾は長篇だろうと勝手に決め、私は志藤検事の無念が晴れるその日を心待ちにする。

前田裕馬の今後も気にかかる。「オムライス」で描かれた事件後、自分を励ます言葉をかけながら、自分の出したSOSには気づかなかったと夏目の偽善をなじった裕馬。夏目には自分を責める気持ちがあるはずだ。彼とはきっと家族同然の長い付き合いになるだろう。

そして何より奇跡の目覚めをした絵美の今後である。彼女の記憶は昏睡した三、四歳のままなのだろうか。それとも世界に症例があるように、ある時期から意識は戻って、十三、十四歳の年頃の娘として目覚めたのだろうか。いずれにせよ信人と美奈代《みなよ》の夏目夫妻は、これから失われた時を取り戻す彼女の作業に全力で寄り添わなければならない。

少年犯罪、冤罪《えんざい》事件、覚醒剤の蔓延、無償の愛を忘れた親達の欲望の肥大化、無縁社会と老人の孤独化など、現代の諸相には答えがない。名もなき者たちの存在は社会化されず、彼らがもらす絶望のうめき声には誰も目を向けない。それを作品に取り込み続けている薬丸岳は将来、ミステリーの名手としてばかりではなく、現代日本を記録したクロニクル作家としても記憶されることだろう。

本書は二〇一四年四月、小社より単行本として
刊行されたものに加筆しました。

|著者|薬丸 岳　1969年兵庫県生まれ。2005年に『天使のナイフ』で第51回江戸川乱歩賞を受賞しデビュー。'16年に『Aではない君と』で第37回吉川英治文学新人賞を、'17年に短編「黄昏」で第70回日本推理作家協会賞〈短編部門〉を受賞。『友罪』『Aではない君と』『悪党』『死命』など作品が次々と映像化され、韓国で『誓約』が35万部を超えるヒットとなる。著作に『刑事のまなざし』『その鏡は嘘をつく』『刑事の約束』(本作)『刑事の怒り』と続く「刑事・夏目信人」シリーズ、『ブレイクニュース』『罪の境界』『最後の祈り』『籠《かご》の中のふたり』などがある。

刑事《けいじ》の約束《やくそく》

薬丸《やくまる》 岳《がく》

2016年7月15日第1刷発行
2025年4月24日第5刷発行

発行者――篠木和久
発行所――株式会社　講談社
東京都文京区音羽2-12-21　〒112-8001
電話　出版 (03) 5395-3510
　　　販売 (03) 5395-5817
　　　業務 (03) 5395-3615

Printed in Japan

講談社文庫
定価はカバーに
表示してあります

KODANSHA

デザイン――菊地信義
本文データ制作―講談社デジタル製作
印刷――株式会社KPSプロダクツ
製本――株式会社KPSプロダクツ

ISBN978-4-06-293444-2

講談社文庫刊行の辞

二十一世紀の到来を目睫に望みながら、われわれはいま、人類史上かつて例を見ない巨大な転換期をむかえようとしている。

世界も、日本も、激動の予兆に対する期待とおののきを内に蔵して、未知の時代に歩み入ろうとしている。このときにあたり、創業の人野間清治の「ナショナル・エデュケイター」への志を現代に甦らせようと意図して、われわれはここに古今の文芸作品はいうまでもなく、ひろく人文・社会・自然の諸科学から東西の名著を網羅する、新しい綜合文庫の発刊を決意した。

激動の転換期はまた断絶の時代である。われわれは戦後二十五年間の出版文化のありかたへの深い反省をこめて、この断絶の時代にあえて人間的な持続を求めようとする。いたずらに浮薄な商業主義のあだ花を追い求めることなく、長期にわたって良書に生命をあたえようとつとめるところにしか、今後の出版文化の真の繁栄はあり得ないと信じるからである。

同時にわれわれはこの綜合文庫の刊行を通じて、人文・社会・自然の諸科学が、結局人間の学にほかならないことを立証しようと願っている。かつて知識とは、「汝自身を知る」ことにつきていた。現代社会の瑣末な情報の氾濫のなかから、力強い知識の源泉を掘り起し、技術文明のただなかに、生きた人間の姿を復活させること。それこそわれわれの切なる希求である。

われわれは権威に盲従せず、俗流に媚びることなく、渾然一体となって日本の「草の根」をかたちづくる若く新しい世代の人々に、心をこめてこの新しい綜合文庫をおくり届けたい。それは知識の泉であるとともに感受性のふるさとであり、もっとも有機的に組織され、社会に開かれた万人のための大学をめざしている。大方の支援と協力を衷心より切望してやまない。

一九七一年七月

野間省一

講談社文庫　目録

薬丸　岳　刑事の怒り
薬丸　岳　天使のナイフ〈新装版〉
薬丸　岳　告　解
薬丸　岳　刑事弁護人(上)(下)
山崎ナオコーラ　可愛い世の中
矢月秀作　A《ア》C《ク》T《ト》〈警視庁特別潜入捜査班〉
矢月秀作　A《ア》C《ク》T《ト》2　告発者〈警視庁特別潜入捜査班〉
矢月秀作　ACT3　掠奪〈警視庁特別潜入捜査班〉
矢野　隆　我が名は秀秋
矢野　隆　戦《いくさ》始末
矢野　隆　乱
矢野　隆　長篠の戦い〈戦百景〉
矢野　隆　桶狭間の戦い〈戦百景〉
矢野　隆　関ヶ原の戦い〈戦百景〉
矢野　隆　川中島の戦い〈戦百景〉
矢野　隆　本能寺の変〈戦百景〉
矢野　隆　山崎の戦い〈戦百景〉
矢野　隆　大坂冬の陣〈戦百景〉
矢野　隆　大坂夏の陣〈戦百景〉

矢野　隆　籠　城　忍《しのび》〈小田原の陣〉
山内マリコ　かわいい結婚
山本周五郎　さ　ぶ〈山本周五郎コレクション〉
山本周五郎　白石城死守〈山本周五郎コレクション〉
山本周五郎　完全版 日本婦道記(上)(下)〈山本周五郎コレクション〉
山本周五郎　戦国武士道物語　死《し》處《しょ》〈山本周五郎コレクション〉
山本周五郎　戦国物語　信長と家康〈山本周五郎コレクション〉
山本周五郎　幕末物語　失　蝶　記〈山本周五郎コレクション〉
山本周五郎　逃亡記　時代ミステリ傑作選〈山本周五郎コレクション〉
山本周五郎　家族物語　おもかげ抄〈山本周五郎コレクション〉
山本周五郎　繁《しげ》　あ　ね〈美しい女たちの物語〉
山本周五郎　雨　あ　が　る〈映画化作品集〉
柳田理科雄　スター・ウォーズ　空想科学読本
柳田理科雄　MARVEL　マーベル空想科学読本
靖子靖史　空《くう》色《しき》カンバス〈瑠空寺凸凹《でこぼこ》縁起〉
安本由佳／山本理沙　不機嫌な婚活
山中伸弥／平尾誠二・惠子　友　情〈平尾誠二と山中伸弥「最後の約束」〉
山手樹一郎　夢介千両みやげ(上)(下)〈完全版〉
山口仲美　すらすら読める枕草子

山本巧次　戦国快盗　嵐丸〈今川家を狙え〉
山本巧次　戦国快盗　嵐丸〈朝倉家をカモれ〉
夜弦雅也　逆　境〈大正警察　事件記録〉
夢枕　獏　大江戸釣客伝(上)(下)
夢枕　獏　大《お》江《おえ》戸《ど》火《か》龍《りゅう》　改《あらため》
唯川　恵　雨　心　中
行成　薫　ヒーローの選択
行成　薫　バイバイ・バディ
行成　薫　スパイの妻
行成　薫　さよなら日和
柚月裕子　合理的にあり得ない〈上水流《かみづる》涼子《りょうこ》の解明〉
夕木春央　絞《こう》首《しゅ》商《しょう》會《かい》
夕木春央　サーカスから来た執達吏
夕木春央　方　舟
吉村　昭　私の好きな悪い癖
吉村　昭　吉村昭の平家物語
吉村　昭　暁　の　旅　人
吉村　昭　新装版 白い航跡(上)(下)
吉村　昭　新装版 海も暮れきる

2025年3月14日現在